건청궁일기

건청궁일기

乾　淸　宮　日　記

박영규 역사소설

교유서가

乾淸宮日記

일러두기

- 이 책은 철저히 소설로 읽혀야 한다.
- 어쩌면 이 소설은 마지막 단락과 에필로그를 먼저 읽는 것이 순서에 맞을지도 모른다.
- 대부분의 외래어표기는 독자의 이해도를 감안하여 현대 용어와 당시 용어를 혼용하여 표기했다.

1장

돌아오는 길

지하 통로에서 발견된 백골 시신

한국통감 직속의 특임 학예관 호소카와 이치로가 경복궁 영추문에 도착하자 현장을 감독하던 소네 신스케가 마중을 나와 있었다. 신스케는 목례를 한 후 건청궁으로 안내하며 보고서를 읽듯이 말했다.

"메이지 41년(1908) 12월 26일 오후 2시에 건청궁 해체 공사를 하던 중 건청궁 곤녕합에서 신무문 밖으로 이어지는 지하 통로를 발견했습니다. 통로를 살펴보았는데, 여인으로 보이는 유골 두 구가 나왔습니다. 신원을 알 수 없었지만, 이곳에서 1895년에 조선국 왕비가 시해되었다는 말을 들었기에 모든 것을 극비에 부치고 현장을 그대로 보존했습니다."

이치로는 고개만 몇 번 끄덕이고 빠른 걸음으로 건청궁으로 향하면서 물었다.

"여자들의 유골이라고?"

"그렇습니다. 여인들이 분명합니다."

"백골만 보고 어떻게 그리 확신하는가?"

"둘 다 치마저고리 차림이었습니다. 머리카락도 남아 있었습니다."

"지하 통로 입구는 어디서 발견했나?"

이치로가 건청궁 안으로 들어서면서 그렇게 묻자 신스케는 왕비의 처소였던 곤녕합 방안으로 안내했다.

지하 통로 입구는 왕비가 앉는 자리 뒤쪽 벽 속에 있었다. 그쪽은 병풍이 놓여 있던 곳이었다. 병풍을 걷어내도 벽 속으로 들어가는 문은 쉽사리 발견할 수 없었다. 신스케가 벽 아래 바닥에서 조금 튀어오른 쐐기 하나를 뽑아내고 벽을 안으로 밀자 비로소 통로 입구가 드러났다. 벽 문은 회전식이었고 안과 밖에서 쐐기를 이용하여 잠그는 방식이었다. 바깥의 쐐기를 뽑아서 회전문을 열고 들어간 후 안에서 쐐기를 꽂으면 바깥에서는 도저히 열 수 없도록 교묘하게 설계된 문이었다. 문 양옆에 기둥이 있었기 때문에 누가 보아도 그것은 벽일 뿐 통로라고는 생각조차 할 수 없었다.

"이 문은 어떻게 찾아냈는가?"

"지하 통로가 마루 밑을 관통하여 이 방으로 이어지는 것을 보고 벽을 두드려보았더니 이곳만 나무로 되어 있었습니다. 그래서 주변을 유심히 살피다가 쐐기를 발견하고 뽑았더니 문이 열렸습니다."

벽 속 통로 입구는 폭 40센티미터의 공간이었다. 그곳에서 좁은 계단을 따라내려갔더니 지하 통로와 연결되었다. 지하 통로는 좌우로 돌을 쌓아 만들었고 바닥은 검은 벽돌이 깔려 있었다. 지붕은 나무를 촘촘히 잇대어 만든 후에 그 위를 벽돌로 막았고 벽돌 위는 널빤지를 깔고 다시 흙으로 덮었다. 통로의 폭은 93센티미터였고 높이는 150센티미터였다. 통로 일부는 이미 해체되어 지붕이 열려 있었다.

"이 지하 통로는 어떻게 발견했나?"

"건물 해체 작업을 하기 위해 인부들이 장비를 옮기다가 갑자기 땅이 꺼지는 바람에 지하 통로가 있다는 것을 알게 되었습니다."

"유골은 어디에 있는가?"

"유골은 성 바깥쪽 통로 안에 있습니다."

"훼손하지는 않았겠지?"

"그렇습니다. 발견 즉시 보고한 상태 그대로입니다."

"유골이 발견된 사실을 아는 사람은 몇 명이나 되는가?"

"현재는 저뿐입니다."

"알았네. 이 사실은 자네와 나 외에는 아무도 몰라야 하네."

"알겠습니다."

이치로는 신스케와 함께 등을 들고 지하 통로를 따라 유골이 있는 곳으로 향했다. 군데군데 바닥이 꺼져 있어 몇 번이나 넘어질 뻔했지만 다행히 발목을 삐지는 않았다.

두 구의 유골은 나란히 누워 있었다. 신스케의 말대로 여인들이었다. 비록 천이 삭고 색이 바랬지만 그들이 입고 있는 치마저고리는 비교적 온전한 상태였다. 이치로는 등을 이리저리 비추며 유골 주변을 살핀 후 신스케에게 말했다.

"자네는 먼저 나가게. 나는 좀더 살펴보고 가겠네. 주변에는 아무도 얼씬거리지 못하게 하게."

"알겠습니다."

이치로는 신스케가 지하 통로를 빠져나가는 발소리를 들으며 그들이 입고 있는 옷을 조심스럽게 펼쳤다. 치마와 저고리, 속바지와 속적삼 순으로 하나씩 하나씩 풀어헤쳤다. 왼쪽에 누운 여인은 여염집 아낙의 복장이었다. 하지만 오른쪽에 누운 여인은 궁녀 복장이었다. 그래서 그는 오른쪽 유골을 보다 세심히 살폈다. 특히 비녀와 반지를 유심히 보았다. 하지만 그녀가 왕비임을 입증할 수 있는 요소는 마땅히 찾지 못했다. 그러다 오른쪽에 누운 여인의 속적삼 속에서 천으로 감싼 물건 하나를 발견했다. 비단보자기에 싸인 물건은 뜻밖에도 책이었다. 여인은 죽는 순간까지도 그 책을 품에 품고 있었던 것이 분명했다.

도대체 무슨 책이기에 죽는 순간에도 이렇듯 소중하게 품고 있었을까. 그런 생각을 하며 이치로는 책을 살폈다. 책 표지는 여러 겹으로 된 한지에 치자색 물을 들여 기름칠을 한 덕에 보존 상태가 좋았다. 하지만 그 표지에는 아무런 제목도 없었다. 책을 펼치니 깨알 같은 조선어 글씨가 이치로의 눈을 가득 메웠다. 이치로는 등불을 비추어가며 날렵한 필치의 조선어를 더듬거리며 읽어나갔다.

생가에 뿌린 피눈물

　실로 20년 만에 고향땅을 밟아보았다. 난병들에게 쫓겨 궁궐을 빠져나오지 않았다면 평생 다시 못 볼 고향집을 찾았다. 다행히 나의 생가는 잘 보존되어 있었다. 그동안 꿈속에서 수없이 찾아왔던 곳이었다. 대문을 들어설 때는 아버지께서 허연 수염을 흩날리시며 성큼성큼 걸어나오실 것만 같았다.

　아버지를 마지막으로 뵌 것은 여덟 살 때였다. 아직도 그날의 기억은 너무나도 생생했다. 가을비가 스산하게 내리던 아침이었다. 가래 끓는 소리로 알아들을 수 없는 말씀을 몇 마디 하시더니 떨리는 손을 내밀어 내 손을 잡으시고 한참 동안 흐린 눈으로 나를 바라보셨다. 눈가에 눈물이 몇 방울 맺히더니 손을 스르르 놓으셨다.

　그때 생각을 하며 사랑채 문을 열었더니 울컥 눈물이 쏟아졌다. 서안 위에 화선지를 펼쳐놓고 난을 치시던 아버지의 모습을 얼핏

본 듯도 했다. 사랑채에는 늘 그렇게 종이 냄새와 묵향이 풍겼다. 나는 그 종이 냄새와 묵향이 좋아 늘 사랑채를 드나들었다. 아버지가 영천군수로 나가 계실 때는 사랑채를 놀이터로 삼기도 했다. 서안을 차고앉아 마치 내가 사랑채 주인이라도 된 양 묵을 갈고 난을 치는 시늉을 하기도 했다. 내용을 알 수도 없는 책을 읽는 것도 좋았고, 글씨를 쓰는 것도 좋았으며, 천자문을 외는 것도 좋았다. 비록 비싼 화선지가 아닌 모래판이었지만 난을 치는 흉내를 내는 것도 좋았고, 곰방대를 대신하여 막대기로 바닥을 탁탁 치며 아버지 흉내를 내는 것도 좋았다. 아버지는 그런 나를 무척이나 귀여워하셨다. "우리 딸이 난설헌이 되려나, 사임당이 되려나." 나를 무릎에 앉혀놓고 난설헌이나 사임당 이야기를 들려주며 하시던 말씀이었다.

사랑채 텅 빈 방에서 깔깔거리며 아버지 흉내를 내던 어린 내가 되살아났다. "소녀가 난설헌이 되리까, 사임당이 되리까." 무릎 위에 앉아 올려다보던 명랑한 소녀의 물음에 아버지는 그저 껄껄 웃으셨다. 그때 어린 나는 느닷없이 "소녀가 인현성모님 같은 왕비가 되는 것은 어떠리까" 했다. 아버지는 인현성모에 대한 말씀을 하신 적이 없었으나 어머니께 몇 번 그분에 대한 말을 들은 터였다. 어머니는 우리 집안이 알고 보면 왕비를 배출한 귀한 가문이라고 하시면서 "우리 딸도 인현성모님 같은 왕비님이 되면 얼마나 좋을꼬" 하셨다. 그래서 나는 아무 생각 없이 아버지께 그런 말을 했다. 아버지는 잠시 나를 지그시 내려다보시더니 "무엇이 되어도 좋지, 우리 딸이 뭐든 못 될라고……" 하고 말끝을 흐리셨다. 그리고 안타까운 표정을 지으시며 어린 나를 한참 동안 바라보셨다.

그후 아버지는 단 한 번도 인현성모 이야기를 꺼내지 않으셨다. 훗날 깨달은 것이지만 아버지는 혹 내가 왕실과 인연을 맺을까 염려하셨던 모양이다. 우리 여흥 민씨 가문은 인현성모 이후에 왕실과 꾸준히 인연을 맺어왔고 내가 어렸던 그 무렵에도 왕실의 며느리가 된 집안사람이 있었기 때문이다. 또한 그 사람과 우리집은 남달리 가까운 사이기도 했다. 지금은 나의 시아버지가 된 흥선대원군의 부인, 즉 나의 시어머니가 오라버니 민승호의 친누나였기 때문이다.

아버지가 오라버니를 양자로 들인 경위를 설명하려면 간단하게라도 우리 가계에 대한 이야기를 하지 않을 수 없다. 나의 아버지는 인현성모의 친정아버지 민유중공의 5대 종손이다. 그렇기 때문에 대를 이을 아들이 절실한 입장이었다. 하지만 아버지는 아들을 얻지 못하셨다. 아버지는 두 번 결혼하셨는데, 첫번째 부인은 오씨였다. 노론 계통의 학자이자 아버지의 스승이셨던 오희상공의 따님인 그분은 열일곱 살 되던 해에 열여섯 살의 아버지에게 시집와서 20년을 함께 살았지만 자식을 낳지 못하고 돌아가셨다. 그리고 아버지는 두번째 부인을 맞으셨는데, 그분이 바로 나의 모친이다.

나의 어머니 감고당 이씨는 혼인할 당시 열아홉 살이었다. 그때 아버지는 서른여덟 살이었으니 두 분은 열아홉 살이나 차이가 났다. 어머니는 시집와서 아들 하나와 딸 셋을 낳으셨지만 그 사 남매 중에 살아남은 아이는 막내딸인 나밖에 없었다. 내가 태어났을 때 아버지는 이미 손자 볼 나이도 훌쩍 넘긴 쉰세 살이었고 어머니는 서른네 살이었다. 내가 태어난 곳은 경기도 여주의 능현 마을이었는데, 내가 여기서 태어난 이유는 민유중공의 장손인 나의 고조부 민익수공께서 한양에서 낙향하여 대대로 이곳에서 사셨기 때문이다. 어쨌든 아버지는 불행히도 나의 어머니에게서 얻은 아들마저 죽자 결국 양자를 들이기로 결정하셨다. 그래서 양자로 들인 이가 나의 오라버니 민승호였다. 민승호의 친부는 아버지와 12촌 지간인 민치구이며 나의 시어머니 여흥부대부인은 바로 오라버니 민승호의 친누나였다.

이렇듯 오라버니와 왕실이 인척 관계로 얽혀 있는 까닭에 아버지는 어쩌면 나도 훗날 왕실과 인연을 맺을 수도 있다고 생각하신 모양이었다. 우리 조선 왕실은 원래 부계 쪽으로는 근친과 혼인하지 않는 풍습이 있었지만 모계 쪽으로는 근친혼을 하는 일이 많았다. 그래서 왕실에서 며느리를 들일 때 이미 왕실과 인척 관계에 있는 집안의 처자를 간택하는 경우가 흔했다. 그런데 우리 여흥 민씨 집안에 딸이 귀한 터라 혹여 나에게도 왕실의 혼인 단자가 올지도 모른다고 염려하셨던 것이다.

인현성모가 숙종대왕의 왕비가 되던 시절이라면 집안이 왕실과 혼사를 맺으면 큰 경사라고들 했겠지만 장동 가문(안동 김씨)의 세상이 된 순조대왕 이후에는 어느 가문이나 왕실과 혼사 맺는 것을 꺼렸다. 왕손들에 대한 세도가들의 감시와 홀대가 심했고 남아 있는 왕손도 손가락에 꼽을 정도였다. 그런 까닭에 왕손이라는 신분 자체가 삶에 걸림돌이 되는 지경에 이르렀는데, 그런 처지의 왕손과 혼인한다는 것은 불행의 불구덩이로 들어가는 것이나 진배없는 일이었다. 그래도 명색이 왕가의 며느리를 구하는 까닭에 뼈대 있는 집안의 규수를 택하는 것이 왕실의 체면을 살리는 일이었고, 그러자니 자연히 뼈대는 있으나 권력 없는 집안의 규수를 택했다. 여흥 민씨 집안의 규수는 그런 조건에 걸맞았다. 나의 시어머니도 그런 이유로 왕가의 며느리가 되었고 이후로 상갓집 개 흥선군의 처라는 소리까지 들어가며 어려운 시절을 견뎌내야 했다. 아버지는 혹 내가 또 그런 처지가 될까 염려하셨던 모양이다.

어린 시절 나는 그런 아버지의 깊은 속내를 전혀 헤아리지 못하고 아무 생각 없이 마냥 아버지 무릎 위에서 깔깔대며 인현성모와 같은 왕비가 되겠노라고 했던 셈이다.

그 깔깔대던 웃음소리가 귓바퀴를 맴돌다 벌레소리처럼 앵앵거리며 귓속으로 파고든다 싶더니 갑자기 현기증이 일었다. 내가 약간 비틀거렸는지 옆에 있던 옥련이 얼른 나를 부축했다. 옥련의 팔에 의지한 채 나는 안채로 걸음을 옮겼다.

"중전마마, 무리하시면 아니 되옵니다."

"염려 마라. 나는 괜찮다."

안채는 어머니와 내가 10년을 함께 살았던 공간이라 그런지 중문 안으로 들어서자마자 눈물이 줄줄 흘러내렸다. 어머니와 함께 왔더라면 얼마나 좋았을까 하는 생각이 들자 가슴이 미어터질 것만 같았다.

내가 왕비가 되지 않았다면 어머니가 그렇게 허망하게 돌아가시는 일은 없었을 것이다. 내가 왕비가 되지 않았다면 오라버니가 그렇게 허무하게 죽는 일도 없었을 것이다. 내가 왕비가 되지 않았다면 나의 어린 조카도 할머니의 사랑을 듬뿍 받으며 성장하여 지금쯤은 어엿한 청년이 되었으리라. 모든 것이 내가 왕비가 되어 생긴 일이다. "모두 내 탓이다. 내가 우리 집안을 망쳐놓았어." 안채 대청에 엎드려 소리 죽여 울며 나는 그런 말을 쏟아놓았다.

그렇게 한참을 울고 나서 안채로 들어가 몸을 뉘었다. 주변의 채근에도 불구하고 나는 어머니가 지내시던 방에서 한참 동안 넋 놓고 앉아 있었다. 비명에 가신 어머니의 얼굴이 자꾸만 떠올라 눈물이 하염없이 흘렀다. 정말 그때로 되돌아갈 수만 있다면 무슨 수를 쓰든 어머니와 오라버니를 살릴 것이라는 생각이 머릿속에서 떠나지 않았다.

어머니와 오라버니가 살던 안국동 감고당에 폭탄이 터진 것은 갑술년(1874) 11월 28일이었다. 오라버니가 어머니를 모시고 조카와 함께 식사를 하는데, 이상한 함이 하나 배달되었다 하여 방으로 들여와 열어보았더니 갑자기 천지가 진동하는 소리와 함께 폭탄이 터졌고 오라버니와 어머니, 그리고 어린 조카까지 모두 새까맣게 타버렸다. 나는 그것이 운현궁의 짓이라는 것을 단번에 알았다. 대원군이 아니고서는 감히 그런 흉악무도한 짓을 저지를 자가 없었다. 그때 생각만 하면 지금도 이가 갈리고 피가 거꾸로 솟는다.

어머니와 오라버니, 조카가 한꺼번에 몰살되었다는 소리를 듣고 그때 나는 잠시 정신을 놓았다. 며칠 동안 물 한 모금 제대로 삼키지 못하고 지냈다. 정신을 수습한 후로는 오직 대원군에 대한 증오만 키웠다. 무슨 짓을 해서라도 반드시 대원군에게 복수하고 말겠다는 다짐을 하고 또 다짐을 했다.

돌이켜보면 그해 몇 달 동안 나는 입궁한 이래 가장 행복한 시간을 보내고 있었다. 왕비가 된 후로 늘 불행만 반복되었는데, 그때나마 잠시 내 삶에 반짝 햇살이 비쳤다고 생각했다. 대원군은 하야했고 나는 대통을 이을 아들을 낳았던 때였다. 하지만 그 햇살을 제대로 누리기도 전에 나는 다시 불행 속에 던져졌다.

사실 왕비에 간택되어 입궁한 이래 나는 단 하루도 마음 편한 날이 없었다. 왕비에 간택되어 예절을 배우고 생활을 익힐 때만 하더라도 나는 꿈을 꾸고 있나 싶을 정도로 행복감에 젖어 있었다. 어린 시절 그저 막연히 인현성모처럼 나도 왕비가 되고 싶다는 생각을 했는데, 그 꿈이 현실이 되자 도저히 믿기지 않았다. 그래서 어린 시절의 모든 추억을 남겨놓고 여주 생가를 떠나 한성으로 이사한 것부터 잘된 일이라고 생각했다. 그저 모든 것이 좋게만 여겨졌다. 심지어 날개를 달고 하늘을 나는 꿈을 여러 차례 꿀 정도였다. 그런데 막상 임금과 초야를 치른 다음날부터 그 꿈같은 궁궐생활에 먹구름이 몰려오기 시작했다. 임금은 초야를 치른 후에 나를 잘 찾지도 않았다. 그때 임금은 이미 다른 여인에게 마음을 송두리째 빼앗긴 상태였다.

열다섯 살밖에 되지 않은 어린 임금의 마음속에 똬리를 틀고 앉은 여인은 궁녀 이순아였다. 임금이 이순아를 처음 만난 것은 왕위에 올라 궁궐에 막 들어왔던 열두 살 소년 시절이었다. 그때 이순아는 스물한 살의 성숙한 여인이었다. 임금은 아홉 살이나 많은 이순아에게 폭 빠져 있는 상태에서 자신보다 한 살 많은 열여섯 살의 나와 혼인했다. 왕실 법도에 따라 할 수 없이 나와 혼인을 하기는 했지만 그때 임금은 나에게 아무 관심도 없었다. 법도에 따라 초야를 치르라고 해서 치렀을 뿐이고 의무적으로 한 달에 두어 번 내 처소를 찾았을 뿐이었다. 그리고 의무가 끝나면 쏜살같이 이순아에게 달려갔다. 그런 까닭에 이순아는 아이를 잉태했고 설상가상으로 아들까지 낳았다. 그 아이가 완화군이었다.

완화군이 태어난 후 임금의 발길은 더욱 뜸해졌다. 완화군의 출생은 왕실의 경사였다. 왕실에 왕자가 태어난 것이 실로 오랜만이었기 때문이다. 철종대왕의 왕비 철인왕후가 왕자를 낳기는 했으나 일찍 죽었고 이후 왕실에는 왕자가 없었다. 그래서 대왕대비마마는 물론 대원군과 임금까지 몹시 흥분했다. 그런 분위기에 힘입어 임금은 아예 완화군을 원자로 삼으려고 했다. 하지만 대왕대비마마와 대원군이 아직 왕비가 젊기 때문에 서자를 원자로 세워서는 안 된다고 만류한 덕에 가까스로 완화군이 원자가 되는 일은 막을 수 있었다.

나는 그런 상황을 지켜보면서 몇 번이나 가슴을 쓸어내려야 했다. 만약 완화군이 원자가 되면 나는 이름만 왕비일 뿐 뒷방에서 독수공방하며 허망한 세월을 보내야 한다는 것이 나를 시중들던 늙은 상궁들의 말이었다. 그 말을 들으니 갑자기 불안감이 엄습했고 앞이 캄캄했다. 그래서 무슨 일이 있어도 나도 아들을 낳아야 한다고 다짐했다. 물론 그것은 나만의 생각이 아니었다. 나의 어머니는 물론이고 대왕대비마마와 주변의 늙은 상궁들까지 입을 모아 하는 말이었다. 심지어 대원군도 나에게 꼭 아들을 낳으라고 당부했다. 그때만 하더라도 대원군은 나를 자기 손안의 인형 정도로 여졌다. 나의 잉태를 위해 부대부인께서도 음양으로 도와주셨다. 임금에게 여러 차례 중전을 찾아가기를 권하셨고 중궁이 왕자를 생산해야 왕실이 안정되고 적자가 왕위를 이어야 나라가 튼튼해진다고 타이르셨다. 임금은 부대부인의 권고를 무시할 수 없어 정기적으로 중궁전을 찾아오기는 했지만 그저 잠만 자고 갈 뿐 나를 품지는 않았다. 그런 까닭에 아이가 생길 리 없었다.

그사이에 이순아가 또 임신했다. 그때 이순아는 영보당에 거처하고 있었기 때문에 영보당으로 불렸다. 영보당이 배가 불러와 몸이 무거워지자 웬일로 임금이 중궁전을 스스로 찾아오기도 했고 때로는 나를 품기도 했다. 그때마다 나는 임금의 마음을 얻기 위해 최선을 다했다. 하지만 내가 아무리 최선을 다해도 임금은 늘 시큰둥했다. 그만큼 나는 임금을 어떻게 대해야 하는지 잘 몰랐던 셈이었다. 입의 혀처럼 군다는 것이 무엇인지도 몰랐고 애교가 무엇인지, 교태가 무엇인지도 몰랐다. 그저 법도를 지키면서 최대한 온화하게 대하면 되는 줄 알았다. 그런데 온화하게 대한다는 것도 정확히 어떻게 하는 것인지 잘 이해하지 못하던 때였다. 그러니 임금이 나를 썩 편안하게 대하지 못하는 것도 당연했다. 그럼에도 불구하고 나는 나름대로 최선을 다했다. 어떻게 해서든 임금의 마음을 잡아보려고 애를 썼다. 그런 마음을 읽었는지 임금은 전보다 나를 부드럽게 대했고 밤을 함께 보내는 것도 싫어하지 않았다. 덕분에 나도 마침내 아이를 잉태했다.

첫아이를 잉태했을 때 내 나이는 스물이었다. 왕비가 된 지도 4년이 훌쩍 지난 때였다. 하지만 첫아이는 유산되고 말았다. 그 일로 비통한 심정이 되어 앓아누웠는데, 뜻밖에도 임금이 중궁전을 찾아 위로했다. 그날 임금은 어머니를 불러오고, 또 특별히 오라버니까지 불러 중궁전에서 특별 숙직까지 명하며 내 마음을 달래주었다.

그 무렵 영보당에서 해산 소식이 들려왔다. 아들이면 어쩌나 하는 마음으로 나는 몹시 불안했다. 영보당이 또 왕자를 생산한다면 이제 내가 설 자리는 없으리라는 생각 때문이었다. 그런데 다행히 딸이었다. 그래서 가슴을 쓸어내리며 지냈는데, 임금이 병문안을 한다며 자주 중궁전을 찾아왔다. 그 무렵에는 나를 보는 임금의 태도도 달라졌다. 나를 보는 눈이 깊어졌고 말투에서도 애정을 느낄 수 있었다. 나 역시 임금을 대하는 태도가 변했다. 뻣뻣했던 동작들도 부드러워졌고 함께 밤을 보내는 것도 자연스러워졌다. 그리고 오래지 않아 다시 잉태했다. 첫아이를 유산한 지 두 달만이었다.

신미년(1871) 11월 4일, 나는 두번째 아이를 무사히 낳았다. 게다가 아들이었다. 나는 거의 탈진 상태였지만 아들이라는 말에 반색했다. 이제야 자식 없는 왕비의 서러운 생활을 청산하겠구나 했다. 뒷방으로 밀려나 평생 오지 않는 임금을 기다리는 신세는 면하게 되었다고 생각했다. 오랜 장마 끝에 마침내 푸른 하늘이 드러나는 기분이었다. 하지만 기쁨도 잠시였다. 태어난 아이에게 문제가 있다는 말이 들려왔다. 아이의 항문이 막혀 있다고 했다. 그 말에 나는 그만 앞이 가물가물하고 정신이 아득했다. 그래도 내 눈으로 아이의 상태를 몇 번이나 확인했다. 항문이 막혀 있는 것을 보고 의관을 불러 몇 번이고 방도를 찾으라고 주문했다. 하지만 의관은 치료 방도를 얻지 못해 황송하다는 말만 할 뿐 어떤 처치도 하지 못했다. 나는 칼로 찢으면 어떻겠느냐고도 했다. 하지만 의관들은 고개를 처박고 엎드려 있을 뿐 아무 대답도 하지 못했다.

아이는 세상에 나와 겨우 닷새도 살지 못하고 죽었다. 어쩌다 항문이 막힌 채로 태어났는지 알 수 없었지만 그 모든 것이 나의 잘못인 것만 같았다. 아이는 얼마나 고통스러웠을까? 그런 생각을 하니 가슴이 무너져내렸다. 어머니는 그런 나를 어루만지시며 아이는 또 낳으면 되지만 건강을 잃으면 아이도 가질 수 없다며 다독이셨다. 생각해보니 어머니도 넷을 낳아 셋을 잃으셨다. 그때 어머니도 나처럼 이렇게 마음이 아프셨을 것이라고 생각하니 어머니가 측은하게 느껴졌다. 그래도 나는 이제 둘을 잃은 것이니 셋을 잃으신 어머니 앞에서 너무 아파하는 것도 도리가 아니라는 생각도 들었다. 더구나 어머니는 셋 모두 잘 자라다가 마마와 홍역으로 잃으셨으니 그 아픔이 오죽하셨을까 싶었다.

그렇게 마음을 추스르고 있었는데, 임금이 아이의 죽음을 애도하며 오열하더라는 말이 들려왔다. 자식을 잃은 고통은 어미뿐 아니라 아비도 마찬가지라는 생각을 하니 이상하게 위로가 되었다. 게다가 그 무렵에 영보당이 낳은 딸도 죽고 말았다. 임금은 며칠 상간에 아들과 딸을 한꺼번에 잃었다. 아비 된 심정으로 얼마나 고통스러울까 하는 마음이 들자 나라도 임금을 위로해주어야겠다는 생각에 자리를 털고 일어날 용기가 생겼다.

그런 내 마음을 알았는지 임금이 자주 나를 찾았다. 그리고 나는 다시 잉태를 했다. 둘째 아이를 보내고 5개월이 지난 때였다. 나는 이번만은 무슨 일이 있어도 아이를 놓치지 않겠다는 일념으로 몸가짐을 조심하고 또 조심했다. 그리고 계유년(1873) 2월 13일에 셋째 아이를 무사히 낳았다. 딸이었다. 아이는 건강했고 몸에도 이상이 없었다. 혹여 또 항문이 막힌 채로 태어나지 않았는지 확인하기 위해 나는 몇 번이나 항문을 확인하라고 일렀다. 울음소리도 컸고, 손가락과 발가락도 온전했으며, 이목구비도 분명했다. 딸인 것이 조금 아쉬웠지만 그래도 건강하게 태어나준 것만 해도 너무 고마웠다. 임금도 몹시 좋아했다. 임금으로서는 첫 공주였다. 임금은 공주를 자주 안아주었다. 백일잔치 때는 체통 없이 공주를 업기까지 했다. 완화군에게는 하지 않던 행동이었다. 백일이 지나고부터 더 자주 아이를 찾았다. 공주의 손을 잡고 있으면 세상 근심이 모두 사라진다며 아이를 안고 덩실덩실 춤을 추기도 했다.

그런 모습을 보면서 나는 이상하게 불안했다. 혹여 또 저 아이도 일찍 죽은 내 언니처럼 훌쩍 가버리는 것이 아닌가 하는 생각이 들곤 했다. 딸은 어미 팔자를 닮는다는 말도 있다는데, 나도 어머니처럼 자식을 셋이나 잃는 어미가 될까봐 무서웠다. 어머니는 아들 하나에 딸 둘을 잃으셨다. 나는 첫아이가 아들인지 딸인지 알 수 없었지만 혹여 유산한 첫아이가 딸이라면 나도 어머니처럼 아들 하나와 딸 둘을 잃는 어미가 되면 어쩌나 하는 마음이었다. 그래서 어머니에게 그런 불안감을 내비쳤더니 어머니는 함부로 그런 말을 입에 담아서는 안 된다며 손사래를 치셨다. 더구나 나는 그때 넷째 아이를 잉태하고 있었다. 셋째를 낳고 두 달 만에 들어선 아이였다.

내 입이 방정이었던 것일까? 세번째 아이는 생후 8개월 만에 거짓말처럼 홀쩍 가버리고 말았다. 홍역을 이기지 못한 아이는 얼굴에 붉은 꽃을 잔뜩 피우더니 꽃이 채 가라앉기도 전에 그만 숨을 거두고 말았다. 모든 것이 나의 방정맞은 입 때문이라는 생각에 자책에 또 자책을 거듭했다. 어머니는 떠난 아이보다 뱃속에 있는 아이를 생각하라며 절망에 빠진 나를 돌보느라 애를 태우셨다.

설상가상으로 그 무렵에 대원군은 영보당의 아들 완화군을 세자로 책봉해야 한다고 목소리를 높였다. 왕실의 안녕을 위해 완화군을 세자로 삼아야만 하겠다는 것이다. 대원군이 섭정을 한 지도 어언 10년이 지난 때였다. 임금이 관례를 올린 지도 몇 년 되었고, 어느덧 스무 살을 훌쩍 넘겼건만 대원군은 섭정에서 물러날 생각은 하지 않고 오히려 완화군을 세자로 세워 영원히 용상 위에 군림하고 있을 심사였다.

나는 넷째 아이의 태기가 있을 때 묘한 꿈을 하나 꾸었다. 하늘에서 오색구름이 열리더니 그 위로 만년 동안 태평할 것이라는 글자가 새겨졌다. 나는 그것이 아들을 낳을 태몽임을 확신하고 의녀를 불러 진맥해보았다. 그랬더니 정말 임신을 했다. 그래서 분명히 아들이라고 굳게 믿었다. 그뿐 아니라 그 아들을 기필코 세자로 세울 것이라고 다짐했다. 그리고 결심했다. 어떻게 해서든 완화군이 세자가 되는 일은 막아야 한다고, 또한 언제가 되었든 반드시 저 완화군을 없애야 한다고, 그래서 내 아들을 지키고야 말겠다고.

먼저 대왕대비마마와 임금을 설득하여 완화군의 세자 책봉부터 막았다. 하지만 완화군이 사라지지 않는 한 불씨는 계속 남아 있었다. 그 불씨를 없애려면 우선적으로 대원군을 권좌에서 밀어내야 만 했다. 그렇지 않으면 언젠가 대원군이 나는 물론이고 태어날 아 들까지 죽일 수도 있었다. 그래서 나는 대원군을 먼저 하야하게 하 고 완화군과 영보당을 궁궐에서 내쫓을 계획을 세웠다. 그것이 내 가 사는 길이고 내 아이를 지키는 길이었다.

나는 오라버니 민승호와 이 문제를 상의했다. 오라버니는 대원 군을 탄핵할 묘책이 있다며 자신에게 맡겨달라고 했다. 이에 나는 아이를 낳기 전에 일을 성사해야 한다고 했다. 오라버니가 묘안이 있다고 장담하고 간 지 두어 달쯤 지나 찾아와서 동부승지 최익현 이 상소를 올리기로 했다는 말을 했다. 조정 대신들을 비판하는 내 용이었다. 물론 목표는 대원군의 용퇴였다. 조정 대신들이 제대로 정치를 하지 못해 나라가 도탄에 빠졌다는 내용을 담고 있었으나 그 속에 신하의 도리를 언급하여 대원군이 섭정의 자리에서 물러 나야 한다는 뜻을 내비치도록 했다.

최익현의 상소 전에 임금과도 대원군의 용퇴 문제를 상의했다. 처음에 임금은 주저주저하며 확답하지 않았다.

"그러면 언제까지 운현궁에게 용상을 맡겨두려 하십니까?"

내가 이렇게 다그치자 임금은 한숨을 길게 내쉬며 말했다.

"조정 대신들 모두 아버님의 사람들이오. 게다가 누가 목숨을 걸 고 아버님의 용퇴를 운운하겠소?"

"최익현이 나설 것입니다."

"동부승지가요?"

"그렇습니다."

그 말을 듣고도 임금은 한참 동안 망설였다. 그래서 나는 태몽 이야기를 했다. 아들이 분명하다고도 했다. 아이의 발놀림으로 보아 건강한 아이가 분명하다고도 했다. 이 아이를 위해서라도 대원군을 용퇴하게 해야 한다고 했다. 그제야 임금은 결심을 굳혔다.

"알았어요. 해봅시다."

며칠 후에 마침내 최익현이 상소를 올렸다. 계유년 10월 25일 이었다. 상소문은 정연하고 빼어났다. 나는 몇 번이나 읽었는지 모른다. 그래서 지금도 그의 문장들이 눈앞에 아른거린다. 그 대략을 기억나는 대로 옮겨보면 이렇다.

최근의 일들을 보면 정사에서는 옛날 법을 변경하고 인재를 취하는 데는 나약한 사람만을 채용하고 있습니다. 대신들과 육경들은 아뢰는 의견이 없고 대간들과 시종들은 일을 벌이기 좋아한다는 비난을 회피하고 있습니다. 그리하여 조정에서는 속된 논의가 마구 떠돌고 정당한 논의는 사라지고 있으며 아첨하는 사람들이 뜻을 펴고 정직한 선비들은 숨어버렸습니다.

그칠 새 없이 받아내는 각종 세금 때문에 백성들은 도탄에 빠지고 있으며 떳떳한 의리와 윤리는 파괴되었습니다.

이제 전하의 총애만 믿고 본분에 지나친 것을 삼가라는 경계와 복이 지나치면 재앙을 당한다는 교훈을 생각하지 않고 벼슬 반열에 끼어 따라다니고 길가에서 떠들어대며 의기양양하게 자족하면서 아무것도 꺼리는 바 없이 처신한다면 또한 사람들의 드센 비방과 무엄하고 불경스럽다는 주벌이 잇따라 일어나게 될

지 어떻게 알겠습니까? 이 때문에 신이 머뭇거리고 주저하면서 달려나가고 싶어도 감히 그렇게 하지 못하는 것입니다.

최익현의 상소문 어디에도 대원군을 언급한 곳은 없었지만 나라가 도탄에 빠진 책임은 당연히 조정을 이끌고 있는 섭정이 책임질 수밖에 없었다.

임금은 최익현의 상소문을 읽고 그에게 비답을 내렸다.

"그대의 이 상소문은 가슴속에서 우러나온 것이고, 또 나에게 경계를 주는 말이 되니 매우 가상한 일이다. 감히 열성조의 훌륭한 일을 계승하여 호조참판으로 제수한다. 그리고 이렇게 정직한 말에 대해 만일 다른 의견을 내는 사람이 있다면 소인이 됨을 면하지 못할 것이다."

임금의 이 비답 하나로 조정은 발칵 뒤집혔다. 비답을 내려 상소문에 호응한 것도 놀랄 일인데, 대원군을 거치지 않고 직접 벼슬까지 내렸으니 이는 곧 섭정을 종식하고 친정을 선언한다는 의미였기 때문이다.

최익현의 상소에 가장 먼저 반응한 이는 좌의정 강로와 우의정 한계원이었다. 그들은 모두 대원군이 세운 허수아비 정승들이었다. 두 사람은 바로 다음날 함께 글을 올려 말했다.

"최익현의 상소문을 보니 가장 먼저 대신들과 육조 판서들이 건의하는 의견이 없는 데 대해 논하면서 나라의 일을 위해 우려하고 탄식했습니다. 이것은 사실 신들이 과오로 받아들여야 할 문제이며 그 책임에서 감히 벗어날 수 없는 일입니다. 나라를 위한 계책

과 백성들의 걱정거리에 대해 이야기할 문제가 한두 가지가 아닌
데도 아무 대책도 취하지 않고 오로지 그럭저럭 침묵만 지키고 있
었으니 태도가 모호하다는 비난과 입들이 없다는 비방이 있는 것
은 이치상 당연한 일입니다. 임금은 있으나 신하가 없어 국사가 날
로 잘못되어간다면 마음 쓰지 않았던 죄에 대해 신들이 어찌 모르
겠습니까? 이에 감히 서로 이끌고 나와 연명 글을 올리니 속히 신
들의 죄를 다스려주소서."

그들에 뒤이어 사헌부, 사간원, 홍문관, 예문관, 승정원 관원들
모두 자신들을 반성하는 글을 올렸다. 하지만 그들은 최익현의 상
소문에 구체성이 없다는 지적을 하면서 이렇게 반발했다.

"대간들과 시종들은 일을 벌이기 좋아한다는 비난을 회피하고
있다는 말은 저희가 책임지고 죄를 받을 일이지만, 옛날 법을 변경
하고 떳떳한 의리와 윤리는 파괴되었다는 것이 무엇을 의미하는지
그 저의가 의심스럽습니다."

옛날 법을 변경하고 윤리가 파괴되었다는 것은 당연히 임금이
성년이 된 뒤에도 섭정을 지속하여 왕권 행사를 가로막는 대원군
을 비판하는 말이었다. 하지만 삼사와 근신들은 이 의견에는 동의
할 수 없다는 것이었다. 이를테면 자신들을 비판하는 것은 용납할
수 있지만 대원군을 물러나게 할 수는 없다고 배수진을 친 셈이었
다. 물론 그들 뒤에는 대원군이 버티고 있었다.

대원군은 노기를 드러내며 등청도 하지 않았다. 그래도 임금이
아무 반응을 보이지 않자 노한 기세로 편전으로 들이닥쳐 고함을
치며 한바탕 장광설을 늘어놓았다.

"주상! 이러다 또 외척이 발호하면 왕실은 온데간데없고 민씨들이 조정을 장악하여 백성들의 고혈을 짜고 나라를 망칠 것이오. 불을 보듯 뻔한 일을 어찌 모르시오. 이 아비가 권세가 좋아서 섭정을 꿰차고 있는 줄 아시오? 모두 왕실과 주상의 안위를 위해 있는 것이오. 이 아비인들 골치 아프고 속 썩는 조정 일이 좋아서 하는 줄 아시오? 이 아비가 원하는 것은 하루빨리 세자를 세워 왕실을 안정화하고 용상의 위상을 세우는 것이오. 어찌 이런 아비의 심정을 조금도 모른단 말이오? 내가 주상을 그렇게 가르쳤소? 내가 주상을 왕위에 올린 것이 나의 영화를 위함이오? 그 어느 아비가 자식이 잘못되길 바라겠소? 주상, 제발 크게 보고 멀리 보시오."

하지만 임금은 아무 말도 하지 않았다.

그렇게 대원군이 돌아간 후 그가 심어둔 자들이 이곳저곳에서 상소를 올려 최익현을 공격하며 골육을 이간하고 임금을 핍박하여 천륜을 멀어지게 만들었다고 했다. 하지만 임금도 가만있지 않았다. 그들 무리를 선동한 자를 매달아 매를 치게 하고 친국한 후 삼천리 밖 섬으로 쫓아버렸다.

얼마 후에 대원군이 중궁전 문을 박차고 들어와 고함을 지르며 엄포를 놓았다.

"암탉이 울면 집안이 망한다는 말도 모르는가. 이것이 모두 중궁의 머리에서 나온 일인 줄 내 이미 다 알고 있어. 하룻강아지 범 무서운 줄 모른다더니 민승호 그깟 놈을 앞세워 감히 나를 쳐! 그러고도 그놈이 제 명에 살 수 있을 것 같은가? 두고 봐라. 나를 건드리면 어떤 일이 벌어지는지 두고 보란 말이다. 내가 누구 눈에 피

눈물이 나게 하는지 두고 봐라!"

하지만 그렇게 돌아간 후 대원군은 한동안 잠잠했다. 그사이 임금은 오라버니를 병조판서에 제수하여 군권을 맡기고 조정에서 대원군의 무리를 솎아냈다. 대신 우리 일가를 요직에 배치하여 조정을 안정화했다. 이를 두고 대원군의 무리는 또 외척이 발호한다고 비난을 해대겠지만 당장 임금이 믿고 맡길 사람이 없었으니 우리 일가라도 힘을 보태야만 했다.

그렇게 계유년이 지나가고 갑술년이 왔다. 그때 나는 만삭이었다. 세자 척(순종)을 뱃속에 품은 지 9개월로 접어들고 있었다. 나는 아이의 태동을 느끼며 맹세하고 또 맹세했다. 너만은 반드시 지키리라. 너는 앞서 죽은 형과 누나의 몫까지 다해야 한다. 그리고 무슨 일이 있어도 꼭 원자가 되고 세자가 되고 왕이 되어야 한다. 이 어미가 반드시 그렇게 되게 할 것이다. 그런 맹세와 함께 간절한 마음으로 아이를 안심시켰다. 그러니 아이야, 안심하고 세상에 나오렴. 너의 형처럼 항문이 막히는 일도 없어야 하고, 너의 누나처럼 홍역에 무참히 목숨을 내주어서도 안 된다. 이 어미의 소원이니 아이야, 제발 들어주렴.

그리고 그해 2월 초여드렛날, 나는 마침내 세자 척을 낳았다. 척을 낳자마자 나는 아이의 이목구비와 손가락, 발가락, 항문, 생식기 등을 모두 직접 확인했다. 다행히 아무 이상이 없었다. 아이의 울음소리는 우렁찼고 손놀림과 발놀림도 모두 좋았다. 의녀들도 모두 아기씨가 건강하다고 확인해주었고 어머니도 거드셨다. 건강한 왕자님이라고, 아주 튼튼한 아드님이라고.

그간 너무 애썼다는 어머니의 말에 눈물이 펑펑 쏟아졌다. 이제 내게 드리워진 모든 먹구름이 사라지는 것 같았다. 입궁 이후 겪었던 모든 설움이 한꺼번에 사라지는 느낌이었다. 이제 그 누구도 나를 뒷방으로 밀어내지 못할 것이라는 안도감도 함께 밀려들었다. 더이상 대원군의 입에서 완화군을 세자로 삼아야 한다는 말이 나오지 않을 것이라 확신했다. 더불어 하야한 대원군이 돌아올 일도 없을 것이라 믿었다.

임금은 척이 태어나자 곧 원자로 삼았다. 그리고 팔도의 명산에 왕실의 안녕과 원자의 복을 비는 제사를 지냈다. 의정부의 삼정승은 물론이고 내의원 도제조와 제조, 의관들과 의녀들을 비롯하여 궐지기와 차비노, 무수리에게까지 모두 상금을 내렸다. 또한 지방의 관리들, 변방을 지키는 장수들과 병사들에게도 원자의 탄생을 알리고 물품과 음식을 하사했으며 살인과 강상죄로 사형을 판결받은 죄수들 외에는 모두 석방했다.

원자의 백일에는 왕실의 친인척과 당상관 이상의 문무관을 모두 궁궐로 불러 잔치를 베풀었으며 지방의 관리들에게도 물품을 하사했다. 하지만 대원군은 참석하지 않았다. 임금이 여러 신하를 대원군이 머물고 있는 양주 곧은골로 보내 이리저리 달래며 잔치에 참석해줄 것을 부탁했지만 끝내 오지 않았다.

임금은 자식의 도리를 다하기 위해 원자의 백일에 대원군을 모셔오려 했지만 나는 썩 달갑지 않았다. 그래도 반대는 하지 않았다. 되레 대원군 앞에서 건강한 원자의 모습을 보여주며 다시는 완화군을 앞세워 용상을 위협하는 일은 없게 하고 말겠다는 결심을 했다. 그런 나의 속내를 알았는지 대원군은 초대에 응하지 않았다.

그후로도 대원군은 미동도 하지 않았다. 혹여 그것이 폭풍 전야였을까? 원자의 백일로부터 반년이 흐른 후 그 폭풍은 나의 오라버니 집으로 불어닥쳤다. 감고당에 불이 났다는 전언을 듣고 이내 폭탄이 터져 어머니와 오라버니, 조카가 모두 화마 속에서 잿더미가 되었다는 말이 들렸다. 나는 이것이 꿈인가 생시인가 하여 몇 번이나 확인했다. 그리고 내 눈으로 직접 확인하겠다며 중궁전을 나서다가 그만 다리가 풀려 까무러쳐 며칠 동안 일어나지 못했다.

장호원 가는 길

한참 동안 옛일에 빠져 눈물을 흘리며 앉아 있었는데, 민응식이 들어와 서둘러 장호원 자기 집으로 가는 것이 좋겠다고 했다. 나는 가능하다면 생가 안채에서 하룻밤 묵고 싶다고 했지만 그는 손사래를 쳤다.

"마마, 혹 지켜보는 눈이 있을까 두렵습니다. 벌써 이곳까지 대원위 수하들이 쫓아왔는지도 모릅니다."

하기는 대원군의 수하들이 뒤를 밟았다면 여주도 결코 안전한 곳은 아니었다. 며칠간 민영위의 집에서 지냈지만 그곳에도 대원군의 눈이 있을까 염려스러웠다. 민영위는 적어도 여주는 고향이라 안심할 수 있다며 굳이 장호원으로 떠날 것도 없다 했지만 민응식은 오히려 고향이라서 더 위험할 수 있다고 경고했다.

민응식은 조심성이 많은 사람이었다. 그가 아니었다면 난병들이 눈에 불을 켜고 설치는 한성을 어떻게 빠져나왔을까 싶었다.

가마를 타고 장호원으로 향했다. 흔들리는 가마 속에서 나는 몇 번이나 가슴을 쓸어내렸다. 난병들에게 붙잡혔다면 필시 목숨이 달아났을 것이라 생각하니 가슴이 쿵쾅거렸다.

무위영 소속 군병들이 난을 일으켜 궁궐로 들이닥친 것은 6월 10일이었다. 그들이 궁궐을 쳐들어온 정확한 이유는 아직도 모르 겠다. 무위영 군병들이 봉급에 불만을 품고 난동을 부리다 감옥에 갇혔다는 말을 전해들은 지 며칠 만에 큰 소요가 일어났다고 했다. 나는 그때 직감적으로 그들 뒤에 대원군이 있음을 알았다. 대원군 이 아니고서는 군병들을 움직일 사람이 없었다. 궁궐을 빠져나온 후에 알게 된 일이지만 난병들의 우두머리는 역시 대원군이었다.

대원군은 궁궐을 들이치기 전에 이미 자기 친형인 흥인군을 죽 였다고 한다. 선혜청당상을 맡았던 민겸호도 죽었고 호군 민창식 도 죽었다고 한다. 또 얼마나 많은 일가붙이가 죽었는지 알 수 없 었다. 대원군은 우리 민씨 일족의 씨를 말릴 작정인 모양이었다. 아마 나도 탈출하지 않았다면 대원군의 손에 죽었을 것이다. 죽지 도 않은 나의 장례식까지 치르고 있다고 하니 얼마나 나를 죽이고 싶었으면 그런 짓까지 할까 싶었다.

그날 난병들이 궁궐로 들어왔다는 말을 듣고 나는 얼른 시녀 복 장으로 갈아입고 창덕궁 후문으로 빠져나왔다. 후문으로 나올 때 하마터면 난병들에게 들킬 뻔했다. 다행히 무예별감 홍아무개의 도움으로 무사히 나오기는 했지만 얼마나 떨렸는지 모른다. 궁궐 을 빠져나온 후에야 안 일인데, 나를 구해준 홍아무개는 중궁전 상궁인 홍 상궁의 혈육이라고 했다. 후에 민응식의 말에 따르면 그이의 이름은 홍계훈이라고 했다.

홍계훈은 나를 업은 채 쉼없이 뛰었다. 태어나서 남정네에게 업힌 적은 그때가 처음이었다. 아버지도 나를 업어주신 적은 없었다. 나를 업고 달리는 홍계훈의 온몸에서 땀이 비 오듯 했다. 거친 숨소리와 넓고 뜨거운 등, 그리고 내 몸을 지탱하고 있는 억센 팔이 경이롭게 느껴졌다. 이 사나이는 나를 지키기 위해 지금 죽을힘을 다해 뛰고 있다. 거기에 자신의 목숨을 걸었다. 그런 생각을 하며 나는 그이의 목을 그러안고 매달려 있었다.

홍계훈의 몸에서 흐른 땀이 내 옷까지 흠뻑 적신 후에야 어느 집에 도착했다. 화개동 윤태준의 집이라고 했다. 홍계훈은 그곳에 나를 내려놓고 하직 인사를 했다.

"마마, 소인은 급히 돌아가야 합니다. 제가 보이지 않으면 의심하는 자들이 생길 것입니다. 그러면 누이의 안전도, 마마의 안전도 위협을 받게 될 것입니다."

내가 고개를 끄덕이자 홍계훈은 윤태준을 소개하며 믿을 만한 자라는 말만 남기고 서둘러 돌아갔다.

윤태준은 나를 방에 앉혀놓고 마루로 나가 무릎을 꿇었다.

"민영익을 아느냐?"

내가 묻자 윤태준은 고개를 조아리며 대답했다.

"이름은 익히 듣고 있었으나 미관말직이라 잘 알지는 못합니다."

"그대는 벼슬이 무엇인가?"

"음직을 얻어 세자익위사의 세마로 있기도 했고, 청나라로 파견된 영선사의 종사관이 된 적도 있습니다."

"오호, 그렇다면 김윤식 대감을 알겠구나."

"그렇습니다. 작년에 김윤식 대감을 따라 청나라를 다녀왔습니다."

"그렇다면 지금 김윤식 대감이 청나라에 머물고 있다는 것도 알겠구나."

"그렇습니다."

"알았다. 내 곧 너를 중하게 쓸 것이니, 청나라로 떠날 채비를 하도록 하라."

나는 윤태준에게 그렇게 믿음을 먼저 주었다. 혹여 그이가 변심하지 않게 하기 위한 조치였다. 그리고 민응식을 데려오라고 했다. 민응식은 충주 장호원에 살던 일가붙이였는데, 언젠가 민영익의 소개로 얼굴을 본 적이 있었다. 세자익위사의 말직인 세마로 있었는데, 그이의 얼굴을 아는 이는 많지 않았다. 그래서 민응식이라면 거리를 활보해도 해를 당하지 않으리라 판단했다.

민응식은 몇 명의 노비를 거느리고 일가붙이 민긍식과 함께 왔다. 그들에게 내가 한성을 빠져나가 시골로 피란하려 한다고 하자 민응식은 충주 자기 집으로 가는 것이 어떻겠냐고 했다. 나는 좋다고 수락했고 충주까지 갈 여비를 마련해보라고 일렀다. 하지만 그들도 마땅히 돈을 마련할 방도가 없는 듯했다. 그래서 윤태준을 승지를 지낸 조충희에게 보내 내가 도움을 청한다고 전하라고 했다. 조충희는 민겸호와 막역한 사이라 거절하지 않을 것이라고 여겼다.

내 예상대로 조충희는 여비를 구해 이내 달려왔다. 급전을 구하느라 말을 팔았다고 했다.

"혹 그대라면 민영익의 소식을 알지 않을까 싶은데……."

나는 조충희에게 조심스럽게 민영익의 안부를 물었다. 혹 민영익과 함께 충주로 간다면 좀더 안심할 수 있지 않을까 싶은 마음에서였다.

영익은 죽은 오라버니의 양자로 들인 아이였다. 원래 먼 친척인 민태호의 아들이었다. 오라버니가 죽고 여러 일가붙이의 자제들 중에 적당한 아이를 택해 양자를 들이고자 했다. 조카뻘 되는 아이들 중 명석한 아이를 수소문했는데, 민태호의 아들 영익이 적임이었다. 궁궐로 불러 만나보았더니 과연 인재였다. 생각도 깊고 재주도 많은 아이였다. 그래서 욕심을 냈더니 정작 생부 민태호는 마뜩잖은 얼굴이었다. 내 앞에서는 대놓고 거절하지 않았으나 그렇다고 쾌히 수락하지도 않았다. 그저 안사람과 깊게 상의하여 신중하게 결정하겠다는 말만 남기고 갔다. 거절한다는 의미였다. 하지만 나는 영익이 탐나서 놓치기 아까웠기에 민태호의 동생 민규호를 불러 형을 잘 설득하라고 했다. 민규호가 여러 말로 민태호를 설득한 끝에 결국 영익을 집안의 양자로 들일 수 있었다.

영익이 안국동 본가로 들어왔을 때는 열여섯 살이었다. 이듬해 문과에 급제하자 그때 막 만들었던 별기군을 맡겼다. 그후 이조참의로 벼슬을 올렸고 군무 총괄 당상에도 올렸다. 이제 스물세 살밖에 되지 않아 아직 재추의 반열에는 올리지 못했으나 어엿한 조정의 중심으로는 손색이 없었다. 그러니 난병들이나 대원군이 영익을 그냥 두었을 리 없었다. 그런 걱정으로 영익의 안부를 물었던 것이다.

"소인은 민영익의 소재를 모르오나, 혹 이용익이라면 알 수도 있지 않을까 싶습니다만……."

이용익이라면 일면식이 있는 자였다. 언젠가 영익이 믿을 만한 상인이라며 중궁전으로 데려온 적이 있었다.

"이용익을 이곳으로 데려올 수 있겠는가?"

그러자 조충희는 윤태준을 이용익에게 보냈다. 이용익은 원체 발이 날래고 눈치도 빠른 자였다. 하지만 속내를 잘 드러내지 않는 음험한 성품이었다. 그래서 썩 믿음은 가지 않았지만 도성을 빠져나가려면 그런 자가 꼭 필요하다는 생각이 앞섰다. 무릇 상인이라는 자들은 작은 이문에도 천리를 달려가기를 마다하지 않는다는 말을 믿었다. 그래서 훗날의 이득을 위해 필시 나를 잘 지켜줄 것이라고 판단했다.

이용익은 내가 부른다는 말을 듣고 한달음에 달려와 영익의 소식을 알렸다.

"다행히 민 대감은 군란의 소용돌이를 뚫고 몸을 피했습니다. 피신하면서 변장을 위해 승복을 입고 삿갓을 쓴 채 무사히 한성을 빠져나가 지금은 양근(양평)에 은신중입니다. 소인의 지인 중에 김아무개라는 오위장이 있는데, 그이에게 의탁하여 잘 지내고 있습니다. 혹여 몰라 소인이 수하 몇을 딸려보내며 금전도 넉넉히 주었으니 은신에 쓰일 비용은 부족하지 않을 것입니다."

"오호, 다행이로다. 그대의 공이 컸구나. 내 난병이 진압된 후에 너에게 후하게 보상하리라."

"마마, 지금 한성은 난병들이 설쳐 한 치 앞을 알 수 없으니 한시라도 빨리 도성을 빠져나가시는 것이 급선무입니다. 소인이 오는 길에 가마꾼으로 쓸 만한 수하 몇을 데려왔으니 가마가 오면 급히 여길 떠나셔야 할 것입니다."

"알았다. 내 너의 충직함에 대해 이미 전해들은 바가 있었는데, 오늘 보니 너의 재주와 판단이 남다름을 알겠구나. 앞으로도 계속해서 영익을 보좌하여 나라의 큰 보탬이 되도록 하라."

이용익의 안내에 따라 그 길로 도성을 빠져나왔다. 그리고 한강을 건너기 위해 잰걸음으로 나루터로 가야 했다. 한강을 건너 광주, 용인, 이천, 여주를 거쳐 충주 장호원으로 갈 요량이라고 했다.

하지만 한 가지 난관이 버티고 있었다. 한강 나루의 경계가 여간 삼엄한 것이 아니라고 했다. 그 때문에 이용익이 먼저 수하들을 잠실 나루로 보내 사정을 살폈다.

"이미 뱃길을 끊으라는 명령이 떨어져 사공들이 쉬이 배를 움직이지 않으려고 합니다."

이용익이 수하들의 말을 듣고 내게 한 말이었다.

"강을 건널 방도가 없다는 말이더냐?"

내가 그렇게 묻자 이용익이 염려 말라는 듯이 대답했다.

"사공들이란 엽전에 약한 자들입니다요. 돈이 제갈량이라고 했으니 방도가 있을 겁니다."

다행히 사공을 매수하기는 했는데, 강을 제대로 건널 수 있을지는 알 수 없는 상황이라고 했다. 나는 어떻게 해서든 일단 나루로 가서 해결해보자고 했다.

이용익 말대로 사공은 쉽게 배를 움직이려고 하지 않았다.

"행색이 의심스러워 배를 움직이기 어렵겠구먼요. 자칫 목이 달아날 일이 아닌지 누가 알겠습니까요?"

사공은 말은 그렇게 했지만 듣자 하니 한몫 챙겨보자는 수작 같았다. 그래서 나는 가마문을 열고 말했다.

"이것이면 되겠는가?"

금가락지 두 개였다. 나루에 도착하기 전에 이용익이 건네준 주머니 속에 있던 것이었다. 이용익은 이미 사공의 속셈을 훤히 꿰뚫고 있었다. 그는 사공이 배를 막고 버티고 있으면 가마문을 열고 가락지를 내밀라고 했다. 가마 주인이 직접 주어서 더 나올 것이 없겠다 싶어야 배를 움직일 것이라고 덧붙였다.

이용익의 말대로 금가락지를 받아든 사공은 못 이기는 척 배를 움직였다.

"정말 뒤탈이 없는 게지요? 난리를 피해 친정으로 가는 길이 맞겠지요?"

"어허, 그 사람 속고만 살았나."

도강은 그렇게 시작되었다. 체면은 뒤로 하고 가마에서 내려 배에 올라탔다. 한여름이었지만 강물 위라 그런지 바람이 제법 서늘했다. 새벽에 도성을 나섰을 때부터 하늘은 잔뜩 찌푸려 있었다. 다행히 나루에 도착할 때까지 비는 내리지 않았는데, 배에 막 올랐을 때쯤 빗발이 몇 가닥 떨어졌다.

"혹 큰비가 되면 큰일이니 서둘러주시오."

이용익이 사공을 재촉하는 소리를 들으며 나는 가만히 앉아 강물을 바라보았다. 강물은 오래전에 보았던 그 모습 그대로였다.

벌써 22년 전이었다. 그때 내 나이 열 살이었다. 아버지가 돌아가시고 삼년상을 치른 후에 어머니와 함께 여주를 떠나 안국동 감고당으로 이사가는 날이었다. 광주의 어느 민가에서 하룻밤 유숙하고 아침 일찍 탄 배였다. 3월이라 강 주변에는 꽃들이 화사하게 피어 있었다. 그 꽃들을 보면서 나는 감고당도 그 꽃들처럼 예쁜 집이었으면 좋겠다고 생각했다. 어머니는 직접 보신 적은 없지만 감고당은 화려하고 아름다운 큰 건물이라고 하셨다. 또 여주 생가에 비하면 규모가 몇 배나 된다고 하셨다. 인현성모가 지내시던 곳이니 오죽 잘 꾸며놓았겠느냐고 덧붙이셨다. 얼마 전 감고당을 다녀온 옥련 아범 말에 따르면 내가 머물 안채에는 화단도 잘 가꾸어져 있고 작은 연못도 있다고 했다. 그래서 나는 배 위에서 주변 꽃들을 바라보며 오로지 감고당만 생각했다.

감고당은 숙종대왕 시절에 인현성모께서 왕비가 되신 후에 친정에 선물하신 건물이라고 했다. 그뒤 성모께서 장희빈 농간으로 폐위되어 궁궐에서 밀려나셨는데, 그때 감고당을 사제로 쓰셨다고 했다. 이후 성모께서는 6년 동안 감고당 안채에 머무르셨다는데, 바로 그 안채 중 하나가 내 거처가 된다고 생각하니 꿈만 같았다. 어머니는 성모께서 어려운 시절을 지내시다 다시 왕비가 되어 궁궐로 돌아가신 곳이니 아주 명당이라고 하셨다. 그 말을 듣고 나니 나도 감고당에서 지내면 혹 인현성모처럼 왕비로 간택되어 궁궐에 들어갈 수 있지 않을까 하는 생각도 들었다.

인현성모께서 지내시던 안국당 저택에 감고당이라는 편액을 내리신 분은 영조대왕이라고 했다. 영조대왕께서는 언젠가 성모가 지내시던 그곳을 방문하시고 성모께서 남기신 친필 글씨를 열람하신 후 우리 여흥 민씨 가문 사람들과 왕실 친인척들을 불러모아놓고 친히 어필로 편액을 써서 내리셨다는 것이다. 영조대왕께서 직접 지으신 '감고당(感古堂)'이라는 명칭은 인현성모의 옛일에 감화된 집이라는 뜻이라고 했다.

그런 감고당에 비하면 나의 생가는 정말 보잘것없었다. 나의 생가는 원래 인현성모의 아버지이자 나의 7대조인 민유중공의 묘소 관리를 위해 지은 묘막이었기 때문이다. 그래도 나의 선조들께서 대대로 묘막에 기거하신 덕에 증축을 거듭하여 오늘날 제법 그럴 듯한 집이 되었다고는 하나 안국동 감고당에 비하면 초라하기 짝이 없는 곳이었다.

한강을 건넌 후 나귀를 타고 하루종일 간 끝에 안국동 감고당에 도착했다. 하지만 그때 나는 너무 지쳐 잠들고 말았다. 그리하여 감고당 솟을대문을 보지도 못한 채 인현성모께서 머무시던 방에서 밤을 보냈다. 다음날 아침에 잠에서 깼을 때 나는 어리둥절하여 한참 동안 그곳이 어디인지 생각해내지 못했다. 여주 생가의 내 방에 비하면 족히 몇 배는 될 법한 큰 방이었다.

그 방에서 6년을 생활한 후 나는 정말 거짓말처럼 왕비에 간택되었다. 인현성모께서 6년을 그곳에서 지내시다 다시 왕비가 되어 궁궐로 돌아가신 것처럼 나도 6년을 그곳에서 지내다 왕비가 되었으니 참으로 신기한 일이라고 생각했다. 정말 어머니 말씀대로 감고당 그 방이 명당이라서 그런 경사가 겹친 것이라고 굳게 믿었다.

하지만 돌아보면 왕비가 된 일이 정말 경사스러운 일이었는지는 모르겠다. 차라리 왕비가 아니라 여느 반가에 시집가서 살았더라면 어땠을까 싶었다. 그랬다면 어머니도, 오라버니도 그런 흉사는 당하지 않으셨을 것이다.

그런 회환에 젖어 있는 사이 어느덧 배가 건너편에 닿았다. 나루에 닿기 바쁘게 민응식은 가마꾼들을 재촉했다. 어둠이 내리기 전에 광주 땅을 벗어나야 한다고 했다. 하지만 날이 너무 덥고 습했다. 가마꾼들은 얼마 가지 못해 온몸이 땀으로 범벅이 되었고 그 때문에 여러 차례 쉬는 사이 어둠이 내렸다. 주변에는 마땅한 여각도 없다고 하여 이용익이 수소문 끝에 어느 마을의 외진 초가 하나를 구했다.

초가의 주인은 늙은 노파였다. 그이는 내가 가마에서 내리자 동정어린 말투로 말했다.

"중전이 음란하여 이런 난리가 일어나 귀한 집 낭자께서 여기까지 피란을 오게 되었구려."

그 소리를 듣자 피가 거꾸로 솟는 듯했지만 가까스로 참았다. 저이도 대원군이 퍼뜨린 못된 소문을 듣고 아무 생각 없이 하는 말일 것이라고 하면서 나를 다독였다. 하지만 시골 산골에 사는 노파가 저런 말을 할 정도면 여느 백성들은 나를 천하의 요녀로 여길 것이라는 생각에 다시 부아가 치밀었다. 그런 마음이 몇 번이고 반복되다보니 그날 밤은 제대로 잠을 잘 수가 없었다. 눈만 감으면 도대체 그 노파는 어떤 말을 듣고 나를 음란한 여인이라고 했는지 따지고 묻고 싶은 생각이 자꾸 고개를 쳐들었다.

용인과 이천에서 보낸 밤들도 모두 그런 분한 마음에 단잠을 이루지 못했다. 그나마 여주 고향에 도착한 후에야 겨우 제대로 잠을 청할 수 있었다. 민영위는 기꺼이 안채를 주었고 정성껏 진수성찬을 내놓았다. 지난 3일 동안 제대로 자지도, 먹지도 못한 탓인지 좋은 음식을 먹고 안락한 잠자리에 눕자 그저 기절한 듯이 잠만 잤다. 꿈도 없는 잠이었다. 식사 때문에 중간에 나를 몇 번 깨웠다고 하는데, 나는 전혀 듣지 못했다. 그렇게 꼬박 하루를 줄곧 잠만 잤다.

그러고 나니 비로소 고향에 왔다는 생각을 하게 되었고 문득 생가를 돌아볼 마음이 생겼다. 민유중공을 비롯하여 6대조부터 아버지까지 고스란히 잠든 묘소를 찾아볼까도 했지만 민영위와 민영식이 모두 저지하는 바람에 그만두었다. 혹여 대원군의 눈이 숨어 있을 수도 있다는 말로 나를 만류했다. 그래서 생가라도 방문하게 해달라고 했더니 그 역시 안 된다고 했다. 하지만 나도 물러설 수 없었다. 아버지에 대한 모든 기억과 나의 어린 시절이 고스란히 깃든 곳을 지척에 두고 가보지 않을 수 없다고 했다. 그런 나의 생떼를 이겨내지 못하리라 여겼는지 민영위가 민응식을 설득한 덕에 생가를 찾아볼 수 있게 되었다.

여주 생가에서 장호원으로 출발할 때 이용익은 떠날 채비를 하고 나에게 하직 인사를 했다. 영익에게 내가 안전하다는 사실을 알리려고 가는 길이었다.

"영익을 만나거든 어서 빨리 사람을 놓아 지금의 사태를 청국에 알리라고 전하게. 윤태준이 김윤식을 안다고 하니 그자에게 사람을 몇 명 딸려보내면 될 것이네."

이용익이 수하들을 데리고 떠나는 모습을 보고 이내 장호원으로 길을 향했다. 여주에서 장호원으로 가는 길에는 고개가 많았다. 오르막과 내리막이 연이어지는 곳이 한두 곳이 아니었다. 그때마다 나는 가마 속에서 중심을 잡느라 애를 먹었다. 자칫 가마 안에서 뒤로 나뒹굴거나 앞으로 고꾸라지지 않기 위해 무던히 애를 썼다. 가마 천장에 붙은 손잡이를 얼마나 세게 잡았던지 손목이 욱신거릴 정도였다. 다리도 당기고 허리도 견딜 수 없이 아팠다. 그리고 어느 순간부터 머리가 어지럽고 속이 거북해지기 시작했다. 창문을 열고 찬바람을 쐬었지만 소용없었다.

도저히 참을 수 없는 지경이 되었을 때 나는 가마를 마구 두드렸다. 세우라는 말도 나오지 않았다. 가마가 멈추어 서자 나는 체면 따위는 내팽개치고 밖으로 뛰쳐나갔다.

아침을 먹는 둥 마는 둥 몇 술 뜨지도 않았다. 지난 5일 동안 먹은 것도 많지 않았다. 그런데도 나는 한참을 게워내야 했다. 무엇인지 모를 것들이 한참 동안 쏟아졌다. 그리고 그 냄새가 콧속으로 파고들자 나는 또다시 게워냈다. 창자가 다 따라올라오는 것 같았다. 누른 신물을 내뱉을 때는 몸이 부르르 떨렸다. 옥련이 나를 뒤에서 안아 일으켜세웠다.

나는 어딘가 눕고 싶다고 했다. 하늘이 빙글빙글 도는 통에 서 있을 수 없었다. 옥련은 물을 가져와 입을 헹구게 하고 젖은 수건으로 얼굴을 닦아주었다. 그리고 돗자리를 펴서 나를 뉘었다. 옥련은 자신의 무릎 위에 내 머리를 올려놓고 장옷으로 몸을 덮어주었다. 그리고 혹 내 눈이 부실까봐 물에 적신 수건을 올려주었다.

그런 옥련의 손길을 느끼면서 나는 옥련이 없었다면 지난 세월을 어떻게 견뎠을까 하는 마음이 들었다. 정말 내가 의지할 유일한 사람은 옥련뿐이었다. 비록 옥련은 한낱 가비(집안 여종) 신분이었지만 나에게는 둘도 없는 친구요, 자매요, 가족이었다. 나보다 다섯 살 위인 옥련은 내가 태어났을 때부터 단 한 순간도 나와 떨어져본 적 없는 유일한 사람이었다. 나의 유일한 언니였고, 동무였으며, 놀이 선생이었다. 밥을 떠먹여주고, 반찬을 골라주고, 몸을 씻겨주고, 업어서 재워주기도 했다. 봄이면 들판에 핀 꽃을 꺾어다 화관을 만들어주기도 했고, 손톱에 봉숭아물을 들여주기도 했으며, 풀피리로 노래를 들려주기도 했다. 내가 그 어떤 투정을 부려도 웃으며 받아주고 잠투정으로 온갖 심술을 부려도 달래고 얼러 기어코 꿈속으로 이끌어주었다.

나는 어릴 때부터 위장이 약해 자주 체했다. 내가 체할 때마다 옥련은 조약돌을 따뜻하게 데워 와 내 배 위에 올려주곤 했는데, 신기하게도 효험이 있었다. 배앓이 때문에 잠을 잘 자지 못할 때는 조약돌 대신 놋그릇을 따뜻하게 데워 배에 대고 자게 했다. 그렇게 하면 이상하게 아침에는 배가 말짱하게 나았다.

궁중에 들어간 뒤에도 배앓이를 하면 나는 의녀를 부르는 대신 옥련의 처방에 의존했다. 아이를 밴 후 심한 입덧으로 고생할 때도 마찬가지였다. 나는 유난히 입덧이 심했다. 첫아이를 임신한 후로 연거푸 계속 아이를 잉태했기 때문에 몇 년간 입덧을 달고 살았다고 해도 과언이 아니었다. 대개 여인들은 임신 후 두어 달이 되어야 입덧을 시작한다는데, 나는 임신과 동시에 입덧이 시작되었다. 입덧은 만삭이 다 될 때까지도 멈추지 않았다. 그 때문에 의녀를 불러 갖은 방책을 동원해보았지만 늘 허사였다. 입덧에 좋다는 여러 약을 먹었지만 무소용이었다. 그런데 옥련이 어디서 구해왔는지 모를 물약만 먹으면 이상하게 입덧이 가라앉곤 했다. 그래서 도대체 이것이 무엇이냐고 물었더니 솔잎 감식초라고 했다. 그래서 나는 옥련이 네가 궐 안의 모든 의녀보다 더 훌륭한 의원이라고 칭찬해주었다.

옥련이 만들어온 솔잎 감식초 덕분에 나는 입덧을 이겨낼 수 있었다. 그런데 이상하게도 입덧을 하지 않을 때는 솔잎 감식초가 싫었다. 향도 진하고 너무 시큼한데다 먹고 나면 약간 술기운이 돌아 몽롱한 느낌이 들었는데, 그 느낌이 싫었다. 물론 입덧을 하지 않을 때는 옥련도 솔잎 감식초를 내놓는 일이 없었다.

그렇듯 옥련은 온갖 정성으로 나를 보살피는 고마운 사람이었지만 생각해보면 옥련은 나 때문에 시집도 가지 못하고 궁궐에 들어와 평생을 처녀 귀신으로 살고 있는 팔자였다. 나야 늘 비단옷에 좋은 음식을 먹고 있지만 옥련은 말만 본방 나인일 뿐 궁궐의 무수리나 비자와 다를 바 없는 처지였다. 그러고 보니 나는 그동안 옥련이 무엇을 먹고 어디서 자는지 제대로 신경쓴 적이 없었다. 그저 나만 생각했지 한 번도 옥련의 삶에 대해 생각해본 적이 없었다. 나는 가마를 타고 다녀도 이렇게 힘든데, 옥련은 계속 걸어다녔으니 그 발이 어떻게 되었을까 싶었다.

어지럼증이 조금 가라앉자 나는 몸을 일으켜 옥련의 발을 보자고 했다. 하지만 옥련은 정색하며 발을 치마 밑으로 숨겨버렸다.

"마마, 저 같은 천것의 발을 봐서 무엇 하시렵니까? 혹여 많이 걸어 발가락이라도 짓물렀을까 염려되시옵니까? 제 발은 무쇠로 되어 있어 탈이 나는 일이 없으니 염려 마소서."

나는 몇 번이나 옥련의 발을 확인하려고 했지만 옥련은 한사코 나에게 발을 내밀지 않았다. 도성에서 거기까지 이미 천 리를 쉬지 않고 걸었을 터인데…….

"마마, 이제 장호원까지 한 시진도 남지 않았다고 합니다. 이제 가마에 오르실 수 있겠사옵니까?"

옥련은 그런 말로 내 시선을 피하며 가마 안을 살폈다. 하지만 가마에 다시 오르고 싶지는 않았다. 차라리 옥련과 함께 걷는 것이 낫겠다 싶었다.

"나도 이 아이와 함께 잠시 걷겠네."

내가 민응식에게 그리 말하자 민응식은 난감한 표정을 지었다.

"그래도 어찌 이 산길을 걸으시겠습니까? 마마, 가마에 오르소서."

"어지러워서 가마는 더이상 못 타겠네. 걷게 해주게."

"마마, 아니 될 말씀이옵니다. 어찌 중전께서 이 산길을…….."

"피란길인데, 뭐 어떤가? 그냥 걷겠네."

나는 기어코 가마를 마다하고 걸었다. 하지만 일각도 채 걷지 못해 발이 아파왔고 땀으로 온몸이 젖어 몸이 축축 늘어졌다. 장옷까지 쓰고 거친 비탈길을 올랐으니 당연한 일이었다. 나를 부축하고 있던 옥련이 그 모습을 보고 간절한 음성으로 말했다.

"마마, 이제 그만 가마에 오르소서. 이러다 발병이라도 나면 어쩌려고 그러십니까?"

민웅식도 그 소리를 듣고 얼른 달려와 가마에 오르라고 성화였다. 하지만 가마에 오르면 또 토할 것 같아 선뜻 내키지 않았다.

"어디 나귀라도 있으면 타고 가면 좋으련만……."

어린 시절 안국동으로 이사갈 때 가마 대신 나귀를 타고 갔던 기억이 있어서 그렇게 중얼거렸다.

그때였다. 고개 아래에서 웬 여인이 나귀를 끌고 올라오는 것이 보였다. 그 여인은 우리 일행 앞으로 오더니 다짜고짜 나에게 엎드려 큰절을 하며 말했다.

"어찌 귀하신 분께서 이렇게 궁벽한 곳까지 오셨습니까?"

민웅식이 달려와 그 여인을 제지하며 쫓으려고 했지만 나는 그냥 두라고 했다. 사람을 알아보는 능력이 탁월한 여인이라고 생각해서였다.

"너는 누군데, 나를 보고 단번에 귀인이라 하느냐?"

"소인은 제천 월악산 아랫마을에 사는 두옥이라고 하옵니다. 제가 모시고 있는 신령께서 오늘 북방에서 귀인이 온다고 하여 마중을 나오던 길이옵니다."

"그 귀인이 나란 말이더냐?"

"그러하옵니다."

그 말을 듣고 민웅식이 두옥을 호되게 나무랐다.

"네 이년, 천한 무당 따위가 어디서 요설을 쏟아내느냐. 썩 물러가지 못할까!"

하지만 나는 민웅식을 제지하며 다시 물었다.

"그래, 그렇다면 하나만 더 물어보자. 너의 신령께서 나의 앞날이 어떻게 된다 하더냐?"

"귀인께서는 잠시 어려움을 겪고 이곳으로 피신을 오신다 했으나 8월 보름이 되기 전에 옛 영화를 되찾을 것이라고 했습니다."

그 말을 듣고 나는 신통방통하다는 생각이 들었다. 이 여인의 말이 꼭 이루어질 것만 같은 기분도 들었다.

"네 이름이 두옥이라고 했느냐?"

"그렇습니다."

"나와 함께 가서 말동무나 해줄 수 있겠느냐?"

"그리해주시면 쇤네는 영광이옵니다. 부디 귀인을 모시게 해주십시오."

"그런데 너는 왜 나귀를 끌고 왔느냐?"

"간밤 꿈에 귀인께서 나귀를 타고 싶어하신다 하여 아침부터 수소문하여 어렵게 빌려왔습니다."

"오호, 신통방통하도다! 어찌 이런 일이 있단 말인가?"

나는 두옥을 민웅식의 집으로 데려갈 마음을 굳히고 나귀를 타고 고갯길을 내려갔다. 시원한 산바람이 불어서인지 몸이 가벼워졌다. 기분도 좋아져 앞으로 모든 일이 다 잘될 것만 같은 생각이 들었다.

'이 여인의 말대로 정말 8월 보름 전에 궁궐로 되돌아갈 수 있을까? 아니야, 꼭 되돌아갈 수 있을 거야. 신령님 말씀이라고 하지 않았나.'

그런 생각을 하며 두옥을 몇 번이나 곁눈질로 쳐다보았다. 두옥은 그때마다 나를 웃는 얼굴로 쳐다보며 고개를 끄덕거렸다. 그래서 나는 아, 이 여인은 지금 내가 무슨 생각을 하고 있는지 알고 있구나 싶었다. 그러면서 8월 보름 이전에 창덕궁으로 되돌아갈 수 있다는 확신을 갖게 되었다.

국망산 아래서 보낸 늦여름

민응식의 집에 머문 지 보름쯤 되는 날 이용익이 영익의 서찰을 갖고 장호원에 왔다. 영익은 양근에서 무사히 잘 지내고 있다고 했다. 윤태준과 이용익의 수하 몇을 청국에 머물고 있는 김윤식에게 보냈다면서 머지않아 좋은 소식이 올 테니 옥체를 잘 보존하라는 당부도 잊지 않았다. 또한 윤태준이 청나라를 다녀오는 대로 그 소식을 들고 장호원을 찾겠다는 말도 덧붙였다.

"내 자네의 노고를 잊지 않겠네."

이용익은 황송하다는 말만 할 뿐 별다른 공치사는 하지 않았다. 이용익은 내가 그곳에 머물면서 쓸 여러 물건과 식량들을 구해 민응식에게 안겼지만 나에게는 별다른 언급을 하지 않았다. 그이가 양근으로 돌아간 후 민응식을 통해 들은 말이었다. 그래서 나는 이용익을 더욱 믿을 만한 위인이라고 판단했다.

이용익이 다녀간 후 나의 불안감은 다소 사라졌지만 여전히 대원군의 수하들이 장호원으로 뒤쫓아올 것을 염려하여 바깥출입은 일체 하지 않았다. 민응식도 가솔들을 철저히 단속했다. 그럼에도 불구하고 근동에는 민응식의 집에 한양에서 온 여인이 머물고 있다는 소문이 퍼져 있었던 모양이다. 작은 동네라 아무리 입단속을 한다고 해도 사람들의 눈을 모두 가릴 수는 없었다.

"한양에서 피접을 온 먼 친척 규수라고 둘러댔지만, 어디서 어떤 말이 새어나갈지 알 수 없습니다. 그러니 마마께서는 절대 잡인을 집안으로 들이지 마십시오."

민응식의 말은 내가 가끔 불러들이는 두옥의 출입이 못마땅하다는 뜻이었다. 하지만 나는 두옥과의 만남을 포기할 수 없었다. 두옥은 나의 유일한 숨통이었기 때문이다. 불안하다가도 두옥의 말을 들으면 이상하게 안심이 되고 모든 일이 잘될 것만 같은 기분이 들었다.

"그러면 차라리 두옥 모자를 아예 집안에 머물게 하는 것은 어떻겠는가?"

사실 나는 처음부터 두옥을 민응식의 집에 머물게 하고 싶었다. 하지만 민응식은 마땅한 거처도 없을뿐더러 무당이 집안에 머무는 것이 소문이라도 나면 집안은 물론이고 근동의 유림에서 가만있지 않을 것이라고 했다.

"마마, 전에도 말씀드렸듯이 무당이……."

"물론 자네 뜻을 모르는 것은 아니네. 하지만 나에게 지금 무슨 낙이 있겠는가? 하루종일 이곳에 갇혀 지내는 것이 감옥살이와 다를 바가 무엇이겠는가? 그나마 가끔 두옥이라도 만나 촌구석 사람들의 사는 이야기도 듣고, 두옥의 어린 아들이 부리는 재롱도 보는 것이 유일한 낙일세. 그런데 자네가 그것마저 끊어버린다 하면 나의 숨구멍을 모두 막겠다는 심사인가?"

"마마, 소인은 오로지 마마의 안위를 위해……."

"물론 자네의 그런 마음을 모르는 바가 아니네. 그래서 차라리 두옥 모자를 집안으로 들이자는 것이네. 아랫것들의 눈과 입이 염려되거든 차라리 내 처소 곁방에 머물게 해주게."

"곁방에는 옥련이 지내고 있는 터라……."

"옥련은 나와 함께 지내면 되네. 그 사람은 내 형제 같은 사람이라 함께 방을 쓴들 무슨 문제가 있겠는가?"

그런데도 민응식은 이런저런 말을 둘러대며 두옥을 들이는 것에 강하게 반대했다. 하지만 나도 양보할 수 없는 문제라 정 그렇다면 여주의 민영위 집으로 다시 가겠다고 버텼더니 민응식도 별수없이 물러섰다.

"알겠습니다. 소인이 주변 입단속을 더욱 강화하여 말이 나는 일이 없게 하겠습니다."

그길로 나는 두옥 모자를 안채로 불러들여 곁방에 머물게 했다. 하지만 옥련은 절대로 나와 같은 방을 쓸 수 없다며 기어코 곁방에서 옥련 모자와 함께 지냈다. 그런 옥련의 고집을 꺾을 방도가 없었다. 옥련은 어떤 일에서든 항상 내 말에 복종하고 내 뜻대로 행동하는 사람이었지만 분수에 넘치는 일이나 나를 힘들게 하는 일은 절대로 따르지 않았다. 옥련의 생각으로는 나와 같은 방을 쓰는 것이 몸종의 분수에 넘치는 일이며 나를 불편하게 하는 일이라고 여긴 것이 분명했다.

어쨌든 나는 두옥을 곁에 두고 매일같이 볼 수 있게 된 것만으로도 만족했다.

"네가 지난번에 한 말대로 8월 보름 이전에 내가 다시 한양으로 돌아갈 수 있겠느냐?"

나는 또 그 질문을 했다. 이미 장호원으로 들어올 때 들은 말이었지만 두옥의 입을 통해 다시 한번 확신을 얻고 싶었다.

"지금 마마께서 머물고 계신 장호원의 이 집 뒤쪽으로 국망산이 우뚝 솟아 있습니다. 국망(國望)이란 곧 나라의 미래를 바라본다는 뜻인데, 마마께서 이곳에 머물게 되신 것은 결코 우연이 아닙니다. 마마께서는 이곳에서 지금 나라의 미래를 위해 잠시 웅크리고 계시는 것이옵니다. 그 시일도 길어야 예순 날을 넘지 않을 것입니다. 그러니 8월 보름 이전에는 반드시 환궁하실 것입니다. 또한 7월 보름이면 좋은 소식이 올 것입니다."

"오호, 네가 모시고 있는 신이 관왕이라고 했더냐?"

"그렇습니다. 마마께서 알고 계시듯이 관우 장군은 충직함이 무쇠와 같아 결코 헛된 말을 하는 분이 아니옵니다. 그런 관왕신께서 소인에게 들려준 말씀이니 틀림없을 것입니다."

"혹여 중간에 대원군의 간자들이 이곳을 덮칠 일은 없겠느냐?"

"마마, 국망산의 산세는 천하의 은둔지가 되고도 남습니다. 또한 장호원은 강으로 둘러싸여 있어 잡귀들이 함부로 범하지 못하는 지세이옵니다. 게다가 마마의 고향 여주에는 영릉이 있어 세종대왕의 영령은 물론이거니와 여흥 민씨 조상들의 영령들도 함께 머물고 있습니다. 그러므로 잡귀 따위는 범접할 수 없으니 잡귀의 수하인 간자가 뒤를 밟는 일은 절대 없을 것이니 염려하지 마시옵소서."

"그래, 네 말을 듣고 있으니 마음이 편해지는구나."

그렇듯 두옥은 늘 내 마음에서 불안을 쫓아내곤 했다. 또한 두옥의 아들 창열이도 재주가 많은 아이였다. 이제 아홉 살인 그 아이는 세자와 동갑이었다. 그런데 세자에 비해 덩치도 크고 목소리도 우렁찰 뿐 아니라 땅재주도 잘 넘고 사당패 흉내도 잘 냈다. 어디서 주워들었는지 노랫가락을 뽑아내는 재주도 있었고 새소리, 늑대소리, 여우소리 등 온갖 동물소리를 내는 재주도 있었다. 그 아이를 보고 있노라면 온갖 시름이 홀연히 사라지는 느낌이었다.

창열이는 촌구석 무당 아들 같지 않게 총기도 뛰어나 글을 가르치면 금방 알아듣고 산술을 알려주면 계산을 척척 해내는 것이 보통 신통한 아이가 아니었다. 가끔 내가 들려주는 옛 위인들의 이야기도 잊어먹는 법이 없고 중국 고사를 알려주면 상황에 맞게 척척 응용을 해대는 통에 나는 깜짝깜짝 놀라곤 했다.

내 아들 척이 이 아이만큼 건강하고 활달하면 얼마나 좋을꼬 하는 마음도 자주 들었다. 세자는 돌 무렵부터 자주 아팠다. 그래서 늘 조마조마하는 마음으로 키웠다. 이 아이도 혹여 자기 형이나 누나처럼 훌쩍 가버리는 것이 아닌가 하는 마음에 늘 애를 태웠다. 그래서 보약이란 보약은 끊임없이 해먹였다. 그 덕분인지 여덟 살에 성균관 입학례도 무사히 치렀다.

입학례가 끝나기 무섭게 나는 척의 국혼을 서둘렀다. 한 살이라도 어린 나이에 결혼을 시키고 어서 빨리 후손을 보길 바라는 마음에서였다. 임금은 열 살이라도 넘겨서 국혼을 하는 것이 어떻겠냐고 했지만 나는 마음이 급했다. 척이 아홉 살이 되자 곧바로 국혼을 올리고 세자빈을 맞아들였다.

그것이 올해 초였다. 작년에 성균관 입학례를 마치고 바로 간택령을 내린 후 올해 1월 15일에 초간택을 하고 사흘 뒤에 재간택을 했다. 그리고 1월 26일에 삼간택을 하여 민태호의 딸이자 영익의 친동생을 세자빈으로 정했다. 세자보다 두 살 많은 세자빈은 영익과 마찬가지로 총명하고 맑은 아이였다. 나이답지 않게 의젓하고 몸도 성숙했다. 게다가 글공부도 제법 익혀 말귀를 잘 알아들었다.

세자빈의 책빈례는 올해 2월 19일에 거행했다. 그리고 사흘 후 조현례를 할 때 나는 자녀를 많이 낳으라고 대추와 밤을 듬뿍 던져주었다.

그런데 3월 6일에 종묘를 배알할 때는 왠지 마음이 두근거리고 불안한 생각이 일었다. 혹여 이 아이들을 너무 일찍 결혼하게 하여 탈이 나는 것은 아닌가 하는 밑도 끝도 없는 불안이었다.

세자 척을 일찍 결혼을 시킨 데는 다른 이유도 있었다. 세자가 국혼 전에 혹여 임금의 전철을 밟지 않을까 염려한 까닭이었다. 임금이 나에 앞서 다른 여인에게 빠져 서자를 먼저 얻는 바람에 나라의 기강이 흔들리고 대원군과 나의 관계가 악화된 것을 염두에 두지 않을 수 없었다. 또한 임금이 나를 제쳐놓고 이순아에게 빠져 있던 터에 중궁의 입지가 약화되었을 뿐 아니라 그로 인해 겪은 나의 고통은 이루 말할 수 없었다. 나는 그런 고통을 세자빈에게까지 넘겨주고 싶지 않았다.

사실 나는 일찌감치 영익의 여동생을 세자빈으로 점찍어두고 있었다. 그 아이가 세자빈이 되고 왕비가 되어야 영익의 뒤를 튼튼히 받쳐줄 뿐 아니라 우리 여흥 민씨 가문의 앞날도 보장받을 수 있기 때문이었다. 그런데 만약 세자가 자기 아비처럼 다른 여인에게 빠져 세자빈을 뒷방으로 밀어낸다면 영익의 앞날도 어두워지고 우리 집안도 기울 수밖에 없을 것이라고 판단했다. 그래서 서둘러 세자빈을 들인 것인데, 왜 그리도 마음이 불안했는지는 알 수 없는 노릇이었다.

그 불안은 며칠 후에 세자빈의 생모가 죽자 더 심해졌다. 세자빈의 생모인 민태호의 아내가 죽은 것은 종묘에 국혼을 알린 지 불과 20일 뒤였다. 그 일로 세자빈은 깊은 슬픔에 빠져 음식을 잘 삼키지도 못하고 몸이 급속히 말라갔다. 혹여 저러다 세자빈도 잃을까 염려되어 나는 세자빈을 불러 마음을 어루만져주고 여러 말로 위로하며 건강을 지켜야 한다고 당부하고 또 당부했다. 이제 갓 열한 살인 세자빈은 생모의 죽음을 받아들이기 쉽지 않았던 모양이다. 나와 임금의 위로와 당부에도 음식을 잘 넘기지 못했다. 그래서 나는 직접 음식을 세자빈에게 먹이거나 음식을 다 먹을 때까지 지키고 앉아 있었다. 이 아이가 모친상으로 건강을 잃으면 세손을 얻지 못할 뿐 아니라 우리 집안의 앞날에도 먹구름이 드리울 것이 불을 보듯 뻔했다. 게다가 혹여 이 아이가 몸이 쇠해져 명줄을 놓기라도 한다면 세자가 받을 충격도 적지 않을 터, 그로 인해 혹 세자가 건강이 더 나빠지기라도 하면 나라가 송두리째 흔들리게 될 것이었다. 이처럼 세자빈 때문에 이래저래 종종걸음을 치는 사이에 느닷없이 대원군이 난병들을 움직여 궁궐을 침입해온 것이다.

나는 가까스로 목숨을 건져 궁궐을 무사히 빠져나왔지만 세자빈의 안위는 어찌 되었는지 알 수 없었다. 아무리 대원군이 다시 득세했다 해도 자신의 친손자인 세자를 어쩌지는 못하겠지만 세자빈은 나의 일족이라 하여 무슨 처분을 내렸는지 알 수 없었다. 다행히 아직까지 세자빈을 내쫓았다는 말은 듣지 못했다. 또한 세자의 안위에 문제가 생겼다는 말도 돌지 않았다. 하지만 병약한 세자가 충격을 받아 앓아눕지는 않았는지, 몸이 쇠약할 대로 쇠약해진 세자빈이 이번 사태에 겁을 먹고 큰 병을 얻지는 않았는지 염려되고 또 염려되었다.

창열의 재롱은 그런 나의 염려증을 잠시나마 잊게 했다. 그 아이를 보고 있노라면 우리 세자도 잘 지내고 있으리라는 마음이 절로 들었다.

"너는 어찌도 그리 차돌멩이처럼 강건하누?"

내가 창열에게 그런 말을 하면 옥련은 이내 내 마음을 읽고 나를 위로했다.

"마마, 세자 저하께서도 강녕하실 것입니다. 염려 마옵소서."

그러면 두옥이 또 옥련을 거들었다.

"마마, 제가 세자 저하의 사주를 살피고 관왕신께 언질을 받아보았는데, 염려하지 않으셔도 됩니다. 세자 저하께서는 결코 단명하실 사주가 아니옵고 관왕신께서도 그리 말씀하셨습니다."

"그런가? 관왕신께서 그리 말씀하셨다니 안심이 되는구나. 그러면 세자빈은 어떤가? 그 아이도 괜찮겠는가?"

"세자빈마마의 사주 또한 단명하실 사주는 아니옵니다. 강건함은 조금 부족해도 그런 분이 더 오래 사는 법이라 했습니다."

"자네 말을 믿겠네. 꼭 그리되리라 믿겠네."

나는 불안한 마음이 들 때마다 두옥을 불러 확인하고 또 확인했다. 두옥은 그때마다 나를 안심시켜주며 조만간에 좋은 소식이 올 것이라고 했다.

두옥의 말처럼 좋은 소식이 오는 데는 그리 오랜 시간이 걸리지 않았다. 윤태준이 무사히 김윤식을 만나 내 말을 전했고, 김윤식이 다시 청국 황제를 알현하고 대원군이 난병을 이끌고 궁궐을 침범했으니 구원병을 보내달라는 말을 했다는 소식을 안고 영익이 직접 장호원으로 온 것이다.

"네가 안전한 것을 보니 천군마마를 얻은 듯하구나."

"마마, 이제 곧 환궁하실 수 있을 것이니 더이상 염려하지 않으셔도 됩니다."

"그래, 내 그 말을 얼마나 기다렸는지 모른다."

영익이 장호원에 왔을 때는 이미 음력 7월 초순이었다. 어느덧 여름이 지나고 아침저녁으로 선선한 가을바람이 불었다.

영익은 청국에서 오장경에게 병력 수천을 안겼고 며칠 안에 오장경의 군대가 배를 타고 조선 땅에 상륙할 것이라고 했다.

"오장경은 내가 여기에 머물고 있는 것을 아느냐?"

"아직 마마께서 생존해 계신다는 것을 알리지 않았습니다. 혹여 말이 새어나갈까 염려하여 그저 대원군이 변을 일으키고 중궁전을 침입하여 참변을 일으킨 후에 장례까지 치렀다고만 알렸습니다."

"잘했다. 청국 사람들도 믿을 수 없으니 때가 될 때까지 내가 살아 있다는 것을 알려서는 안 된다."

며칠 후 이용익이 청국 군대가 조선 땅에 상륙했다는 소식을 안고 장호원으로 달려왔다.

"7월 8일에 오장경의 군대 삼천이 남양에 상륙했습니다."

이용익은 사헌부 장령 심상훈을 달고 왔다. 그는 김윤식과 친한 자로 임금과 오장경 사이를 오가며 대원군 처리 문제를 논의하고 있다고 했다.

영익은 청국 군대를 이용하여 대원군을 아예 청국으로 끌고 가도록 하는 것이 어떻겠느냐고 했다. 그래서 내가 어떤 좋은 방도가 있느냐고 물었더니 영익은 생각해둔 방도가 있다며 나는 모르는 것이 좋겠다고 했다. 아마도 계략이 있는 모양인데, 중궁인 내가 계략에 개입하는 것이 모양새가 좋지 않다고 생각한 것 같았다. 그리고 곧 영익은 이용익과 심상훈을 다시 김윤식에게 보냈다.

김윤식에게 갔던 이용익과 심상훈이 닷새 후에 장호원으로 달려와 결과를 알려주었다.

"대원군이 청국 군병들에게 납치되어 청국으로 끌려갔습니다. 이제 마마께서 환궁하실 때가 된 듯하옵니다."

그러자 영익은 이제 오장경에게 나의 생존 사실을 알리는 것이 좋겠다면서 곧 적당한 사람을 물색하여 오장경에게 밀서를 보내겠다고 했다. 그때가 7월 보름께였다. 두옥의 말이 딱 맞아떨어진 셈이었다. 참으로 신통한 일이라 생각하고 두옥을 불러 말했다.

"네 말대로 7월 보름에 좋은 소식이 왔구나. 이제 곧 환궁하게 될 것인데, 이참에 너도 나와 함께 한양으로 가자꾸나."

"마마께서 가시는 곳이면 소인은 어디든지 함께 가겠습니다."

"그렇다면 언제 떠나는 것이 좋겠느냐? 날을 한번 잡아보아라."

"이달 28일이 손이 없는 날이옵고 길일이옵니다."

그렇게 길일을 잡아 떠날 날을 결정해두었는데, 묘하게도 임금이 보낸 사람들이 27일에 장호원에 도착했다. 문관 몇 명과 청국 군대 1백 명, 그리고 조선 군대 육십 명도 나를 경호하기 위해 함께 왔다.

장호원을 떠나기에 앞서 나는 두옥에게 혹 특별히 행해야 할 일이나 조심할 일이 없는지 물었다. 그러자 두옥은 여주를 거쳐 가되 반드시 세종대왕의 영릉을 배알하고 가야 한다고 했다. 그 연유를 물으니 세종대왕의 영령께서 내가 가는 길을 살펴주실 것이라고 대답했다. 나는 그 말을 옳게 여기고 다음날 여주에 도착하여 영릉을 배알했다.

영릉을 배알하고 나니 이상하게 기운이 솟구치는 느낌이 들었다. 그 연유를 두옥에게 물었더니 세종대왕의 영령이 함께하기 때문이라고 했다. 두옥의 그 말 덕분인지 환궁길이 더이상 두렵지 않았다. 혹 숨어 있던 난병들이 가마를 덮칠지도 모른다는 불안감도 사라졌고 가마멀미에도 시달리지 않았다. 덕분에 용인에서 하루를 유숙하고 곧장 한양에 입성했다.

2장

기나긴 삼 일

이시즈카 에이조의 보고서

이치로는 이토 통감을 만나 건청궁 지하 통로에서 발견한 두 구의 유골에 대해 일단 구두 보고를 했다. 이토 통감은 이 문제에 대해 매우 민감하게 반응했다. 어떤 일이 있어도 이 일이 새어나가는 일은 없어야 한다고 신신당부했다.

"조선 반도 합병조약을 눈앞에 두고 있네. 자칫 이 일이 새어나가면 감정적인 조선인들이 무슨 일을 벌일지 알 수 없네."

그러면서 이토 통감은 두 구의 유골에 대한 실체를 철저히 조사하여 빠른 시일 내에 상세한 보고서를 작성하여 올리라고 했다.

이치로는 통감 집무실을 나온 즉시 건청궁 해체 공사를 전면 중단시켰다. 그리고 일단 지하 통로의 유골들과 유물들을 수습했다. 이후 이치로는 유골의 주인을 찾기 위해 조선 왕비 살해와 관련된 자료들을 수집하기 시작했다.

이치로가 가장 먼저 입수한 자료는 사건 당시 조선 정부의 고문으로 있었던 이시즈카 에이조가 일본 정부의 법제국장이었던 스에마쓰 가네즈미에게 보낸 보고서였다. 보고서가 작성된 날은 메이지 28년(1895) 10월 9일이었는데, 바로 사건 발생 다음날이었다. 편지 형식으로 된 이 보고서는 두루마리 형태로 되어 있었고 글씨는 먹으로 쓰여 있었다.

안녕하십니까?

이 땅에서 어제 아침에 일어난 사건에 대해서는 벌써 대략 알고 계시지요?

왕비 배제 건을 시기를 보고 결행하자는 것은 모두가 품고 있었던 생각이지만 만일 잘못되면 바로 외국의 동정을 일으키고 영원히 여러 나라에서 일본의 지위를 잃을 것이 당연하므로 깊이 경거망동하지 말 것은 새삼스럽게 말할 필요도 없는 일입니다. 이번 사건에 대해 저는 처음부터 그 모의에 전혀 관여하지 않았습니다만, 어렴풋이 그 계획을 조선인으로부터 전해들어 조금씩 알게 된 바에 의하면, 국외자로서 그 모의에 참여하여 심지어는 낭인들이 군병대의 선봉 역할을 했다는 사실이 있습니다.

그 방법은 경솔하기 이를 데 없으므로 결코 장난에 속하지 않는다고 여겨지는데, 다행히 그 가장 꺼림칙한 사항은 외국인은 물론 조선인에게도 서로 알려지지 않을 모양입니다. 현 공사(미우라)에 대해서는 조금 예의가 없는 느낌이 들지만 일단 사실의 대략적인 줄거리를 보고하는 것이 직무상의 책임일까 생각하여 다음과 같이 간단히 말씀드리는 바입니다.

1. **발단** : 왕비 배제의 필요는 미우라 공사도 이미 깊이 느끼고 있었던 것 같습니다. 그러나 하필 오늘 이것을 결행한 이유는 "위급의 경우에 러시아 원군을 청해야 할 약속" 및 "훈련대를 해산한다는 계획"을 궁내부에서 세웠기 때문인 듯합니다.

2. **명의** : 훈련대 해산, 병기 몰수의 의논을 듣자 부득이 대원군을 앞세워 대내에 하소연하고자 하여 시위대에서 충돌하게 되었습니다. 왕성의 수비병은 이것을 진정하기 위해 사문(四門)의 경비에 종사했다고 말합니다.

3. **모의자** : 미루어 생각해볼 때 오카모토가 주모자인 것 같습니다. 대원군 입궐을 알선한 자가 바로 그 사람입니다. 그 밖에 시바, 구스세, 스기무라가 비밀 모의에 참여했다고 합니다. 기타는 적어도 관여하지 않았습니다. 수비대장 마야하라 같은 사람은 명령으로 실행의 임무에 충당된 것 같습니다.

4. **실행자** : 이 막된 짓의 실행자는 훈련대 외에 수비병의 후원이 있었습니다. 또한 수비병 외에 일본인이 스무 명쯤 있었습니다. 구마모토현 출신자가 다수를 점하며 그들 중 신문기자 몇 명과 의사, 상인도 있었습니다. 따라서 서양식 옷을 입은 사람과 일본 옷을 입은 사람이 서로 섞여 있었습니다. 오카모토는 대원군과 동시에 입성하여 실행의 임무

를 맡았습니다. 수비대의 장교와 병졸은 사문을 지키는 것에 그치지 않고 대문 안으로 침입했습니다. 특히 낭인들은 안으로 깊숙이 들어가 왕비를 끌어내고 두세 군데 칼로 상처를 입혔습니다. 나아가 왕비를 나체로 만든 후 국부 검사를 했습니다. 우습기도 하고 노할 일이지만 말입니다. 그러고는 마지막으로 기름을 부어 태우는 등 차마 이를 글로 옮기기 어렵습니다. 그 밖에 궁내부 대신을 몹시 참혹한 방법으로 살해했습니다. 이 일은 사관도 도와주기는 했지만 주로 병사 외 일본인들이 저지른 짓인 것 같습니다. 대략 3시간여를 소비하여 이 같은 막된 짓을 저지른 후 위의 일본인들은 단총 또는 도검을 손에 쥐고 서서히 광화문을 나가 군중 가운데를 뚫고 갔습니다. 그때가 벌써 8시가 지났고 왕성 앞 대로는 사람으로 가득찼습니다.

5. **외국 사신** : 미국, 러시아 두 공사는 궁궐 내에서도 대원군 및 미우라 공사를 향하여 빈번히 질문하여 다시 동일 오후에는 각국 사신들이 더불어 일본공사관에 와서 하나하나 증거를 들어 힐문하다가 밤이 되어 각각 귀관했습니다. 미우라 공사는 변명을 하려고 아주 노력하여 결국 서로가 이치만 따져 끝이 안 나는 논쟁이었지만 저는 너무나 아픔을 느끼지 않을 수 없었습니다. 불행히도 어떤 미국인이 현장을 목격하고 있었다 하니 보통 일반 조선인의 증언처럼 일방적으로 말살해버릴 수도 없지만 미우라 공사의 변명 역시 아주 잘한 것 같습니다. 또한 대원군을 비롯한 각 대신들

은 굳게 약조하여 일본에 불리하지 않게 답변했습니다. 그렇지만 국제 문제화를 막을 수는 없을 것입니다.

6. **영향** : 만일 이 땅에서 외국 사신들 사이의 담화로 마무리되어 국제 문제가 되지 않더라도 그 요동 문제에는 큰 영향을 미칠 것입니다. 공사는 국난일 경우에는 면관되며 공사의 사임은 아마 국제 분의를 잘 풀 것입니다. 요컨대 왕비가 종래 개혁의 방해자라는 사실은 저도 밤낮으로 분개하고 있었던 만큼 그 단연한 처분을 기뻐함과 동시에 그 방법이 적당하지 않았음을 깊이 생각하지 않을 수 없습니다. 공사는 위의 낭인들에 대해서는 표면상 각자 처분하게 될 것입니다. 그래도 제외국의 곤란을 배제할 수 있을지, 없을지 의문이 없었던 것은 아닙니다. 물론 이런 막된 짓인 만큼 다소 실수를 하는 것은 면할 수 없었다 하더라도 이번 일은 너무나도 실수가 많지 않았을까 합니다. 위는 앞에서 말씀드린 바와 같이 미우라 공사에게는 불신실의 행동이겠지만 직무상 의무에 쫓겨 부득이 보고드리는 바이니 부디 잘 봐주십시오.

10월 9일 에이조

스에마스

이치로는 에이조의 보고서를 읽고 유골의 실체를 확인하기 위해서는 무엇보다 당시 상황을 정확히 알 필요가 있다고 생각했다. 이토 통감은 두 구의 유골 중 한쪽이 조선 왕비일지도 모른다는 의중을 내비쳤다. 이치로 역시 이토 통감의 생각에 동의하는 부분이 있었다. 무엇보다도 왕비가 남긴 책자가 발견되었기 때문이다. 에이조의 보고서에서도 사건 당시 죽은 여인을 조선 왕비라고 단정할 명확한 증거는 없었다. 혹 보고서를 직접 작성한 에이조라면 조선 왕비의 죽음에 대한 또다른 자료를 확보할 수 있지 않을까 하여 먼저 그를 만났다.

이시즈카 에이조는 한국통감부 총무장관을 맡고 있었다. 하지만 에이조는 보고서에 쓴 내용 외에는 별달리 할말이 없다고 했다. 자신은 직접 그 일에 가담하지도 않았고 사건이 벌어진 후에 관련자들에게 들은 이야기들을 종합하여 보고서를 작성한 것이 전부라고 했다. 그러면서 무슨 일로 그때 일을 다시 들추느냐고 역정을 냈다. 이토 통감의 지시에 따라 좀더 분명한 자료를 남기기 위해 조사를 진행중이라고 둘러댔더니 차라리 당시 일본공사였던 미우라 고로를 찾아가서 물어보는 편이 나을 것이라고 했다.

"그 양반은 당시 그 사건으로 재판까지 받았으니 내막을 잘 알고 있을 것이 아닌가?"

하지만 이치로는 이토공께서 보고서를 재촉하고 있어 본국까지 가서 미우라를 만날 시간이 없다고 했더니 마침 그때 일을 제대로 알고 있을 만한 사람이 있다며 마지못해 이름 하나를 알려주었다.

에이조가 소개한 인물은 조선인이었다. 당시 훈련대 일원으로 조선 왕비 살해에 직접 가담한 자라고 했다. 그의 이름은 이두황이었고 전라도 관찰사로 재직중이었다. 이치로는 이두황을 만나 사건 당시의 상황을 자세히 알려달라고 했지만 그는 꺼리는 기색이 역력했다.

"도대체 무슨 일로 그 사건을 다시 조사하겠다는 겁니까?"

이두황은 유창한 일본어로 따지듯이 물었다.

"이토공의 지시입니다."

"이토공이 왜 그런 지시를 내렸는지 알 수 없지만, 나는 당시 경비병들을 지휘하고 있었기 때문에 현장 상황은 정확히 모르오. 오히려 나보다는 이토공이 더 잘 알 것인데, 왜 내게 묻는 것이오?"

"당시 관찰사께서는 훈련대 대대장이었다고 하는데, 그렇다면 훈련대는 왜 그 일에 가담했는지 알고 싶습니다."

"어허, 정말 왜 이러시오? 그 일로 내가 죽을 고비를 얼마나 넘겼는지 아시오. 태황제의 참수령 때문에 도망다니느라 무려 10년 동안 일본에서 망명생활을 하다 작년에야 간신히 조선에 돌아왔는데, 왜 지난 일은 자꾸 캐묻는 것이오?"

"저도 이토공의 지시만 아니라면 왜 이런 조사를 하고 다니겠습니까? 그저 당시 훈련대가 어떤 상황에 처해 있었으며, 왜 그 사건에 가담했는지만 알고 싶을 뿐이오."

"사건 하루 전에 훈련대는 해체되었고, 우리는 그 일로 몹시 흥분해 있었소. 훈련대를 창설한 이유가 나라를 일신하여 부강한 조선을 만들겠다는 것이었소. 그런데 왕비와 그 일당이 러시아에 빌붙어 개혁을 방해할 목적으로 훈련대를 해산했으니 흥분하지 않을 수 있었겠소? 게다가 우리 훈련대만 불만을 가졌던 것도 아니었소. 궁궐 수비대도 왕비와 민씨 일가에 대해 불만이 많았소. 그 때문에 궁궐 수비대도 대원군을 지지하여 사건에 개입했던 겁니다."

그렇게 말문이 트이자 이두황은 묻지도 않은 말을 쏟아내기 시작했다.

"사실 모든 것이 청국 군대를 불러들인 데서 비롯되었소. 왕비와 민씨 일가가 자신들의 권력 유지를 위해 청국 군대를 불러들이지 않았다면 우리의 혁명은 순조롭게 이루어졌을 거란 말이오. 갑신년의 혁명은 바로 그 부패하고 타락한 민씨 외척 세력과 낡고 폐쇄적인 대원군의 세력을 동시에 척결하기 위해 분연히 떨쳐 일어난 거사였소. 을미년의 거사 역시 갑신년에 못다 이룬 혁명을 완수하기 위한 조치였단 말이오. 그런데……."

이치로의 조사에 의하면 이두황은 동학당의 폭동을 진압할 무렵인 1894년에 이르러서야 일본과 친밀한 관계가 되었다. 하지만 이두황은 마치 자신이 이미 임오군란 이전부터 혁명 전사였던 것처럼 떠벌렸다. 갑신정변에도 참여하지 않았지만 마치 그때도 개화당의 일원이나 되었던 것처럼 말했다. 이두황 자신도 개화당에 직접 가담하지는 않았지만 그때부터 이미 혁명을 꿈꾸고 있었고 음양으로 개화당을 도왔다고 역설했다. 이치로는 장황한 그의 말 중에 참고가 될 만한 것만 적고 나머지는 대충 흘려들었다.

이두황을 만난 후 이치로는 갑신정변 세력과 조선 왕비 살해사건의 연관성이 궁금해졌다. 만약 갑신정변의 연장선상에서 왕비 살해가 이루어졌다면 왕비 살해를 조선인이 주도한 것으로 간주할 수 있다고 판단했다.

며칠 후에 이치로는 제일은행에서 주최한 연회에 참석했다. 갑신정변의 주역이었던 박영효가 그곳에 온다는 소식을 들었기 때문이다. 이치로가 만난 한 조선인 학자에 의하면 왕비 살해에 박영효가 깊숙이 개입되어 있다고 했다. 또한 박영효는 늘 왕비를 살해하기 위해 음모를 꾸미고 있었다고도 했다. 사실 박영효는 왕비 살해를 도모하다가 일본으로 다시 도주한 적이 있었으니 조선인 학자의 말이 틀린 것도 아니었다. 어쨌든 이치로는 박영효를 직접 만나 그런 소문의 진상을 확인하고 싶었다.

"저는 이토 통감의 특임 학예관 호소카와 이치로라고 합니다. 금릉위 각하의 명성은 익히 듣고 있었습니다."

이치로가 인사를 건네자 박영효는 다소 의외라는 표정이었다. 몇 달 전까지만 해도 제주도에서 유배생활을 했던 자신을 일본인이, 그것도 이토 통감의 측근이 알은체하자 의아했던 모양이다.

"언제 만난 적이……."

"아닙니다. 처음 뵙습니다."

박영효는 제주도에서 1년간 유배생활을 한 사람답지 않게 말쑥한 모습이었다. 이치로는 그가 한성재목이라는 회사의 대주주 자격으로 그곳에 참석했다는 사실을 알고 있었다.

이치로는 이번 사건을 겪으면서 갑신정변의 주역들에 대해 자세히 조사했다. 특히 박영효에 대해서는 각별한 관심을 가졌다. 개인적으로 보면 그는 매우 불행한 인물이었다. 판서 박원양의 아들로 태어난 그는 열두 살 어린 나이에 조선의 25대 임금 철종의 딸 영혜옹주와 결혼하여 부마가 되었지만 불과 3개월 만에 아내와 사별하는 불행을 겪었다. 또한 큰형 박영교와 함께 개화당에 가입하여 조선을 혁신할 목적으로 갑신정변을 일으켰으나 실패하여 10년 동안 일본에서 망명生活을 했다. 그때 박영효가 일본에서 사용하던 이름은 야마자키 에이하루였다.

"유배생활로 힘드셨지요?"

이치로의 물음에 박영효는 경계하는 눈빛을 보였다.

"아, 제가 통감부에 있다보니 그저 이런저런 소문을 많이 접합니다."

그런 말을 하면서 이치로는 자신이 정리한 박영효의 지난 이력들을 빠르게 떠올렸다.

박영효는 1894년 청일전쟁 때 일본 정부의 배려로 가까스로 조선에 귀국했다. 또한 부마 신분이 회복되어 금릉위 작위를 다시 받았고 내각에 참여하여 내부대신으로 활동했다. 이때 그는 조선 정부를 개혁하기 위해 경찰과 군사 제도 개혁을 시도하고 혁신적인 내각제도를 도입하기도 했다. 나름 부국강병을 도모하는 일이었다. 하지만 조선 왕실과 일본공사 이노우에 가오루는 그를 못마땅하게 여겼다. 그가 그의 권력 기반을 다져 정부를 장악하려 한다고 판단했던 것이다. 게다가 왕비를 살해하려고 했다는 역모 혐의까지 뒤집어썼다. 그는 조선 왕에게 자신의 억울함을 호소했지만 아무 소용 없었다. 그 때문에 그는 또다시 일본으로 망명해야 했다. 심지어 1900년에 의왕 이강을 국왕으로 추대하려는 음모에 연루되어 궐석재판에서 교수형을 선고받기까지 했다.

그의 두번째 망명생활은 무려 12년 동안이나 지속되었다. 그러다 1907년에 가까스로 특별사면을 받아 궁내부 대신이 되어 돌아왔는데, 그때 하필 헤이그밀사사건이 터졌다. 이 일로 이토 통감은 한국 황제를 강제 퇴위시키려고 했다. 박영효는 이를 반대하다가 미움을 받아 체포되었고 황태자의 대리청정 진하 행사에 불참했다는 이유로 태형 80대를 맞았다. 또한 황제의 양위에 찬성하는 대신들을 암살하려고 했다는 혐의로 1년 동안 제주도에서 유배생활을 하고 돌아왔던 것이다.

"혹 실례가 되지 않는다면 따로 조용히 뵐 수 있을까요? 한국 문화와 역사를 공부하는 학자로서 공께 여쭤볼 말씀이 좀 있어서……."

이치로는 최대한 조심스러운 말투로 부탁했다. 박영효는 이치로의 부탁에 다소 당혹스러운 기색이었지만 크게 싫어하는 표정은 아니었다.

"사실 저는 평소에 공을 존경해왔습니다. 조선의 부국강병과 혁신을 위해 끊임없이 노력하신 점 충분히 알고 있습니다. 그래서 꼭 남기고 싶은 기록도 있고 해서……."

그 말에 박영효는 눈을 몇 번 껌뻑이더니 알았다고 짧게 대답했다.

그래서 이치로는 대뜸 이렇게 말했다.

"저는 늘 공을 조선의 기도 다카요시라고 생각해왔습니다."

기도 다카요시는 조슈번 출신이며 메이지유신을 주도한 핵심 삼걸 중 한 명이었다. 박영효도 기도 다카요시를 잘 알고 있는 모양이었다.

"내가 무슨…… 그 사람은 막부를 무너뜨리고 일본 천황의 힘을 되찾아주었지만…… 나야 뭐 제대로 한 것이 없어서……."

"갑신혁명은 누가 봐도 용기 있는 일이었고, 우국충정의 발로였다고 생각합니다."

"실패한 일을 가지고 지금 와서 무슨…… 그 일로 역적 소리 듣고 집안까지 모두 망한 마당인데……."

"원래 혁명이란 다 그런 것 아니겠습니까? 성공하면 영웅이 되는 것이고 실패하면 역적이 되는 것 아니겠습니까? 하지만 고고한 혁명의 뜻만은 훼손되어서는 안 된다고 생각합니다."

박영효가 빙그레 웃었다. 이치로는 분위기가 조성되었다 싶었다.

"몇 가지 확인할 것이 있는데, 다소 결례가 되는 표현이 있어도 용서해주시기 바랍니다."

"어디 해보시오."

"세간에는 갑신혁명 때 공께서 국왕이 되려고 하셨다는데, 사실인가요?"

박영효는 헛웃음을 지으며 어이없다는 표정을 지었다.

"그런 말을 어디서 들었습니까?"

"그저 세간에 흩어져 있는 소문입니다."

"하긴 소문이란 늘 과장되기 마련이지요. 모두 낭설입니다. 내가 국왕이 되려고 했다면 왜 그때 전하를 모시고 혁명을 하려고 했겠습니까?"

"당연히 그렇겠지요. 저도 그렇게 생각합니다."

"갑신혁명은 혹 성급했다고 생각하지는 않으십니까?"

"돌이켜보면 준비가 더 필요했다고 생각합니다. 하지만 후회하지는 않습니다. 그때는 그것이 최선이라고 생각했으니까요."

이치로는 마지막으로 이두황의 말을 박영효에게서 확인하고 싶었다. 이두황은 갑신년(1884)에 왕비를 죽이는 과감한 결단을 했더라면 혁명은 성공했을 것이라고 했다. 사실 왕비 살해사건에도 박영효가 배후였다는 말이 돌았다.

"그렇군요. 그런데 세간에는 또 이런 소문도 있습니다. 갑신혁명 때 만약 왕비를 제거했다면 혁명이 성공했을 것이라고도 하는데…… 혹 을미년에도 그런 생각으로……."

그러자 박영효는 불같이 화를 내며 자리를 박차고 일어났다.

"그 무슨 가당찮은 소리요? 이자가 보자보자 하니까 막돼먹은 자구먼."

경우궁에서 지낸 하룻밤

갑신년 10월 17일 밤이었다. 옥련이 숨을 헐떡이며 들어와 궁궐 밖에 큰불이 났다고 했다. 이어 따라들어온 홍 상궁이 임금이 중희당으로 급히 오라는 전갈을 가져왔다.

"무슨 일이라고 하더냐?"

"소인도 무슨 일인지는 아직 정확히 모릅니다. 대전 나인이 급히 달려와 상감마마께서 중전마마를 급히 모셔오라고 하셨다 했습니다."

아무래도 심상치 않았다. 야밤에 급한 기별을 한 것을 보면 난리가 난 것이 분명하다고 생각했다. 궐 밖을 보니 붉은 기운이 솟구치고 있었다. 급한 걸음으로 중희당으로 달려가니 대왕대비마마와 왕대비마마께서도 중희당에 막 도착해 계셨다. 세자와 세자빈도 이내 도착했다. 중희당에 들어서니 박영효와 박영교 형제, 김옥균,

서광범이 임금에게 일본공사관으로 몸을 피해야 한다는 말을 하고 있었다. 임금은 선뜻 결정을 내리지 못한 듯했다. 그러다 박영효가 급한 음성으로 다시 말했다.

"전하, 상황이 급박하옵니다. 어서 일본공사관으로 몸을 피하셔야 합니다."

그때 내가 들어서며 다그치듯이 물었다.

"무슨 일인가?"

그러자 김옥균이 나서며 대답했다.

"청국 군대가 난을 일으켜 궁궐을 침입하려고 합니다. 그러니 우선 일본공사관으로 몸을 피해 사태를 지켜볼 필요가 있습니다."

하지만 나는 청국 군대가 난을 일으켰다는 말이 잘 믿기지 않았다. 그래서 임금에게 일본공사관으로 가는 것은 쉽게 결정할 문제가 아니라고 했다. 그래도 김옥균은 일본공사관이 가장 안전하다며 이미 그쪽에 협조를 구해두었다고 했다. 박영효 형제도 김옥균의 말을 거들며 사태가 급박하다고 윽박지르듯이 말했다. 임금은 그들의 말을 믿고 일본공사관으로 가겠다고 했지만 내가 앞을 막았다.

"전하, 일본공사관으로 가는 문제는 간단한 일이 아닙니다. 혹여 이것이 일본인들의 계략인 줄 그 누가 알겠습니까? 아무리 생각해봐도 서둘러 결정할 문제가 아닙니다."

그제야 임금도 뭔가 개운치 않다는 표정을 지었다. 나는 청국 군대가 난을 일으킬 이유가 없다고 생각했다. 임금 역시 이심전심으로 내 속을 헤아리고 있는 눈치였다.

"일본공사관으로 가는 것은 아무래도 마땅치 않은 일이네. 다른 곳은 없는가?"

임금의 말에 박영효가 마지못한 듯이 말했다.

"그러면 경우궁으로 뫼시겠습니다."

경우궁은 순조대왕의 생모 수빈 박씨의 사당이었다. 원래 궁궐 숙위를 담당하던 용호영이 있던 자리라 사당치고는 넓고 건물도 여러 채 있는 곳이었다. 또한 창덕궁 금호문으로 빠져나가면 이내 닿을 수 있는 거리였다.

"우선 경우궁으로 가서 사태를 지켜봅시다."

임금의 말에 나도 따라나섰다. 연을 준비할 수 없어 박영교가 임금을 업었다. 그리고 젊은 내관들이 나와 대왕대비마마, 왕대비마마, 세자, 세자빈을 업었다. 김옥균은 여러 수하를 앞세우고 경우궁으로 길을 잡았고 박영효는 뒤에서 수하들을 이끌고 우리 뒤를 따랐다.

과연 이자들을 믿어도 되는 것일까? 나는 경우궁으로 가는 내내 그런 생각에 빠져 있었다. 근자에 김옥균이 왜국에 울릉도를 팔아 먹었다는 소문이 돌았다. 그만큼 김옥균이 왜국과 친밀한 관계라는 뜻일 것이다. 또 금릉위 박영효 세력이 장차 대사를 도모한다는 말도 있었다. 얼마 전에 영익이 윤태준에게 들었다며 요즘 개화당 일원인 서재필의 행동이 이상하다는 말도 했다. 서재필은 윤태준의 조카인데, 하루는 윤태준이 함께 국수를 먹다가 서재필에게 박영효가 무슨 일을 벌인다는 소문을 들은 적 있느냐고 물었더니 말없이 나가서 돌아오지 않았다는 것이다.

영익이 그런 말을 전할 때는 그저 대수롭지 않게 생각했다. 저자에 떠도는 소문이라는 것이 원래 밑도 끝도 없는 경우가 많은 법이라고 했지만 그래도 아니 땐 굴뚝에 연기나지 않는다는 영익의 말이 자꾸 머릿속에 맴돌았다.

한때 영익은 김옥균, 박영효, 서광범 같은 무리와 잘 지냈다. 영익은 그들을 개화당이라고 불렀는데, 서양의 우수한 문물을 받아들여 우리 조선을 부강한 나라로 가꾸자는 뜻을 가진 무리라고 했다. 영익의 말에 따르면 개화당 젊은이들을 길러낸 사람은 박규수라고 했다. 박규수는 연암 박지원의 손자인데, 우의정까지 지낸 정승으로 나도 익히 아는 인물이었다. 영익도 박규수를 흠모하고 존경한다고 했다. 그래서 박규수가 죽기 전에는 그의 사랑방을 드나들며 개화에 대한 말을 몇 차례 들었다고 했다. 이후 영익은 박영효와 어울리며 김옥균과도 친분을 쌓았던 모양이다. 그런데 근래에 들어서는 그들에 대한 말을 일체 않을뿐더러 박영효와 김옥균이 왜인들과 두터워졌다며 다소 비난하는 말까지 쏟아낸 적이 있었다. 그렇다고 노골적으로 개화당을 공격하거나 도외시하지는 않았다. 그런데 분명한 것은 개화당이 청국을 좋아하지 않는다는 사실이었다. 그 때문에 나는 개화당 무리가 난을 일으킨 후에 되레 청국 군대에 뒤집어씌운 것이 아닌가 하는 의심을 했다.

그런 불안한 마음으로 경우궁에 도착했을 때 비로소 뭔가 일이 잘못되어가고 있다는 느낌이 들었다. 경우궁에는 이미 개화당 수하들이 깔려 있었고 박영효와 김옥균은 손짓과 눈짓으로 은밀한 명령을 내리고 있었다. 또한 임금을 나와 떨어뜨려놓았다. 대왕대비마마와 왕대비마마, 그리고 나, 세자빈은 경우궁 모퉁이에 있는 방 두 곳에 나누어두고 임금과 세자는 다른 곳에 머물게 했다. 순간 나는 저들이 임금을 압박할 요량이구나 하는 생각을 했다.

하지만 나는 속내를 드러내지 않았다. 혹여 그들이 내가 자신들을 의심하고 있다는 사실을 알면 노골적으로 역적의 본색을 드러낼 것이라고 판단했기 때문이다. 대왕대비마마께서도 뭔가 꺼림칙한 느낌이 드셨는지 나에게 이런 말을 하셨다.

"중전, 아무래도 저들이 무슨 일을 벌일 것만 같은데, 이렇게 그냥 있어도 되는 게요?"

대왕대비마마께서는 풍양 조씨의 일문으로 어린 나이에 익종(효명세자)의 빈으로 입궁하여 벌써 60여 년을 궁궐에서 온갖 풍상을 다 겪으신 분이었다. 이 정도 사태를 짐작 못 하실 분이 아니었다.

"마마, 섣불리 저들에게 속내를 드러내면 무슨 일을 당할지 알 수 없습니다. 일단 상황을 지켜보며 저들의 손아귀에서 벗어날 기회를 엿보는 수밖에 없습니다."

나와 대왕대비마마가 한숨을 쏟아내며 바깥 상황에 귀를 기울이고 있는데, 대전내관 유재현이 젊은 내관을 보내 일본공사가 군대를 이끌고 왔다는 전갈을 전해주었다. 그 말을 듣고 대왕대비마마께서 저놈들이 왜놈들과 작당하여 역모를 꾀하려는 것이 분명하다 하셨다. 나의 판단도 같았다. 그래도 다행인 점은 일본영사관으로는 가지 않은 것이었다. 만약 일본영사관으로 갔더라면 꼼짝없이 왜놈들에게 나라를 맡기게 될 판이었다.

돌이켜보면 일본은 운양호사건을 저지를 때부터 우리 조선 땅을 차지할 욕심을 품었던 것이 분명했다. 그런 생각이 들자 운양호사건부터 시작하여 병자년 수호조약(강화도조약), 신사유람단 등 일본과 관련된 이런저런 일들이 하나씩 되살아났다.

운양호 침입이 있었던 을해년(1875)에는 좋은 일과 나쁜 일이 겹친 해였다. 먼저 아들 척을 세자로 책봉한 해였고, 다음으로는 영익을 오라버니의 양자로 입적하여 집안의 대를 이었던 해였다. 하지만 호사다마라는 말처럼 나쁜 일도 이어졌는데, 곧은골에 내려가 있던 대원군이 운현궁으로 돌아와 나의 심기를 어지럽혔고 얼마 후에는 일본 군함 운양호가 우리 땅을 침략하여 온 나라 백성들을 불안에 휩싸이게 만들었다. 대원군이 돌아온 일이야 나와 임금이 굳은 심지를 갖고 대응하면 될 일이었지만 운양호 침략은 차원이 다른 문제였다. 임진왜란 때도 그랬지만 일본은 침략하기로 마음먹으면 수십 번이고 결코 포기를 모르는 거머리 같은 족속인 까닭이었다.

그런 일본의 못된 습성을 잘 알고 있던 우리 조선 조정은 운양호 문제를 한낱 왜구의 침입 정도로 취급할 수 없었다. 왜구야 대마도에 본거지를 둔 해적 무리에 지나지 않았지만 운양호는 일본의 전함이었다. 그것도 서양에서 수입한 흑선이었다. 배 크기도 이양선과 맞먹었고 배에 설치된 대포 위력도 대단했다. 또한 일본군이 지닌 총은 우리 조선의 총보다 성능이 훨씬 우수했고 군인들도 훈련이 매우 잘 되어 있어 우리 군대로서는 당해낼 재주가 없다고 했다.

그렇다고 저들에게 순순히 우리 땅을 내줄 수는 없는 노릇이었다. 하지만 함부로 전쟁을 치를 수도 없는 처지였다. 우리가 상대하기에 일본 군대는 너무 강한데다 설사 저들 군대를 한 번 막아낸다고 해도 싸움을 지속할 수 있는 입장도 아니었다. 이미 우리 조선의 국고는 바닥을 드러낸 지 오래였고 저들에게 대항할 힘도, 기술도 없었기 때문이다. 그래서 적당한 선에서 저들의 요구를 들어주고 일단 전쟁을 막는 것이 그나마 현실적인 방도라고 생각했다.

그런 고민 끝에 우리 조정은 병자년(1876)에 일본과 수호조약을 맺었다. 이후 우리 조선은 일본에게 부산을 포함한 세 개의 항구를 열어주었다. 물론 병자년의 수호조약은 우리에게 매우 불리한 조건이 포함되어 있었다. 그럼에도 불구하고 우리 조정이 이 조약을 받아들인 데는 나름대로 몇 가지 계산이 있었다.

당시 대원군 세력과 유림에서는 일본에 절대 문호를 열어주어서는 안 된다고 했다. 그들은 일본에게 문을 열어주면 서양의 모든 나라가 우리 조선으로 몰려올 것이며, 그리되면 우리 조선의 풍습이 무너지는 것은 물론이려니와 영토도 보전하기 어려울 것이라고 했다. 이미 청국이 서양 열국에 여러 땅을 내주고 숱한 고통을 당하는 것이 그 본보기라고 주장했다. 하지만 우리 조선의 처지는 청국보다 못하고 국력도 청국에 비할 바가 못 되는 터에 계속하여 쇄국만 고집하는 것은 최선이 아니었다. 일본만 보더라도 원래 조선보다도 미개하고 혼란스러운 나라였는데, 서양에 문호를 개방한 뒤에 국력이 강해지지 않았는가. 더구나 청국조차도 우리에게 문호를 개방하는 것이 옳은 처사라고 하는데, 우리가 기어코 쇄국을 고집한다면 스스로 우물 안 개구리가 되는 꼴이 아니고 무엇이겠는가?

물론 이런 생각을 하게 된 것은 박규수의 영향에 따른 것이었다. 박규수도 한때 쇄국을 주장했던 인사였지만 막상 스스로 청국을 다녀온 후에는 크게 깨우친 바가 있었던 모양이다. 당시 임금과 함께 박규수를 만나보았더니 이런 말을 했다.

"소신도 한때는 서양의 무리는 성인의 가르침도, 예법도 모르는 흉악한 자들이라고만 여겼습니다. 하지만 그들이 만든 서양의 이기(利器)들과 그들이 쓴 서적들을 접하고는 생각이 많이 바뀌었습니다. 더구나 그들이 만든 배와 무기를 청국에서 직접 확인한 뒤에는 하루빨리 우리도 저들의 기술을 배워 힘을 키우지 않으면 저들의 무기에 오장과 육부를 도륙당할 날이 닥쳐올 것이라고 여겼습니다. 우리가 아무리 아름다운 풍습과 예법을 갖고 있다 하더라도 저들이 포와 총을 앞세워 쳐들어오면 하루아침에 모든 것을 잃게 될 것이 자명한 까닭입니다. 우리 조선이 지금 청국의 속국으로 사는 것이 청국보다 예법이 못한 데서 비롯된 것도 아니고, 풍습이 아름답지 못해서 그런 것도 아니지 않습니까? 아무리 좋은 것을 가졌다 하더라도 그것을 지킬 힘이 없으면 결국에는 빼앗기기 마련입니다. 그러니 일시적으로 고개를 숙이고 손해를 보는 일이 있다손 치더라도 문호를 개방하여 저들의 앞선 재주와 능력을 배워야 할 것입니다. 이후 힘을 키워 국력이 강해지면 숙였던 고개는 다시 세울 수 있을 것이며, 손실도 다시 메울 수 있을 것입니다."

임금과 나는 박규수의 말이 지당하다고 생각했다. 박규수의 제자로서 그 뜻을 따르는 이들 중에는 이미 관직에 있는 자들도 있었는데, 김홍집·김윤식·어윤중 등이 그들이었다. 임금과 나는 그들을 중용하여 한시라도 빨리 서양의 기술을 배워 조선을 부강한 나라로 만들리라 했다.

박규수는 양반뿐 아니라 중인들도 제자로 받아들여 키웠는데, 대표적인 인사로는 역관 오경석과 의원 유홍기였다. 박규수는 역관 오경석을 임금에게 보내 청국에서 구해온 서양의 여러 물건을 보여주었다. 오경석은 한낱 역관의 신분이었으나 세상을 넓게 볼 줄 알고 사리 판단이 정확한 인물이었다. 임금과 나는 오경석이 소개해주는 여러 물건을 살피고 서적을 소개받으면서 서양의 힘이 어디에서 비롯되었는지 비로소 알게 되었다.

또 오경석은 유홍기에 대해 자신보다 식견이 넓어 조선의 앞날을 어떻게 혁신해야 할지 잘 아는 이라고 했다. 유홍기는 한낱 시골 의원에 불과했지만 천하를 읽고 앞날을 설계하는 능력이 탁월했다. 게다가 남달리 인재를 알아보고 키우는 재능이 있었다. 그런 까닭에 이미 북촌 반가의 유능한 젊은 인재들을 이미 양성하고 있었다. 김옥균, 홍영식, 박영교, 박영효, 서광범 같은 젊은 선비들이 바로 그들이었다.

임금은 유홍기를 만나본 뒤에야 비로소 조선의 문호를 열겠다는 결심을 굳히며 말했다.

"박규수는 천성이 밝고 사리 분별이 분명하나 이미 늙어 꼬부라져 앞날을 준비할 수 없지만 그에게서 배운 김홍집, 김윤식, 어윤중 같은 이들은 매우 쓸 만한 인재요. 또한 유홍기가 키운 젊은 선비들은 우리 조선의 앞날을 지고 갈 동량으로 부족함이 없소. 그러니 그들을 믿고 쇄국 빗장을 풀어볼 생각이오."

그래서 나는 우리 민씨 집안의 인재들도 뜻을 같이하도록 음양으로 힘써 돕겠다 했다. 특히 젊은 인재로는 조카 영익과 민겸호의 아들 영환을 추천하기도 했다. 병자년 그때 영익은 열일곱 살, 영환은 열여섯 살이었으니 열여섯 살의 박영효, 서광범과 같은 또래였다.

일본과 맺은 병자년 수호조약은 임금이 그런 인재들을 믿고 성사한 일이었다. 임금은 일본에 항구를 열어준 후 한 가지 은밀한 일을 추진했다. 임금은 우리도 일본처럼 서양의 함선과 총포를 갖추기를 원했다. 이는 밑지는 조약을 일본과 체결한 이유 중 하나였다. 그래서 비밀리에 이 일을 실행할 인물을 물색했는데, 마침 유홍기가 적당한 사람이 있다고 하여 만나보았다.

유홍기가 데려온 인물은 뜻밖에도 승복을 입은 승려였다. 법명은 천호였고 본명은 이동인이라고 했다. 임금과 내가 이동인을 만난 것은 병자년 수호조약을 맺은 직후였다. 그때 이동인은 아직 서른이 채 안 된 나이였다.

"일본에서는 승려를 극진히 대합니다. 그래서 이 사람을 일본에 파견하여 그곳 정세를 파악하고 함선을 사들일 수 있는 서양 상인을 물색하려고 합니다."

유홍기는 이동인을 소개하며 그가 일본어도 잘할뿐더러 이미 일본을 다녀온 적이 있어 그곳에 지인들도 있다고 했다.

임금과 나는 그 말을 듣고 이동인이 적임자라고 판단했다. 나는 이동인에게 물었다.

"자네는 부처를 섬기기 위해 절간으로 간 사람인데, 왜 이런 일을 하려고 하는가?"

이동인이 대답했다.

"부처의 가르침이 모두 세상에 선을 베풀라는 것인데, 지금 세상에서는 서양 문물을 들여와 하루빨리 조선의 힘을 키워 백성들을 열국의 침략으로부터 보호하는 일이 곧 선을 베푸는 일이라고 생각해서입니다."

이에 임금이 호쾌하게 웃으며 말했다.

"자네의 뜻과 나의 뜻이 다르지 않네."

그후 임금은 내탕금을 내주고 이동인에게 서양의 전함과 총포를 구입할 방도를 알아오라고 명했다. 이를 위해 이동인은 우리 수신사가 일본에 갈 때마다 항상 그들 일행을 따라갔다. 하지만 이동인은 백방으로 군함과 총포 구입을 위해 분주히 움직였지만 결코 쉽게 성사되지 않았다. 심지어 그는 이 일을 위해 아사노 도진이라는 일본 이름을 쓰기도 했다. 또 임금은 여러 차례 이동인을 밀사로 삼아 일본에 파견하여 아예 일본 정부에 함선과 총포 구입 문제를 제안하기도 했다. 이 일을 위해 임금은 이동인에게 특별히 금위영 휘하의 별선군관 직위를 부여하여 궁궐을 마음대로 드나들 수 있게 했다.

이동인을 앞세워 이 일을 진행하던 중 마침내 좋은 결과를 얻은 모양이었다. 신사년(1881) 봄에 임금이 기분좋은 얼굴로 중궁전을 찾아 이런 말을 했다.

"중전, 지성이면 감천이라는 말이 결코 헛된 말은 아닌 모양이오. 지난 4년 동안 이동인을 시켜 함선과 총포 구입에 만전을 기했는데, 마침내 결실을 얻게 되었소."

나는 반색하며 물었다.

"일본에서 함선을 팔겠다고 했습니까?"

"일본에서 직접 함선을 살 수는 없지만 일본 정부가 나서서 미리견(미국) 함선을 사게 해주겠다고 약조를 했답니다."

"총포는요?"

"총포도 함께 살 수 있게 되었답니다."

"그러면 언제 확정이 된다고 합니까?"

"이번에 신사유람단을 파견하는데, 이동인도 함께 보내 일을 성사할 작정이오."

"그런데 내탕금으로 자금 문제가 모두 해결될 수 있겠습니까?"

"자금이 문제이긴 하오. 내탕금으로 일부는 가능하나 전부를 감당하긴 무리라오."

"그러면 어쩔 심산이신가요?"

"일단 일을 성사하고 나머지는 호조에서 끌어내봐야지요."

하지만 그때 호조의 사정도 어렵기는 매한가지였다. 병자년 수호조약 후에 의정부를 혁파하고 통리기무아문을 세워 일본식 신식 군대인 별기군을 창설할 요량이었는데, 신사년 그 무렵에 한창 창설 준비를 서두르고 있던 때였다. 그 바람에 많은 국고가 소요될 예정이었는데, 함선과 총포 구입비까지 마련하기에는 역부족이었다.

그 문제로 임금이 고심을 거듭하는 것을 보고 선혜청당상 민겸호를 불러 함선 구입 문제를 꺼내며 여유 자금이 없겠느냐 물었더니 난색을 지었다.

"별기군 창설을 앞두고 5군영을 2영으로 축소하고 있는데, 지금 그 병사들의 봉급도 제대로 주지 못하는 상황입니다. 벌써 2년이나 흉년이 계속되어 세곡을 제대로 걷지도 못했기 때문입니다."

그런 어려운 사정을 모르는 바 아니지만 함선과 총포를 구입하는 것은 나라의 운명이 달린 일이라고 했더니 민겸호가 마지못해 대답했다.

"그래도 어떻게 해서든 가능한 만큼이라도 자금을 동원해보겠습니다."

함선 구입 자금 문제를 해결하지 못해 난감한 상황이었는데, 설상가상으로 그간 이 일을 담당하던 이동인에게 변고가 생겼다. 그해 5월에 신사유람단을 꾸렸는데, 그들이 일본으로 파견되기 직전에 이동인이 실종되었다. 그리고 며칠 후에 목멱산 자락에서 가슴에 칼이 꽂힌 채 시신으로 발견되었다. 그의 죽음을 드러내놓고 조사할 수 없었기에 누구의 소행인지 밝혀내지도 못했다. 혹자는 일본인 소행이라고 하고, 또 혹자는 대원군 주변인 소행이라고 했다. 하지만 누구라고 단정할 만한 물증은 발견되지 않았다.

이 일로 임금과 나는 몹시 실망하고 슬퍼했다. 함선 구입 계획이 물거품이 된 것도 안타까운 일이었지만 아까운 인재 하나를 잃은 슬픔이 더 컸다.

그후 임금과 나는 다시 함선과 총포를 구입할 방도를 모색했다. 그리하여 일본을 통해 미리견군 함선을 사들이는 것보다 미리견과 직접 교섭하여 사는 것이 좋겠다는 결론을 내렸다. 그래서 미리견과 수호조약을 맺을 결심을 했다. 조미수호조약을 성사하려면 무엇보다도 청국의 동의가 있어야 했다. 임금은 김윤식을 영선사로 임명하여 청국 북양대신 이홍장과 이 문제에 대해 논의하도록 했다. 김윤식은 이홍장과 세 차례의 회담을 가졌고 기어코 이홍장의 동의를 이끌어냈다.

이홍장은 조미수호조약을 위해 정여창과 마건충을 보내왔고 우리 조정에서는 신헌을 보내 미리견의 해군 제독 슈펠트와 회담한 끝에 결국 이 조약을 성사했다.

내친김에 임금은 영길리(영국)는 물론이고 덕국(독일)과도 수호조약을 맺었다. 어차피 통상조약을 맺을 바에야 여러 통로를 만드는 것이 좋겠다는 것이 우리 조정의 판단이었다.

하지만 임오년에 군란이 일어나 함선 구입 자금을 마련하던 민겸호가 비명에 가는 바람에 함선 구입 문제는 더이상 진행할 수 없게 되었다.

임오년의 군란은 함선 구입 문제뿐 아니라 임금이 염두에 두었던 여러 계획을 한순간에 물거품으로 만들고 말았다. 대원군은 임금이 나라의 혁신을 위해 만든 통리기무아문을 없애버리고 그 옛날의 삼군부를 복설했다.

통리기무아문은 청국과 일본의 제도를 두루 참조한 후 임금이 고심 끝에 서양의 앞선 제도를 받아들여 우리 조선을 유신하자는 뜻으로 세운 기구였다. 물론 이에 대한 유림의 반발도 거셌다. 하지만 유림의 선비들이란 과거의 고루한 생각에 빠져 세상의 변화상을 모르는 사람들이라 그들의 말만으로는 나라를 이끌 수 없는 노릇이었다. 그들은 그저 공자와 맹자만 찾으면 세상이 저절로 굴러갈 줄 알겠지만 이미 세상은 서양의 것이 되고 말았다. 저 거대한 청국조차 서양 열국에 밀려 어찌할 바를 모르고 있는 판에 우리 조선 같은 약소국 처지야 말해 무엇 하랴. 그나마 희망적인 것은 우리보다 뒤처져 있던 일본이 서양 문물을 배우고 익혀 강국이 되어가고 있으니, 일본을 본받아 우리도 유신을 단행하자는 것이 곧 통리기무아문의 설치 목적이었다. 그런데 대원군은 하루아침에 이를 부수어버렸으니 그 짧은 소견과 막힌 눈을 어찌하랴! 궁중에 앉은 한낱 아녀자도 아는 일을 스스로 대장부를 자처하는 사람이 모르니 그 안타까움 또한 어찌하랴!

게다가 좁은 소견으로 개화와 유신을 담당하던 관리들을 모두 내쳐버렸다. 그들 모두를 우리 민씨 일족의 수하이자 나라를 위태롭게 하는 자들이라 칭하기까지 했다. 그 대신에 대원군이 세운 인물은 고작 자신의 맏아들 이재면이었다. 그이에게 훈련대장에 호조판서, 선혜청당상을 겸임하게 하여 병권과 국고를 모두 맡겨버렸으니 아예 왕을 갈아치웠다 해야 할 것이다.

또 정승을 맡은 자들이나 육조판서를 맡은 자들은 모두 허수아비 같은 남인 떨거지였다. 그들은 모두 늙고 고루한 자들이었고 서양에 대해서는 아무런 지식도 없었다. 그저 대원군의 허수아비가 되어 가노처럼 시키는 일만 했다. 그러면서 부패를 일삼던 외척들을 모두 몰아냈다고 큰소리를 쳐댔다.

대원군은 늘 외척을 원수처럼 여겼다. 무슨 일이든 외척이 하면 부정한 일로 규정했고 자신이 하면 정의롭다고 했다. 그런데 우리 민씨 일가가 조정 전면에 나선 것은 임금이 믿고 맡길 사람이 없었기 때문이다. 종친들은 하나같이 씨가 말랐고 뜻있는 선비는 안동 김씨의 세도정치에 희생되어 찾아볼 길이 없었다. 그리하여 임금이 우리 민씨 일가에 크게 의존하게 된 것인데, 이를 두고 외척이 나라를 망친다고만 하니 그저 안타까울 따름이었다.

외척이든 종친이든 또는 노론이든 소론이든 남인이든 그것도 아니라면 중인이나 일개 서인 출신이나 심지어 외국인이라 하더라도 능력 있고 뜻이 분명한 사람이라면 누구라도 나랏일을 맡을 수 있다는 것이 나와 임금의 공통된 생각이었다. 그래서 유홍기와 오경석, 이동인 같은 사람들도 능히 끌어들여 나라를 돕게 했던 것이다.

대원군은 굴속에 들어앉아 가시만 잔뜩 세운 고슴도치 같았다. 이미 서양의 함선과 총포가 우리를 위협하고 있는데도 기껏 고슴도치 가시만으로 그들을 대적할 수 있다고 믿고 있었다. 물론 문호를 함부로 개방하면 대원군의 말처럼 저들에게 국권을 내주고 노비 신세가 될 수 있다. 그렇다고 문을 걸어 잠그고 쇄국정책으로 일관한다고 해서 노비 신세를 면한다는 보장도 없었다. 되레 우물 안 개구리가 되어 제대로 저항 한 번 못 해보고 저절로 저들의 지배 속으로 들어가기 십상이다. 그럴 바에야 우리 조선도 저들을 배워 저들을 능가해야만 하지 않겠는가? 나와 임금이 대원군을 밀어낸 뜻은 바로 그런 것이었다. 하지만 대원군은 그저 개인적인 서운함과 원한으로 임금과 나를 공격했다. 나의 어머니와 오라버니를 죽인 것으로도 모자라서 급기야 난적들을 앞세워 왕권을 강탈하고 죽지도 않은 일국의 국모를 죽은 것으로 간주하고 장례까지 치렀으니 그 좁아터진 속내를 어찌할꼬 싶었다.

어쨌든 우리 조정 관리들의 기지와 청국의 도움으로 대원군을 권좌에서 내쫓고 다시 유신의 깃발을 세우게 되었으니 참으로 다행한 일이었다. 대원군을 몰아낸 뒤에 임금은 전국의 척화비를 모두 뽑아내고 일본에 다시 수신사를 보내 군란으로 잠시 멈추었던 유신을 다시 시작했다. 그때 수신사로 보낸 자가 바로 박영효였다. 그자를 수신사로 파견한 것은 그만큼 임금이 믿고 의지한다는 뜻이었다. 물론 나도 마찬가지였다. 우리는 젊고 유능한 박영효를 유신의 적임자로 생각했다. 그 사람이 개화당의 선봉이 되어 영익이나 영환과 함께 조선의 유신을 성공시키기를 간절히 바랐다.

언젠가 나는 박영효를 불러 조선이 어떤 길을 가야 옳으냐고 물은 적이 있었다. 그때 박영효는 이런 말을 했다.

"조선은 자주(自主)의 길을 가야 합니다."

"자주란 무엇이냐?"

"자주란 곧 스스로 주인이 되는 것입니다. 우리 조선은 오랫동안 중국의 속국으로 살아와 한 번도 자주국이 된 적이 없습니다. 그런 까닭에 새로운 문물을 들여와도 늘 중국에만 의지했고, 이 때문에 오늘날 세상사에 어둡고 나약한 나라가 되고 말았습니다. 그러니 어서 빨리 중국에서 벗어나 자주국이 되어 서양의 앞선 문물을 받아들이고 개화의 시대를 열어 부강한 나라가 되어야 합니다."

"그렇다면 너는 어떤 방식으로 자주의 길을 갈 수 있다고 생각하느냐?"

"자주의 길은 첫째로 청국의 속국에서 벗어나야 할 것이며, 둘째로 일본처럼 유신을 단행하여 나라를 바꾸고 백성을 교화해야 할 것이며, 셋째로 젊고 개화한 사람들로 조정을 채워 한시라도 빨리 문명을 개조해야 할 것입니다."

그후 김옥균이 올린 유신에 대한 상소를 읽어보았더니 역시 자주의 길을 가야 한다고 했다.

사실 자주라는 말은 이전에는 우리 조선에서는 써본 적이 없는 말이었다. 그러다가 병자년에 일본과 수호조약을 체결하면서 그 문구에 처음으로 써넣었다고 했다. 자주라는 말을 조약문에 넣자고 먼저 제의한 쪽은 일본이었다. 일본은 스스로 청국의 속국에서 벗어나 자주의 길을 가는 것이 조선이 사는 길이라고 했다. 개화당의 말이 그들과 다르지 않으니 개화당은 청국보다는 일본 쪽으로 기울어진 것이 분명했다.

하지만 그때 임금과 나는 자주라는 말을 나쁘게 생각하지 않았다. 생각해보면 그르침이 없는 말이었다. 자기 나라에 대해 스스로 주인이 되는 것은 당연지사라고 여겼다. 그래서 임금은 개화당에 힘을 실어주고 그들의 말을 깊이 듣고 신뢰했다. 또한 그들의 말에 용기를 얻기도 했고 희망을 품기도 했다.

적어도 경우궁 모퉁이 방에 나를 몰아넣기 전까지만 해도 그들 개화당 무리에 대한 그런 믿음은 변함이 없었다. 물론 개화당 인사들 중에는 청국 군대가 우리 땅에 들어온 것에 대해 매우 못마땅하게 생각하는 자들도 있다는 것을 알고 있었다. 어쩌면 조선의 관리로서 그것은 당연한 일일 것이다. 그 누가 다른 나라의 군대가 자기 나라에 머물고 있는 것을 좋아할 수 있겠는가? 나 또한 청국 군대가 우리 조선 땅에 머물고 있는 것이 불편하고 불안하기는 매한가지였다. 하지만 우리 조선의 군대가 난을 일으켰고 그로 인해 믿고 의지할 군대가 없으니 남의 손을 잠시 빌리자는 것뿐이었다. 적어도 임금이 믿고 의지할 군대를 양성할 때까지는 청국 군대의 힘이라도 빌려 나라를 안정시켜야만 했다.

그런데 그들 청국 군대가 난리를 일으켜 궁궐을 침입하려 한다니 아무리 생각해도 앞뒤가 맞지 않는 말이었다. 청국은 이미 우리를 속국으로 여기고 있고, 우리 또한 청국을 대국으로 섬기고 있는 마당에 굳이 그들이 난을 일으켜 임금을 위협할 이유가 없었다. 더구나 북양대신 이홍장과 우리 조정의 관계는 더없이 원만했고 이홍장이 보낸 원세개도 마찬가지였다.

내가 원세개를 처음 만난 것은 장호원의 피난생활을 끝내고 궁궐로 돌아온 직후였다. 그때 대조전에서 몸을 추스른 후에 건강을 막 회복했는데, 중희당에서 전언이 와서 갔더니 원세개가 임금을 배알하고 있었다. 놀랍게도 나를 부른 것은 임금이 아니라 원세개였다. 원세개는 조선에 오면 꼭 나를 만나보고 싶었다고 했다. 그 연유를 물었더니 이렇게 말했다.

"조선의 앞날이 모두 왕비마마께 달렸다는 말을 들었습니다."

원세개는 민영익 또래의 젊은 사람이었다. 이홍장 휘하 군대인 안휘성군 소속이며 광동성 수군 제독 오장경의 직속 부하였다. 나이를 물었더니 스물넷이라고 했다. 태어난 곳은 중국 하남성이라 했다. 한족 출신으로 대대로 무관 집안이었고 자신도 무관이라고 했다. 얼굴은 둥근 편이었으며 키는 크지 않았다. 그런데도 몸은 단단했고 눈빛은 맑으면서도 강렬했다. 말을 붙여보니 성격이 호쾌하고 언사가 분명했다. 야망도 크고 배짱도 대단해 보였다. 나는 그를 보면서 우리 조선에도 이런 젊은 인재가 많아야 하는데 싶었다. 그래서 슬쩍 조선의 자주에 대해 물어보았다. 청국 젊은이는 조선을 어떻게 생각하는지 궁금해서였다. 그러자 원세개는 마치 그 물음에 대답을 준비라도 해온 듯이 막힘없이 말했다.

"어느 나라든 자주의 길을 가는 것은 당연한 일입니다. 하지만 자주의 길은 스스로 힘이 있을 때 가능한 법입니다. 그런데 지금 조선의 처지는 바람 앞의 등불 신세입니다. 조선의 영토는 삼천리에 불과하고, 인구는 천만도 되지 않으며, 부세도 이백만 석이 못 되고 군사도 수천에 불과한 빈약한 나라입니다. 지금 강대한 이웃나라들이 죄어오고 있는 때에 사람들은 안일만 탐내고 있습니다. 역량을 타산해보면 약점만 나타나서 자주국으로 될 수 없을 뿐 아니라 강국의 보호도 받는 데가 없기 때문에 결코 스스로 보존하기 어려운 것은 자연적인 이치로서 천하가 다 아는 사실입니다. 중국을 배반하고 자주를 하자면, 형세로 보아 반드시 서양의 구라파(유럽) 나라들을 끌어들여 원조를 받게 될 터인데, 구라파 나라들의 본성이 잔인하여 남을 침략할 것을 꾀하므로 많은 선물과 달콤한 말로 백방으로 회유하여 틈을 타고 들어와서는 반드시 먼저 그 이권을 빼앗고 그다음에는 중요한 지역을 점령할 것입니다. 그러니 스스로 힘이 생길 때까지는 중국에 의존해야 합니다. 이것은 제가 중국 사람이라서 하는 말만은 아닙니다."

원세개는 조선의 아픈 부분을 콕콕 찔렀지만 결코 틀린 말이 아니었다. 생각해보면 임금과 나는 개화당 사람들의 자주라는 말에 유혹되었던 것이 사실이었다. 자주라는 말은 그렇듯이 달콤했으나 우리의 실상이 자주국이 될 수 있는 처지가 아니라는 원세개의 지적도 새겨들어야 할 말이었다.

그런 원세개의 의중을 생각해보건대 그 사람은 결코 조선 궁궐을 침범할 위인은 아니었다. 원세개는 지금껏 여러 차례 중희당을 드나들며 오장경의 말을 전하는 역할을 했다. 또한 우리 군인 오백 명을 선발하여 친군영을 꾸리고 별도 훈련을 시키는데도 많은 도움을 주었다. 그런 사람이 느닷없이 군대를 동원하여 궁궐을 침범한다는 것은 앞뒤가 맞지 않는 일이었다.

원세개는 이홍장과 오장경이 가장 신임하는 사람이었다. 또한 이홍장과 오장경도 우리 조선에 아주 호의적인 사람들이었다. 오장경은 올해 4월 자신의 6개 영 삼천 병력 중에 절반을 데리고 귀국하면서 원세개에게 나머지 3개 영 천오백 병력의 지휘권을 주었다. 물론 이홍장의 뜻에 따른 것이었다. 그런데 원세개가 무슨 까닭으로 갑자기 우리 조선 왕실을 무너뜨리려고 한단 말인가?

원세개가 난을 일으켰다는 개화당 무리의 말은 아무리 생각해도 꾸며낸 것이 분명했다. 그런 판단이 들자 나는 어떻게 해서든 그놈들의 농간을 임금에게 알려야겠다는 생각이 들었다. 하지만 임금을 만날 방도가 만만찮았다. 무턱대고 임금에게 갔다가는 되레 모두 변을 당할 우려가 컸다. 만약 내가 놈들의 속내를 알아챈 것을 알게 되면 나를 그냥 두지 않을 터였다.

나는 어떻게 해서든 원세개와 연통을 하는 것이 급선무라고 판단했다. 하지만 원세개와 연통할 방도가 막막했다. 그래서 발을 동동 구르며 새벽을 맞이했다. 밖이 희끄무레하게 밝을 무렵 젊은 내관이 급한 걸음으로 와서 대전내관 유재현의 말을 전해왔다. 박영효 무리가 여러 신하를 불러들였다는 전언이었다. 불러들인 신하들의 면면을 살펴보니 세자빈과 영익의 아버지 민태호와 해방총관 민영목, 좌영사 이조연, 우영사 윤태준, 전영사 한규직, 지중추부사 조영하였다. 그들은 모두 나와 대왕대비마마의 인척이거나 가까운 사람이었다. 게다가 조정의 기둥들이었다. 민태호·민영목·조영하는 조정의 중심이었고, 이조연·윤태준·한규직은 군무의 중심이었다. 개화당이 그들을 모두 죽이려는 것은 조정과 군무를 장악하려는 의도였다.

그 말을 듣고 대왕대비마마께서 말씀하셨다.

"이놈들이 중신들을 모두 해할 모양이오. 이대로 두어서는 안 될 성싶소. 내가 가봐야 되겠어요."

박영효 무리가 부른 명단에 조영하가 끼어 있는 것을 보고 대왕대비마마께서는 몹시 흥분하셨다. 조영하는 대왕대비마마의 조카로 대원군을 몰아내는 데 큰 역할을 했고, 통리기무아문의 당상도 했으며, 병조판서도 했고, 미리견·영길리·덕국과 수호조약을 체결하는 데도 앞장섰다. 그래서 나와 임금도 매우 신임하는 사람이었다.

"마마께서는 여기 계십시오. 제가 가겠습니다."

내가 대왕대비마마의 앞을 막으며 말했지만 대왕대미마마께서는 손사래를 치셨다.

"아니오. 중전이 가면 필시 저놈들이 중전마저도 해할 것이오. 하지만 감히 나를 손대지는 못할 것이오."

대왕대비마마께서 나를 밀어내고 나서시는데, 세자빈이 따라붙었다. 하지만 대왕대비마마께서는 세자빈도 떼어놓으셨다.

"세자빈은 여기 있으라. 세자빈이 가면 필시 놈들이 함께 해할 것이다."

나는 대왕대비마마의 판단이 옳다고 여겼다. 놈들이 노리는 것은 나와 나의 일가였다. 그렇기 때문에 내가 나서면 그들이 나를 그냥 둘 리 없었다. 세자빈도 마찬가지였다.

대왕대비마마께서 한 상궁만 데리고 나가신 뒤 한참 동안 아무 소식이 없었다. 유재현도 더는 내관을 보내지 않았다. 그저 세자빈과 나는 가슴을 졸이며 발만 동동 굴렀다. 한참 만에 대왕대비마마께서 넋이 나간 얼굴로 돌아오셨다. 그 모습을 보며 나는 이미 사달이 났음을 짐작했다. 대왕대비마마께서 털썩 주저앉으시자 한 상궁이 울음을 쏟아내며 말했다.

"성상께서 죽이지 말라고 고함을 치며 말리셨는데, 모두 죽였습니다. 대전내관이 그 앞을 가로막다가 제일 먼저 죽고 다른 대감들도 모두…… 흐흑."

그 말에 나와 세자빈도 털썩 주저앉았다. 한숨만 쏟아졌다. 이를 어쩐다. 기어코 이런 일이 나고 말았어.

그때 원세개의 충고를 새겨들었어야 했다는 자괴감이 일었다.

"전하도 때를 보아 변혁을 하신다면 자주의 길을 가실 수는 있을 것입니다. 하지만 소인배들이 이를 빙자하여 조정을 개혁한다는 명분으로 대신들을 죽이고 권력을 독점하고자 한다면 오히려 나라를 망치는 일이 될 수 있습니다. 모든 일에는 순서가 있고 시간이 필요한 법입니다. 그런데 우물에서 숭늉 찾는 격으로 급하게 서두른다면 기껏 쌓은 공든 탑도 모두 무너지게 될 것입니다. 부디 중용의 도를 생각하시고 좀더 멀리 내다보고 걸음을 신중히 하소서."

하지만 나도, 임금도 그의 말을 귀담아듣지 못했다. 우리는 개화당 무리를 소인배라고 생각하지 못했다. 김옥균과 박영효는 그릇이 크고 미래를 내다본다고 생각했다. 그래서 한시라도 빨리 조선의 자주·자강의 부국으로 만들 인재들이라고 여겼다. 아무리 급해도 바늘허리에 실을 묶어 사용할 수 없다는 것을 깨우치지 못했다. 급할수록 돌아가라는 말도 되새기지 못했다.

한동안 넋을 놓고 앉아 있다가 정신을 가다듬었다. 자칫하면 임금과 세자마저 저들의 칼날에 희생될 수 있다는 생각이 들었다. 어떻게든 정신을 차리고 난국을 수습할 방안을 마련해야 했다. 무슨 수를 쓰든 원세개와 연통하여 개화당 놈들을 척결해야 하지만 여전히 마땅한 방도는 떠오르지 않았다.

마지막 보루 북관묘

어느덧 아침이 밝았다. 뜻밖에도 심상훈이 아침상을 들고 오는 궁녀들과 함께 들어왔다. 그 무렵 심상훈은 경기관찰사로 나가 있었는데, 뜻밖에도 들어온 그를 보고 나는 반갑게 맞았다. 하지만 나와는 달리 그는 매우 조심스러운 태도였다. 그는 개화당에 충성하는 척하면서 사태를 반전시킬 기회를 엿보고 있었다. 그는 궁녀들을 물린 후 내게 종이 한 장을 내밀어 슬쩍 보여주었다.

마마, 창덕궁으로 환궁하시면 원세개가 저들을 제거할 수 있다고 합니다.

내가 고개를 끄덕이자 심상훈은 종이를 입에 넣고 씹어 삼켰다. 심상훈의 글을 보고 상황을 대충 짐작했다. 경우궁은 좁은 곳이라 적은 군사로도 지켜낼 수 있지만 창덕궁은 넓은 까닭에 개화당의 적은 군사로는 방비할 수 없을 것이란 생각이었다.

'원세개가 임금의 안위를 생각하여 함부로 경우궁을 치지 못하고 있구나.'

나는 그런 헤아림으로 곧장 임금에게 갔다. 박영효가 앞을 가로막아 임금을 만나지 못하게 했지만 나는 악다구니를 쓰며 기어코 임금의 처소로 들어갔다.

"전하, 더이상은 좁아터진 경우궁에서 지낼 수 없습니다. 대왕대비마마께서도 여간 불편해하지 않으십니다. 창덕궁으로 환궁하소서."

그러자 김옥균이 앞을 가로막으며 창덕궁으로 갈 수 없다고 버텼다. 이에 임금이 내 말에 동조하여 말했다.

"나도 이곳에서 지내기가 너무 불편하다. 환궁하는 것이 좋겠다."

그런데도 김옥균은 창덕궁으로의 환궁은 안 된다며 거부했고 나는 계속 환궁을 주장했다. 이에 임금도 환궁 의지를 강하게 드러내자 김옥균은 마지못해 다른 제안을 했다.

"그렇다면 계동궁으로 이어하시는 것은 어떻겠습니까? 계동궁은 바로 가까이 있는데다 이곳 경우궁보다 넓어 한결 편안하실 겁니다."

계동궁은 임금의 사촌형인 이재원의 집이었다. 나는 계동궁도 좁기는 매한가지라며 강하게 반대했지만 김옥균도 더는 물러서지 않았다.

"지금 청국 군대가 곳곳에 매복하고 있는데, 창덕궁으로 이어하시면 자칫 참극이 벌어질 수도 있습니다. 소신은 두 분 전하와 대왕대비마마의 안위를 위해서라도 절대로 창덕궁으로 모실 수 없습니다."

임금은 그런 김옥균의 반발을 이겨내지 못하고 일단 계동궁으로 옮기자고 했다. 계동궁은 경우궁에 비해 훨씬 넓고 방도 많아 결코 좁지는 않았다. 하지만 나는 대왕대비마마와 왕대비마마를 함께 모시고 가서 한입으로 여러모로 불편하여 지낼 수 없다며 창덕궁 환궁을 강하게 요구했다.

임금도 이미 내 뜻을 헤아리고 있었다. 더구나 두 분 어른도 함께 나서니 더욱 힘이 실렸다.

"창덕궁으로 환궁하라. 대왕대비마마와 왕대비마마께서도 이곳에선 더는 불편하여 지내실 수 없다 하신다. 어서 창덕궁으로 가자!"

이번에는 임금도 매우 단호했다. 하지만 김옥균은 여전히 거부했다.

"전하, 창덕궁은 공간이 너무 넓어 우리 병력으로는 지키기 힘듭니다. 그리되면 청국 군대를 돕는 것이나 진배없는 일입니다."

하지만 임금도 물러서지 않았다.

"나 역시 갑갑해서 더이상 여기서 지낼 수 없다. 환궁하라!"

그때 뜻밖에도 일본공사 다케조 신이치로가 자기 병력으로 충분히 창덕궁을 지켜낼 수 있다고 호언했다. 그 바람에 김옥균은 더이상 환궁을 거부할 수 없게 되었다.

그리하여 땅거미가 막 질 무렵에 창덕궁으로 돌아왔다. 임금과 세자는 동궁으로 쓰는 관물헌으로 가고 나와 대왕대비마마, 왕대비마마, 세자빈은 모두 대조전에 머물렀다. 그리고 밤이 이슥해질 때 옥련이 두옥과 함께 대조전으로 돌아왔다. 옥련은 내가 창덕궁을 떠나면서 북관왕묘에 보냈다. 두옥을 데려오기 위해서였다.

"경우궁으로 들어가려고 했으나 군사들의 감시가 너무 심해 못 들어가고 있었는데, 마침 환궁하셨다는 말을 듣고 급히 들어왔습니다."

두옥이 늦게 와서 황송하다는 말을 하자 옥련이 덧붙인 말이었다.

"잘했다. 어쨌거나 무사히 잘 와줘서 고맙구나."

옥련에게 그렇게 말하고 두옥에게 물었다.

"이것이 자네가 일전에 말한 변고인가?"

"그러하옵니다. 관왕신께서 제게 일러주신 일입니다."

임오년에 장호원에서 돌아오면서 나는 두옥 모자를 함께 한성으로 데려왔다. 그리고 소원이 있거든 들어줄 테니 말해보라고 했을 때 두옥은 관왕묘를 하나 마련해달라고 했다.

"관왕묘는 이미 여러 곳에 있지 않느냐?"

관왕묘는 중국 삼국시대의 명장 관우를 모시는 신당이다. 조선에 관왕묘가 처음 건립된 것은 선조대왕 재위 31년(1598)이었다. 숭례문 밖에 세워졌는데, 도성 남쪽에 있다고 하여 남관왕묘라 불렀다. 남관왕묘를 건립한 사람은 임진왜란에 참전한 명국 유격장 진인이었다. 당시 난리중에 자주 관왕의 영혼이 나타나 명국 군사를 도왔다고 하여 관왕묘를 세웠다는 것이다. 그리고 이듬해에는 명국 요구로 관왕묘를 흥인문 밖에 하나 더 건립하고 동관왕묘라 했다. 이후 강진, 안동, 성주, 남원 등의 지방에도 관왕묘를 하나씩 건립했다.

이렇듯 관왕묘는 한성에 두 곳, 지방에 네 곳이 있었는데, 굳이 관왕묘를 하나 더 건립하자고 하여 나는 다소 의아했다.

"중전마마, 남묘와 동묘는 이미 기운이 다하여 더이상 관왕께서 머무르지 않으신다고 하옵니다. 게다가 남묘와 동묘는 과거 명국 강압에 의해 건립되어 관왕께서 마땅해하지 않으십니다. 또한 북묘를 설치해야만 큰 변란에 대비할 수 있다고 하셨습니다."

"변란이라 했느냐?"

"그러하옵니다."

변란이라는 말에 나는 겁이 덜컥 났다. 이제 막 난리가 끝나 겨우 궁궐로 돌아왔는데, 또 변란이라니…… 가슴이 쿵 하고 내려앉는 것만 같았다. 또한 두옥이 결코 허튼소리를 할 사람은 아니라고 굳게 믿었다. 그래서 두려운 마음에 북묘를 짓게 해주겠다고 약속했다. 하지만 두옥의 말대로 변란이 일어나는 일은 없기를 바랐다.

사실 꼭 변란이 아니더라도 나는 두옥에게 무엇이라도 하나 해주고 싶었다. 난리중에 내게 도움을 주었던 모든 이에게 다 보답을 했다. 홍계훈과 윤태준은 벼슬을 높여 임금을 가까이 모시게 했고, 민응식과 그 혈육들에게도 특별히 벼슬을 내렸으며, 이용익에게도 벼슬을 주고 금광을 관리하도록 했다. 그래서 두옥에게도 뭔가 보답을 해주고 싶었다. 피란 신세로 장호원에서 지내던 그때 두옥이 없었다면 나는 무슨 희망으로 살았을까 하는 마음이었다. 더구나 북묘는 향후 일어날 난리를 대비하기 위해 짓는다고 하지 않는가. 나는 그런 두옥의 마음도 너무 기특하다고 여겼다.

북관왕묘는 홍인문과 신무문 가운데 있는 혜화문 안쪽에 짓도록 하여 작년 계미년(1883)에 완성했다. 또한 북묘 근처에 두옥의 집도 하나 마련해주었다.

"마마, 여기 계시면 어찌 되실지 모릅니다. 어서 북묘로 가셔야 합니다."

벌써 바깥에서는 총소리와 포소리가 요란하게 들리고 있었다. 원세개의 군대가 창덕궁 안으로 들어오고 있는 것이 분명했다.

"어느 쪽으로 가면 되겠느냐?"

"우선 창경궁으로 길을 잡아 홍화문으로 빠져나가면 북묘에는 이내 당도할 것입니다."

"대왕대비마마와 왕대비마마께서도 함께 가셔야 하는데, 걸어가실 수는 없지 않느냐?"

"바깥에 믿을 만한 장정 여럿을 데려왔습니다."

두옥은 장정들을 들여 나를 비롯하여 대왕대비마마와 왕대비마마, 세자빈을 업고 길을 잡았다. 떠나기 전에 나는 홍 상궁을 시켜 대왕대비마마께서 북묘로 피신했음을 알리도록 했다.

북묘에는 이미 장정들이 이곳저곳을 지키고 있었다. 두옥이 동원한 사람들이라고 했다. 두옥은 옥련에게서 변란 소식을 듣자마자 장정들을 동원해두었다고 했다. 역시 상황 판단이 빠르고 앞날을 내다보는 능력이 탁월한 사람이라고 생각했다. 대왕대비마마께서도 두옥의 준비성에 매우 놀라워하셨다.

"아무리 신기가 있다고는 하지만 아녀자 몸으로 어떻게 이런 준비를 했다더이까? 참 신통한 사람이 아니오?"

대왕대비마마께서는 몇 번이나 두옥에 대한 칭찬을 하셨다.

"처음 볼 때부터 예사 사람이 아닌 줄은 알았으나 이런 난리중에 왕실을 구해주리라고는 생각하지 못했습니다."

두옥이 준비한 장정은 수십 명을 헤아렸다. 그들은 어디서 구했는지 칼과 창으로 무장까지 하고 있었다. 그들은 두옥의 지시에 따라 일사분란하게 움직였다. 덕분에 우리는 다소 마음이 편해졌다.

하지만 여전히 창덕궁 쪽에서는 총포소리가 끊이지 않았다. 홍 상궁이 임금과 세자에게 내 말을 잘 전했는지 걱정이 되었다. 홍계훈이라도 주변에 있었다면 홍 상궁을 보내지 않았을 것이다. 하지만 홍계훈은 여름에 충청도 수군절도사로 나가 있었다. 그런 듬직한 사람을 곁에 두었어야 한다는 안타까움이 들었다. 이번 난리가 무사히 지나가면 꼭 그 사람을 임금 곁에 두리라 다짐했다.

"중전, 주상에게서는 아직 연통이 없소?"

대왕대비마마께서 안타까운 얼굴로 몇 번이나 그렇게 물으셨다. 답답하기는 나도 매한가지였다. 임금도 임금이지만 세자의 안위도 걱정되었다. 혹여 놈들이 임금만 붙들고 세자를 사지로 내몬 것은 아닌지 하는 생각도 들었다. 난리통에 무슨 일이 일어날지 도무지 알 수 없었다. 어떻게 얻은 세자인데, 세자가 나에게 어떤 존재인데……

돌이켜보면 대원군과 싸울 의지를 가진 것도 모두 세자를 잉태했기 때문이었다. 세자를 살리는 일이라면 무슨 짓이라도 할 수 있다고 생각했다. 한낱 짐승도 새끼를 위해서는 목숨을 거는 법이었다. 그런데 사람이 되어서, 어미가 되어서 자식을 지키지 못한다면 그 어찌 어미라고 할 수 있으랴 싶었다. 그리고 막상 세자를 낳았을 때 그런 마음은 더욱 강해졌다. 대원군이 어머니와 오라버니, 조카를 포탄으로 새까맣게 태워버렸을 때도 오로지 세자를 지킬 마음으로 정신을 가다듬었다. 군란의 모진 소용돌이 속에서 머나먼 길을 도주하며 목숨을 지켜낸 것도, 기어코 궁궐로 돌아와 중궁 자리를 지킨 것도 오직 세자를 지키고자 하는 어미의 마음이었다.

그런 세자가 지금 총포가 난무하고 불길이 타오르는 사지에서 헤매고 있다고 생각하니 가슴이 터져 죽을 것만 같았다. 나는 두옥을 불렀다.

"아직 전하와 세자에게서는 기별이 없는가?"

"장정 몇을 보내 궁궐 상황을 알아보고 있습니다만……."

"궁궐엔 지금 청국 군대가 진입했는가?"

"방금 들어온 기별에 의하면 청국 군대가 이미 창덕궁 깊숙이 들어갔다고 합니다. 또한 일본군이 달아나는 것도 보았다고 합니다."

"그런데 왜 아직도 기별이 없는 것이냐?"

"마마, 다시 장정들을 보내 알아보겠습니다. 곧 좋은 소식이 올 것입니다."

"전하와 세자는 무사하시겠는가?"

"염려 놓으소서. 관왕께서 반드시 보살피실 것이옵니다. 소인을 믿으소서."

"알았네. 내 자네만 믿겠네. 세자와 전하가 무사하시기만 하다면 내 자네에게 할 수 있는 보답은 다 할 것일세."

그렇게 마음을 졸이며 있는데, 옥련이 급한 음성으로 뛰어들어왔다.

"마마, 홍 상궁이 왔사옵니다."

"그래, 어서 들라 하라."

홍 상궁이 거친 숨을 몰아쉬며 말했다.

"마마, 전하께 마마의 말씀을 전해 올렸습니다만……."

"그런데, 어찌되었느냐?"

"급히 다시 빠져나오느라 이후의 사정은 잘 알지 못하옵니다. 다만 일본군이 도주하고, 김옥균이 그놈들을 따라간 것만 확인했습니다."

"전하와 세자도 일본군을 따라갔다는 말이더냐?"

"그것까지는 확인하지 못했습니다. 전하께서 북묘로 오시겠다는 말씀만 하시고 소인을 급히 돌아가라고 하시는 바람에……."

"세자는? 세자는 전하와 함께 있느냐?"

"그것도 정확히는……."

가슴이 무너지고 하늘이 내려앉는 것 같았다. 혹여 세자가 변이라도 당했다면…… 금세라도 숨이 끊어질 것 같았다. 머리가 어지럽고 숨을 쉴 수 없었다. 내가 자리에 주저앉자 옥련이 급히 달려들어 나를 뉘었다.

"마마, 세자 저하께서는 무사하실 것입니다."

두옥의 그 말을 듣고서야 조금 정신을 가다듬을 수 있었다.

"관왕께서 세자 저하를 지켜주시겠다 약조했습니다. 염려 놓으시고 기력을 찾으소서. 마마께서 기력을 잃으시면 누가 세자 저하를 지키겠습니까?"

옳은 말이었다. 내가 아니면, 이 어미가 아니면 누가 세자의 목숨을 지키겠는가? 천하에 세자가 의지할 사람이라고는 오직 이 어미밖에 없지 않은가? 냉수를 한 사발 들이켜고 정신을 차렸다. 여전히 머리가 어지럽고 가슴이 쿵쾅거렸지만 애써 마음을 다잡았다. 이 난리통에 내가 정신을 차리지 않으면 나라도, 왕실도, 세자도 모두 잃는다는 생각을 하며 어금니를 깨물었다.

"날래고 믿을 만한 장정을 하나 불러오너라."

나는 두옥에게 그렇게 말했다. 어떻게 해서든 임금과 세자를 이곳으로 무사히 데려와야 한다는 마음뿐이었다.

"마마, 어쩌려고 그러십니까?"

홍 상궁이 만류했지만 나는 더이상 기다릴 수 없었다. 두옥이 장정 한 사람을 밖에 대령했다고 했다. 나는 애써 마음을 진정하며 그에게 다가갔다. 그리고 가락지를 빼서 건네주며 말했다.

"네 성이 무엇이냐?"

"장가이옵니다."

"무슨 일을 하느냐?"

"사당패에서 땅재주를 넘다 요즘에는 저자에서 상인들을 돕고 있습니다."

"이것은 내가 너에게 약조하는 징표다. 만약 네가 전하와 세자를 무사히 이곳으로 인도해오면 내 너에게 군수 벼슬을 내리고 너를 공신으로 삼을 것이며, 자자손손 너의 자손들이 배불리 먹을 수 있는 재물을 내릴 것이다. 목숨을 걸고 궁궐로 들어가 전하와 세자를 이곳으로 모셔올 수 있겠느냐?"

"소인, 목숨을 바치겠습니다."

장가를 그렇게 궁궐로 보낸 뒤 나는 다시 주저앉았다. 또다시 숨이 가쁘고 머리가 어지러웠다. 천장이 빙글빙글 돌아 도저히 눈을 뜨고 있을 수 없었다.

그렇게 쓰러져 잠을 잔 듯도 하고, 꿈을 꾼 듯도 했다. 환영인지 꿈인지 알 수 없었지만 관운장을 본 것 같기도 했다. 관운장은 배꼽 아래까지 늘어뜨린 수염을 휘날리며 청룡언월도를 무섭게 휘둘렀다. 그의 칼날에 무수한 목들이 가랑잎처럼 날아갔다. 사방으로 날아간 목들은 갑자기 회오리바람에 휘말려 어디론가 사라졌다. 그 목들 속에는 김옥균과 박영효의 것도 있었다. 그들은 목이 잘린 뒤에도 눈을 부릅뜨고 나를 노려보았다. 나도 지지 않고 그들을 쏘아보았다. 놈들의 눈이 벌떼로 변해 내게 덤벼들었다. 나는 물러가지 못하겠느냐고 고래고래 고함을 질렀다. 하지만 벌떼는 내 눈을 향해 정면으로 달려들었다. 그때 관운장이 다시 언월도를 휘둘렀다. 벌들이 날개를 잃고 추락했다. 그리고 다시 회오리바람이 벌들의 사체를 안고 사라졌다.

얼마나 시간이 지났을까? 정신이 조금 들었다 싶었는데, 밖에서 웅성거리는 소리가 들렸다. 환청 같기도 하고 꿈같기도 했다. 하지만 분명히 전하!라는 소리를 들은 듯했다. 나는 어떻게 해서든 눈을 뜨기 위해 발버둥쳤다. 그때 두옥의 목소리가 들렸다.

"마마, 전하와 세자 저하께서 무사히 북묘로 오고 계시다 하옵니다."

그 말에 벌떡 일어나 문을 열어젖히고 나갔다. 장가가 무릎을 꿇고 말했다.

"중전마마, 지금 전하와 세자 저하의 교좌가 이곳으로 향한다고 전하라 하여 먼저 달려왔습니다."

그 말에 참았던 눈물이 쏟아졌다. 눈물을 도저히 주체할 수가 없었다. 소리내어 울고 싶었지만 소리가 나오지 않았다. 대신 비명처럼 이렇게 말했다.

"어디쯤 오고 계시느냐?"

"곧 오실 것입니다."

"무탈하시더냐?"

"무탈하시옵니다."

그 말을 듣고 다리가 풀려 다시 풀썩 주저앉았다. 옥련과 홍 상궁이 급히 달려들어 나를 방에 뉘었다. 그후로는 아무것도 기억나지 않았다. 혼절을 한 것인지 잠을 잔 것인지 도저히 알 수 없었다.

내가 눈을 떴을 때는 이미 해가 중천에 뜬 후였다.

"중전, 정신을 차려보시오."

"어마마마, 소자이옵니다."

임금과 세자의 모습이 눈에 들어왔다. 나는 한동안 꿈인가 생시인가 하여 아무 말도 하지 못하고 쳐다보기만 했다.

"어마마마!"

세자가 다시 그렇게 불렀을 때에야 비로소 긴 한숨을 쏟아냈다.

그런 한숨을 몇 번이나 토해낸 뒤에야 겨우 정신이 돌아왔다.

"세자, 무탈했구나."

"중전, 이제 정신이 좀 드는 게요?"

"전하, 무탈하십니까?"

"나는 무탈하오. 중전은 괜찮은 게요?"

"이제 괜찮습니다. 전하와 세자가 무탈하시니, 저는 괜찮습니다."

역변의 공로자와 역적들

내가 의식을 잃고 누워 있는 동안 역도들은 모두 진압되었다. 역적 박영교와 홍영식은 임금을 협박하기 위해 북관묘까지 따라왔다가 청국 군대에게 붙잡혀 목이 달아났다. 그러나 주모자인 박영효와 김옥균은 일본으로 도주했다. 나와 임금, 그리고 왕실의 어른들은 청국 군대와 우리 군대가 잔당들을 소탕하는 동안 원세개의 군영에 머물렀다. 원세개는 이번 개화당의 역변 진압의 일등 공신이었다. 그래서인지 원세개는 한껏 위세가 등등했다. 2년 전에 보았던 모습과는 느낌이 많이 달랐다. 기개가 넘치고 호쾌한 것은 여전했으나 맑고 순박한 구석은 사라지고 없었다. 원세개는 내 처소로 직접 찾아와 공치사를 하며 나와 임금 앞에서 너스레를 떨었다.

"우리 청국 군대가 제때 역도들을 진압하지 않았다면 어찌될 뻔했습니까?"

"모든 것이 공의 덕이오. 참으로 고맙습니다."

"조선이 중국에 의지한 덕분에 얻은 결과지요. 이번 역변에서 확인했듯이 중국은 늘 조선을 지켜주고 있으니, 향후에도 조선은 중국에 의지하여 살아야 할 것입니다."

"물론이지요. 조선이 중국의 속국이라는 사실은 만방이 다 아는 일입니다."

"하지만 조선 조정에는 여전히 조선이 자주국이 되어야 한다는 주장을 펴는 자들이 많은 줄 압니다. 이번 역변만 하더라도 자주를 주장하는 자들의 소행이 아닙니까? 그러니 차제에 조선은 자주국이 되겠다는 망상은 버려야 할 것입니다."

그러면서 원세개는 기회다 싶었는지 그간 하고 싶었던 말들을 다 쏟아놓을 심사로 장광설을 늘어놓기 시작했다.

"조선이 자주를 택하지 않고 중국에 의지하여 속국으로 남으면 조선에게 여섯 가지 유리한 점이 생기는데, 한번 들어보시겠습니까?"

"들려주시오. 내 유념해서 정사를 결정하는 데 쓰겠습니다."

"그 첫째는 중국은 조선에 인접한 까닭에 유사시에 언제든지 도와줄 수 있다는 것이며, 둘째는 중국은 천하를 한집안처럼 여기기 때문에 조선에 변란이 생기면 물자를 아끼지 않고 군사를 출동시킬 수 있습니다. 이미 임오년과 이번 역변에서 실천한 사실이 있으니 잘 아실 것으로 믿습니다. 셋째는 중국은 다른 나라를 병합하여 군현으로 만들지 않을뿐더러 조세도 받지 않으니 이름만 속국일 뿐 실제로는 스스로 영토를 다스리게 해줌으로써 자자손손 무궁

토록 조선을 보전해준다는 것입니다. 넷째는 중국은 조선을 돌봐준 지 이미 수백 년이 되었으므로 서로 믿고 의지할 수 있다는 것이고, 다섯째는 중국이 조선을 돕고 조선이 중국에 의지하고 있다는 사실을 주변국들이 알게 되면 함부로 침입하지 않는다는 것이며, 마지막 여섯째는 중국의 군대가 항상 지켜보고 있는 까닭에 조선에서 쉽게 내란이 발생하지 않게 된다는 점입니다."

임금은 원세개의 말에 고개를 끄덕이며 거듭 고맙다고 말했다. 하지만 원세개는 그것으로 그치지 않았다.

"그런 일은 없겠지만 혹여 조선이 중국을 배반하게 된다면 네 가지 해로운 점이 있다는 사실도 전하께서 유념하셔야 할 것입니다."

원세개는 임금을 상대로 자신의 의견을 말하고 있었지만 실제로는 나에게 하는 말이었다. 나와 대면할 일이 없는 까닭에 그때가 기회다 싶었던 모양이었다.

"그 첫째는 중국과 조선 사이에 의심과 꺼림이 생겨 조선에서 무슨 말을 해도 신뢰하지 않게 된다는 것이며 둘째는 중국을 버리면 서양 강국들에게 원조를 받게 될 터인데, 그 나라 사람들은 본성이 잔인하여 침략을 꾀할 것이 분명하고 종국에는 나라를 뺏을 것이란 사실입니다. 셋째는 중국이 아닌 서양의 나라에 의지하면 그들은 먼 곳에 있어 조선이 침략을 당해도 막아줄 수 없다는 것이며, 넷째는 중국에서 군대를 일으켜 조선을 엄벌하려 하면 내란이 일어나 중국 군대가 당도하기도 전에 망할 것이란 점입니다. 부디 이 네 가지를 유념하시고 앞으로는 더욱 중국에 의지하시기를 바랍니다."

원세개의 말을 듣고만 있자니 나도 모르게 약간 분이 났다. 그 바람에 나와 원세개 사이에 언쟁 아닌 언쟁이 벌어졌다.

"내가 구중궁궐에 사는 아낙이라 잘 몰라 묻는 것이니 공께서는 부디 부아를 내지 않았으면 합니다."

원세개는 호기롭게 괜찮다고 했다. 그래서 내가 물었다.

"지금 공께서 하신 말씀은 만약 조선이 중국을 배반하게 되면 즉시 군대를 동원하여 응징하겠다는 뜻인가요?"

"만일 조선이 중국을 배반한다면 중국은 필연코 재빨리 군사를 동원하여 신속히 와서 점령하는 것을 상책으로 삼을 것입니다. 그때 가서 구라파에서도 군사를 동원하여 승부를 다투게 될지는 꼭 알 수는 없지만 나그네와 주인의 형세는 이미 결정되었으므로 중국은 편안히 앉아 멀리서 오는 피로한 적들과 맞닥치게 될 것이며, 또 비록 구라파가 강하다고 한들 그들이 어떻게 군사를 모두 긁어가지고 동쪽으로 오면서 그 배후를 고려하지 않을 수 있겠습니까? 중국의 병력이 구라파만 못하지만 정병이 삼십만이고 전함도 백여 척이며 해마다 들어오는 수입도 육천만 석이나 되므로, 만약 일부 부대를 출동시켜 조선을 점령하려고 한다면 돌로 달걀을 깨듯이 쉬울 것입니다."

하지만 나는 그 말에도 물러서지 않았다.

"그러면 세상 물정 모르는 아낙의 물음이라 생각하고 하나만 더 대답해주시오."

"알겠습니다, 왕비 전하."

"공의 말과 같다면 이것은 조선이 중국을 몹시 두려워한다는 말인데, 조선이 중국을 두려워하듯이 중국도 구라파를 두려워하지 않습니까? 그렇다면 중국은 어떻게 구라파의 침략을 방비할 수 있다고 봅니까?"

원세개는 잠시 뜸을 들이더니 기분 나쁜 듯이 약간 인상을 찡그렸다. 그 모습을 보고 임금이 끼어들었다.

"중전이 궁궐에만 있다보니 궁금한 것이 많았던 모양이오. 그저 몰라서 묻는 것이니 굳이 대답하지 않아도 됩니다."

하지만 원세개는 손사래를 치며 말했다.

"왕비 전하의 하문인데, 어찌 제가 그냥 지나칠 수 있겠습니까? 왕비 전하의 말씀대로 구라파의 힘은 강합니다. 하지만 중국이 구라파를 두려워한다는 것은 사실이 아닙니다. 중국은 영토가 넓고 백성들이 많으며 나라는 태평합니다. 그래서 군사를 모두 동원하여 사람들을 죽여 들판에 차게 하는 것을 좋아하지 않을 뿐이지, 결코 구라파 군대를 두려워하여 전쟁을 치르지 않는 것이 아닙니다. 단지 중국은 어진 사람의 마음으로 백성들을 편안하게 하려는 것이지 구라파를 두려워하는 것은 아니라는 뜻입니다. 그래서 지난번 월남(베트남)에서도 법국(프랑스)과 당당히 싸웠던 것입니다."

어느새 원세개의 얼굴이 붉게 달아올라 있었다. 하지만 나는 내 친김에 묻고 싶은 것은 다 물어봐야겠다 싶었다. 임금이 그런 낌새를 느꼈는지 앞서서 내 말을 막았다.

"공의 말은 참으로 눈을 틔워주고 귀를 열어주니 세상의 어느 약이나 침도 이만은 못할 것 같습니다."

나도 그쯤에서 물음을 멈추었다. 물에 빠진 처지에서 구해준 자를 화나게 해서 좋을 일이 없다 싶었다. 그가 무슨 생각을 가졌든 조선을 진창에서 건져준 것은 분명한 사실이었으니까.

원세개의 진영에서 나흘을 지내고 창덕궁으로 돌아왔다. 그제야 미처 살피지 못한 일들이 생각났다.

"영익은 어찌 되었는가? 무사한가?"

그동안 경황이 없었던 터라 미처 영익의 안부를 챙기지 못했다. 개화당 역도들이 영익을 눈엣가시처럼 여겼으니 그냥 두었을 리 만무했다.

홍 상궁이 머뭇머뭇 망설이며 말을 못했다. 그사이 옥련이 먼저 입을 열었다.

"민 대감은 칼을 맞아 중상을 입고 치료중이라 합니다."

"어디를 얼마나 다쳤다고 하는가?"

"귀가 잘려나가고 목 부위에도 칼을 맞아 많은 피를 흘렸다고 합니다."

"아무래도 내가 가봐야겠다. 어디에 있느냐?"

"목 참판의 집에 있습니다."

"치료는 누가 하고 있느냐?"

"미리견 의사가 하고 있습니다."

"가자. 목인덕의 집으로 갈 것이다."

하지만 홍 상궁과 옥련은 나를 강하게 만류했다. 아직 역도들을 완전히 제거하지 못한 터라 위험하다는 것이었다.

"그렇다면 미복을 하고 나서면 되지 않겠느냐?"

나는 상궁 옷으로 갈아입고 궁궐을 나섰다. 홍 상궁과 옥련이 함게 갔다. 목인덕의 집에 도착하자 홍 상궁이 먼저 안으로 들어가 목인덕을 불러냈다. 목인덕이 대문으로 나와 나를 마중하고 자신의 방으로 안내했다.

"왕비 전하께서 어떻게 소신의 집까지 이렇게 납시었사옵니까? 궁궐로 부르시면 제가 달려갈 것인데요."

목인덕은 내게 절을 하고 서툰 조선말로 말했다. 목인덕은 양귀(서양 귀신, 서양인을 비하하여 부르는 말)로서 덕국 사람이었다. 원래 이름은 묄렌도르프라고 했다. 목인덕을 우리 조정에 소개한 사람은 청국 북양대신 이홍장이었다. 임오년 군란 때 청국 사신들과 함께 왔다. 임오년 말에 오장경의 소개로 처음 만났을 때 나는 그에게 이렇게 물었다.

"조선에 대해 아는 것이 무엇이오?"

목인덕이 중국어로 대답했다.

"조선은 지리적으로 아주 중요한 위치에 있으며, 또한 매우 아름다운 나라라고 들었습니다. 그래서 금수강산이라고 부른다고 했습니다. 그런데 지리적으로 요충지에 위치한 나라는 항상 위험한 상황에 놓일 수밖에 없습니다. 또한 아름다운 강산을 가진 나라는 늘 주변국의 욕심을 불러일으킵니다. 그런 까닭에 조선은 강한 힘을 가져야만 합니다. 그렇지 않으면 주변국들이 반드시 조선을 침략하여 가지려 할 것입니다."

'지리적으로 요충지이고 아름다운 강토를 가졌기에 위험하다?' 나는 정말 맞는 말이라고 했다. 누구든지 좋은 것은 갖고 싶어하고 아름다운 것은 취하고자 한다. 그래서 늘 아름다운 기생 주변에는 욕정에 찬 남정네들이 들끓고 그들끼리 서로 싸우지 않던가?

"조선의 땅이 어째서 요충지인가?"

"조선은 중국의 턱밑에 붙은 땅이고 러시아의 항문 아래 있는 나라입니다. 사람에게 목과 항문은 가장 중요한 급소인데, 조선이 바로 그 급소를 노릴 수 있는 요충지입니다. 중국은 아시아에서 가장 큰 영토를 가졌으며 세상에서 인구가 가장 많은 나라입니다. 그 때문에 서양의 모든 나라가 중국에 진출하여 이익을 얻고자 합니다. 그 이익을 위해 그들은 늘 중국을 위협하고 있습니다. 그런데 조선이 중국의 턱밑에 있으니 조선을 취한 자는 언제나 중국에 비수를 꽂을 수 있습니다. 그리하여 서양의 모든 나라는 물론이고 일본까지 조선을 갖기를 원합니다. 게다가 러시아는 유럽의 강국으로 영국과 프랑스, 독일이 모두 겁내는 나라입니다. 그런데 조선이 그런 러시아의 항문 아래 놓였으니 러시아를 공격하고자 하는 나라는 조선을 취해 러시아의 급소를 노리려 할 것입니다."

그 말을 듣고 나는 이 사람이야말로 조선에 꼭 필요한 사람이라고 생각했다.

"노서아에 대해 더 이야기해보시오."

나는 노서아가 서양에서 그런 힘을 가진 나라라는 사실을 미처 몰랐다. 내가 알고 있는 서양은 미리견과 법국, 영길리, 덕국이 전부였다. 그런데 그들 모두가 겁내는 나라가 노서아라고 하니 깜짝 놀랐다. 내가 아는 노서아는 중국 북방 흑룡강 변방에서 노략질을 일삼는 나라 정도였다. 그래서 그 옛날 효종대왕께서 우리의 총포수를 동원하여 그들을 정벌하고 함부로 중국 땅을 노리지 못하게 만든 나선정벌만 떠올렸다. 그런데 노서아가 그토록 강성한 나라였다니 믿기지 않았다.

"러시아는 너무 추운 곳이라 겨울이면 늘 항구가 얼어 통상에 어려움을 겪고 있습니다. 그래서 러시아는 예로부터 얼지 않는 항구를 찾아 남으로 동으로 세력을 확장해왔는데, 지금 바로 조선에서 그 얼지 않는 항구를 얻고자 합니다. 하지만 영국과 프랑스, 독일은 물론이고 미국까지 모두 러시아를 경쟁자로 여겨 결코 얼지 않는 항구를 내주려고 하지 않습니다. 그런데 러시아가 조선에서 얼지 않는 항구를 얻고자 하니 모든 나라가 그것을 막기 위해 혈안이 될 수밖에 없습니다. 특히 영국은 러시아에 대한 적대감이 심해 러시아가 조선에 진출하는 것을 극도로 꺼리고 있습니다. 그런 까닭에 영국은 일본을 이용하여 러시아의 조선 진출을 기어코 막으려고 할 것입니다."

노서아가 정말 강성한 국가라면 혹여 그들이 우리에게 쓰임새가 있을 수도 있겠다는 생각이 들었다. 이미 중국이 서양 열국에 뜯겨 나날이 국력이 쇠락해가고 있다는 말을 듣고 있던 차였다. 그것은 중국의 속국을 자임하고 그들의 보호를 받고 있는 우리 조선으로서는 매우 불안한 일이 아닐 수 없었다. 중국이 붕괴된다면 그것은 마치 봇물이 터져 마을을 쓸어버리는 형국과 다를 바 없었다. 그리되면 우리 조선은 하루아침에 봇물에 쏠려가는 신세가 될 것이 자명했다.

작고 나약한 우리 조선으로서는 반드시 의지할 나라가 필요한데, 중국이 무너져버린다면 다른 보루를 찾아야만 하는 것이 우리 조선의 숙명이었다. 나는 혹여 노서아가 중국을 대신해줄 수도 있다는 생각을 해보았다. 노서아는 어찌되었건 중국과 마찬가지로 우리와 국경이 맞닿아 있고 우리를 보호해줄 힘이 있으니 유사시에 언제라도 우리를 도와줄 수 있겠다 싶었다. 게다가 우리에게는 그들이 보석처럼 찾아 헤매는 얼지 않는 항구가 있지 않은가. 조선과 노서아는 서로 쓸모가 있다는 뜻이었다. 그런 쓸모는 국가 간의 신뢰 형성의 기반이라고 생각했다.

나는 목인덕을 만나본 후 영익을 불러 목인덕의 말들을 확인해보았다. 영익도 목인덕을 따로 만나 여러 말을 나누어본 후에 자기 의견을 말했다.

"만약 목인덕 같은 이가 우리 조정에 있다면 외세를 대응하는 데 큰 힘이 될 것 같습니다. 목인덕은 덕국 사람이라 서양 사정에 밝고 또한 중국 사정에도 매우 밝습니다. 게다가 노서아에 대해서도 매우 긍정적인 생각을 가졌습니다. 목인덕은 우리 조선에 꼭 필요한 사람입니다."

내 생각도 영익의 의견과 같았다. 그래서 임금에게 말했다.

"목인덕은 비록 양귀에 불과하지만 지금 우리 조선은 그와 같은 양귀가 꼭 필요합니다. 고려 땅에 광종도 쌍기라는 중국인을 들여 개혁을 이룬 사실이 있지 않습니까? 우리 조정도 목인덕을 들여 서양을 배우고 익혀 외세에 대응하는 것이 좋겠습니다."

임금도 내 의견에 적극 찬동했다.

"나라를 부강하게 하는 데 보탬이 된다면 누군들 쓰지 못하겠습니까? 마침 북양대신도 목인덕을 적극 추천하니 적당한 자리를 주고 도움을 받아봅시다. 어쩌면 일본인이나 청국인을 쓰는 것보다 효과적일 수도 있을 것입니다."

임금은 그를 통리아문의 외무협판으로 임명했다. 협판의 벼슬은 종2품으로 참판에 준하는 자리였다. 또한 우리 조정은 그에게 해관총세무사를 겸직하게 하여 외국과의 통상 업무를 총괄하도록 했다. 그때 임금은 은밀히 노서아와 수교를 준비하고 그에게 임무를 맡겨 올해 윤5월에 기어코 조로수호통상조약을 성사했다.

목인덕은 충직한 사람이었다. 외국 정세에도 밝았고, 지식도 풍부했으며, 우리 조선에 대한 애정도 깊었다. 개화당의 역변 때에는 군사를 이끌고 직접 그들을 체포하기 위해 일본군 군함까지 쫓아가는 용맹도 보였다. 또한 영익의 목숨까지 구했으니 그의 충성심이야 따로 말할 바가 없었다.

"협판께서 이번 역변에서 큰 활약을 했다는 말을 들었소. 전하께서 그 공을 높이 치하하실 것이오. 또한 내 조카의 목숨까지 구했으니 개인적으로도 큰 은혜를 입었습니다."

나는 목인덕에게 감사의 말부터 전했다. 하지만 목인덕은 당연히 할일을 했을 뿐이라며 겸손을 떨었다.

"영익을 만나고 싶은데, 가서 봐도 되겠습니까?"

"아직까지 중한 상황이라 대화를 나누기는 힘드실 겁니다."

"그래도 내 눈으로 상태를 확인하고 싶소."

목인덕의 안내로 영익이 치료받는 곳으로 갔다. 영익은 목 주변을 온통 붕대로 싸매고 있었다. 의식은 회복되었다고 하는데, 여전히 위중한 상태라고 했다. 저승 문턱까지 다녀온 영익을 보자 분이

치밀었다. '이 역당 놈들을 끝까지 잡아 내 너의 한을 풀리라' 그런 마음으로 어금니를 깨물었다. 영익은 개화당 놈들에게 매우 호의적이었다. 한때는 김옥균을 가형처럼 믿고 의지하고 박영효를 친형제처럼 여기며 아꼈다. 나와 임금도 그들을 조선의 미래라 여기고 보석처럼 귀중하게 대했다. 그런데 그놈들이 하루아침에 역도로 돌변하여 대신들을 죽이고 임금을 위협했다. 머리 검은 짐승이란 참으로 믿을 수 없는 것들이다 싶었다. 자신에게 이익이 되면 무슨 짓이라도 저지르는 인(人)벌레들이었다.

영익의 상태를 잠시 살펴본 후 그를 치료한 서양 의사를 만났다. 서양 사람은 도대체 구별이 잘 되지 않았다. 미리견 사람이라고 하는데, 목인덕과 외모가 비슷했다. 이름은 안련(앨런)이라고 했다. 통역을 대동한 그는 영익의 상태에 대해 설명했다. 나는 나를 중전마마께서 보낸 사람이라 소개하고 자세히 전해야 하니 세세히 알려달라고 했다. 안련은 정말 내가 상궁이라 생각하는 듯했다. 하기는 왕비가 기별도 없이 그곳을 찾을 줄은 꿈에도 몰랐을 것이다.

"민 대감은 오른쪽 귀에서 오른쪽 눈두덩까지 자상을 입었습니다. 또한 목 옆쪽에도 세로로 상처를 입었습니다. 하지만 다행히 경정맥이 잘리거나 호흡기관이 절단되지는 않았습니다. 참으로 천운입니다. 그리고 등에도 칼을 맞았습니다. 그 때문에 척추와 어깨뼈 사이의 근육이 절단되었습니다. 이런 상처들 때문에 피를 많이 흘렸지만, 다행히 목숨에 지장은 없습니다."

"치료는 어떻게 했소?"

"먼저 피가 흐르고 있던 측두골(관자뼈) 동맥을 관자놀이에 이

어붙이는 시술을 했습니다. 명주실로 묶어 봉합했고, 귀 뒤 연골과 목 부분, 그리고 척추도 모두 봉합하는 데 성공했습니다. 봉합을 서두른 것은 무엇보다도 먼저 지혈하기 위함이었습니다."

나는 그의 말을 들으며 너무나 놀랐다. 명주실로 혈관을 잇고 피부도 봉합할 수 있다는 것이 너무나도 신기했다. 서양 의사들은 칼로 피부를 찢어 환부를 도려내기도 하고 실로 상처를 깁는다는 소리를 들었지만 사실이라고 믿지는 않았다. 그런데 직접 명주실로 상처를 봉합했다는 소리를 듣자 너무나 놀라웠다.

그때 불현듯이 항문이 막혀 죽은 나의 큰아들이 떠올랐다. 만약 이 사람이 그때 조선에 있었다면, 아니 서양 의술을 익힌 사람이 한 명이라도 우리 조정에 있었다면 그 아이를 살릴 수도 있지 않았을까 하는 안타까움 때문에 왈칵 눈물이 쏟아졌다. 그리고 다짐했다. 하루빨리 우리 조선에도 서양 병원을 세워야겠다고.

"처음 민 대감을 보았을 때 피를 너무 많이 흘려 완전히 빈사 상태였습니다. 팔꿈치에서 팔뚝까지 여덟 치 정도의 깊은 상처가 있어서 그곳도 명주실로 네 바늘 꿰맸습니다. 왼쪽 팔에도 두 군데 자상이 있었는데, 손목 바로 윗부분에 하나, 팔뚝 부분에 하나의 상처가 있었습니다. 손목 바로 윗부분은 그대로 노출해놓았고, 힘줄과 새끼손가락은 끊어진 채로 두었습니다. 그래서 왼쪽 손목은 앞으로도 불편할 것이며, 새끼손가락은 잘린 채로 살아야 할 것입니다."

그 말을 듣자 다시 부아가 치밀었다. 내 반드시 참수령을 내려 반드시 그놈들의 목을 치고 말겠다고 다짐했다. 영익의 생부를 죽이고 영익의 손목과 손가락을 앗아간 그놈들의 부모와 형제들까지 그냥 두지 않겠다고 맹세하고 또 맹세했다.

"넓적다리와 오른쪽 무릎에도 상처가 있습니다. 길이는 여섯 치 정도 되는데, 일단 모두 봉합했습니다. 귀 뒤에 있는 한 치 반의 상처도 모두 봉합했습니다. 또한 정수리에도 타박상을 입었습니다. 둔기로 맞은 모양인데, 달걀 크기만한 큰 혹이 생겼지만 목숨이 위태로울 정도는 아닙니다. 뭔가 둔중하고 예리한 무기에 맞은 것인데, 피하지 않았다면 목숨을 잃었을 것이란 생각이 듭니다."

안련은 사건 당시 가족을 돌보기 위해 1시간 정도를 비운 것 외에는 밤을 새워가며 환자를 치료하고 있다고 했다. 나는 그 말을 듣고 눈물을 흘리며 몇 번이나 고맙다고 말했다. 궁궐로 돌아온 후 나는 바로 임금을 찾아갔다. 영익의 상태를 전하며 나는 참수령을 내려 그놈들을 모두 죽여 없애야 하며 역도들의 가족들도 모두 잡아들여 능지처참해야 한다고 간청했다. 임금도 분을 참지 못했다.

임금은 역변에 가담한 자들은 물론이고 그 가족들과 친지들까지 모두 잡아들이라고 어명을 내렸다. 역변 가담자인 생도 서재창과 오창모가 잡혀와 처형당했다. 서재창은 일본으로 달아난 서재필의 아우였으며 오창모는 병마사를 지낸 오진영의 서자였다. 임금은 그들을 뽑아 왜어(일본어)와 기술을 익히게 했다. 그래서 그들은 왜학생도로 불렸다. 당시 왜학생도는 가문과 신분을 가리지 않고 뽑았다. 인재가 될 만한 청년이면 모두 뽑아 조선의 미래 동량으로 쓸 요량이었다. 그런데 그 아이들을 꼬드겨 역적이 되게 했으니 임금과 나는 피눈물이 났다. 서재필이 그 청년들을 꼬드겨 진두지휘

했다고 했다. 역변에 실패하자 서재필은 김옥균·박영효·서광범 무리와 함께 일본으로 달아났는데, 도주과정에서 서재필은 머리를 깎고 왜놈 옷을 입고 있었다는 소문이 있었다.

역적 서재필은 결국 집안을 모두 망하게 한 셈이었다. 어린 동생과 그 친구들을 꼬드겨 역적이 되게 했고 부모는 모두 자살하게 만들었으니 말이다. 또 형인 서재형은 붙잡혀 와 감옥에서 죽었다. 막냇동생 서재우는 너무 어려 차마 형벌을 가하지 않아 살아남았다는 말을 들었다.

역적 박영교와 박영효 형제도 집안을 망친 놈들이다. 박영효의 아버지 박원양은 자살했고 동생 박영호는 종적을 감추었다.

역적들의 부모들은 한결같이 자살하거나 형벌을 받고 죽었다. 우정국 총판으로 역도의 우두머리였던 홍영식의 아버지 홍순목은 손자에게 직접 독약을 먹여 죽인 후 자살했으며 홍영식의 아내 한씨도 자살했다.

그 밖에도 여러 역적의 집은 모두 헐어서 연못을 만들고 재산을 몰수했으며 일본으로 달아난 역적들에게는 모두 참수령을 내렸다. 임금은 그들을 참수할 사람을 직접 뽑아 일본으로 파견하기까지 했다.

역적들에 대한 처리가 거의 이루어질 무렵 나와 임금은 두옥을 궁궐로 불러들였다. 이번 역변에서 역적들의 군대를 진압한 주역이 원세개라면 왕실을 살린 주역은 단연 두옥이었기 때문이다. 임금은 두옥의 공을 높이 평가하여 공신으로 삼고 진령군에 봉했다. 또한 많은 재물과 가옥도 내렸다.

두옥을 진령군에 봉하는 문제로 조정이 몹시 시끄러웠다. 한낱 무당을 공신으로 삼고 종1품 벼슬인 진령군에 봉한다는 것이 가당 치 않다는 의견이었다. 성균관 학생과 유림에서도 반대 상소를 올렸다. 하지만 임금은 단호했다.

"자고로 예부터 공을 세운 이는 신분을 가리지 않는 법이었다. 나라가 위난에 빠지고 왕실이 위태로운 지경에 처할 때 나라를 구하고 왕실을 구했다면, 능히 공신으로 삼고 벼슬을 내리는 것이 우리 조선의 아름다운 법이다. 이번 역변에서 임금인 나는 물론이고 대왕대비마마와 왕대비마마, 중전과 세자, 세자빈의 목숨을 지킨 이는 오직 두옥 한 사람뿐이었다. 누구든 이와 같은 공로가 있다면 당장 나서라. 그러면 그 사람에게 정1품 벼슬을 내리고 역시 봉군 하겠다."

임금의 이런 추상같은 비망기를 읽고 유림들과 유생들은 입을 닫고 물러났다.

나는 영익을 치료한 미리견 의사 안련의 노고도 잊을 수 없었다. 그래서 임금에게 부탁하여 전의로 발탁하고 서양 의술로 치료하는 병원을 세워주기로 약조했다.

3장

태평십년
(1885~1894)

탐문

이치로는 갑작스럽게 떨어진 본국 출장 명령을 받고 도쿄를 방문했다. 그리고 돌아오는 길에 조선 왕비 살해를 주도했던 미우라 고로 전 공사를 만났다. 미우라는 당시 사건 때문에 한때 히로시마 감옥에 투옥되기도 했고 군법회의에서 재판을 받기도 했지만 증거불충분으로 무죄 선고를 받았다. 물론 당시 그와 함께 공범으로 지목된 자들도 모두 무죄 석방되었다. 이후 그는 일본 정계의 막후 실력자로 군림하며 정치 활동을 계속하고 있었다. 이치로는 지인을 통해 어렵게 미우라를 만났다. 미우라는 급한 회의가 예정되어 있어 빨리 가야 한다고 했다. 이치로는 궁금한 점만 단도직입으로 물었다.

"당시 조선 왕비를 죽인 것이 확실합니까?"

미우라는 군인 출신답게 간단하게 대답했다.

"확실하지."

미우라는 마치 자신이 대단한 공이라도 세운 양 의기양양한 태도였다.

"왜 조선 왕비를 죽여야 했습니까?"

"당시 우리 일본으로선 그것이 최선이었으니까."

"그렇다면 당시 본국 총리였던 이토공께서도 알고 계셨습니까?"

"물론이지."

"그렇다면 공께서는 죽은 여인이 조선 왕비라는 사실을 어떻게 증명하시겠습니까?"

그 물음에 미우라는 잠시 당황하는 기색을 보이며 머뭇거렸다. 미우라가 머뭇거리는 사이 이치로가 질문을 이어갔다.

"그때 투입되었던 낭인들이 조선 왕비의 얼굴을 정확히 알고 있었습니까?"

"단원들은 왕비의 얼굴을 정확히 몰랐지만 왕비의 얼굴을 아는 자들이 확인해줬으니까, 죽은 여인이 왕비인 것만은 분명할 걸세."

"죽은 여인의 얼굴을 직접 확인하셨습니까?"

"내가 직접 확인한 것은 아닐세."

"그런데 어떻게 확신하십니까?"

"그때 여러 조선 궁녀들이 확인해줬고 세자도 확인해줬으니까 확신하지. 그리고 우리측에도 왕비와 친밀한 아이가 하나 있었는데, 그때 그 아이도 확인해줬지."

"혹 그 사건을 주도하신 것을 후회하지는 않으십니까?"

"후회? 나는 후회할 일 따위는 하지 않네. 그런데 왜 지금에 와서 이 일을 다시 조사하는가?"

"이토공의 명에 따라 정확한 역사 기록을 남기기 위해서입니다."

"뭐, 특별한 일이 있는 것은 아니고?"

"예. 순전히 학문적인 차원입니다."

"하긴 내가 역사에 떳떳하지 못할 이유가 없지. 우리 일본 제국을 위해 충심으로 한 일이니 말이야. 그러니 정확한 기록을 남겨주게."

이치로는 미우라와 헤어진 뒤 도쿄에서 또 한 사람의 사건 당사자를 만났다. 조선 왕비 살해에 가담한 일본인 중에 유일한 여인이었다. 그는 미우라가 왕비와 친밀한 아이라고 했던 바로 그 사람으로 미우라 후임으로 일본공사로 파견된 고무라 주타로의 딸이었다. 그런데 그의 대답은 미우라의 말과는 달랐다.

"저는 그날 건청궁으로 가지도 않았고 얼굴을 확인해준 일도 없습니다."

그는 당시 일을 기억하고 싶지 않다고 했다. 이치로는 여러 말로 그를 설득해보았지만 더이상 아는 것이 없다고 딱 잘라 말했다. 미우라의 말에 의하면 그는 왕비의 얼굴을 그린 그림을 낭인들에게 전달한 인물이었다. 하지만 그는 그 점도 완강히 부인했다. 자신은 결코 왕비 살해 모의에 가담한 적이 없다는 것이었다. 물론 왕비의 얼굴을 그린 적도 없다고 했다. 그러면서 이런 말을 뱉고 가버렸다.

"왕비는 친절하고 좋은 사람이었으며 지혜롭고 현명한 분이었습니다. 어떤 이유에서도 일본 사람이 그분을 시해한 것은 명백히 잘

못한 일입니다."

이치로는 조선 땅으로 돌아온 후 수소문 끝에 사건 당시 현장에 있었던 중년의 궁녀 한 사람을 만날 수 있었다. 이치로는 그라면 당시 죽은 여인이 왕비인지 아닌지 정확히 알고 있을 것이라고 생각했다. 하지만 대답은 의외였다.

"그때, 중전마마께서 시해되실 때, 함께 그 자리에 있었던 궁인 모두 일본인들의 손에 죽었습니다. 저는 방안에 있었기 때문에 다행히 살아남았습니다."

"그렇다면 그때 살해된 사람이 왕비 전하인지 아닌지 정확히 모르겠군요."

"그렇습니다."

"혹시 옥련이라고 아시오? 당시 왕비 전하의 시종으로 있었다고 하던데……."

"알지요."

"그러면 옥련이라는 상궁이 지금 어디 있는지는 아시오?"

"을미년 참변이 있고 난 후부터 보이지 않았는데……."

"그렇다면 그날 여러 궁인과 함께 변을 당했습니까?"

"아닙니다. 그때 참변을 당한 궁인은 열두 명이었는데, 옥련은 없었습니다."

"옥련의 얼굴도 잘 아시오?"

"잘 압니다. 우리 중전마마와 함께 지내서 그런지 많이 닮았어요. 처음 보는 사람은 두 사람이 자매인 줄 알 정도로 많이 닮았으니까요."

"그렇게 많이 닮았나요?"

"우리끼리 늘 하는 말이 두 분이 옷만 바꿔 입으면 누가 누군지 모르겠다고 했으니까요."

"아, 그렇군요. 그러면 몇 가지 물어볼 게 더 있는데……."

"물어보시오. 아는 대로 알려줄 것이니……."

"혹 진령군은 아시오?"

"물론이지요. 우리 조선 땅에서 그 사람을 모르는 사람이 어디 있겠소?"

"내 말은 직접 본 적이 있느냐는 말이오?"

"아니오. 말은 많이 들었지만 직접 본 적은 한 번도 없어요."

"그러면 어떻게 생겼는지 전혀 모르겠군요."

"나뿐 아니라 그 사람 얼굴을 직접 본 궁인은 거의 없어요. 심지어는 이름을 아는 사람도 없으니까요. 남장을 하고 다니기도 했고 머리에 이상한 관을 쓰고 얼굴을 감추고 다니기도 했어요. 혹, 옥련이라면 얼굴을 잘 알겠지만…… 우리는 진령군 얼굴을 직접 보기 힘들었지요."

그 대답을 듣고 돌아서려다 이치로는 갑자기 생각난 듯이 한 가지 더 물었다.

"왕비 전하를 곁에서 모시던 홍 상궁은 아시오?"

"물론이지요. 저와 매우 친밀한 사이였지요."

"홍 상궁은 지금 어떻게 지내고 있소?"

"홍 상궁도 그때 이후 종적이 묘연합니다. 그날 변을 당한 것도 아닌데, 정말 어떻게 된 일인지 알 수 없네요. 소문에는 멀리 시골

에서 숨어살고 있다는 말도 있지만 내 눈으로 확인한 것도 아니라
서……."

러시아에 내민 조선의 손

을유년(1885) 정월에 이르러 마침내 건청궁으로 환어하게 되었다. 병자년(1876) 동짓달에 창덕궁으로 이어한 후 이제야 경복궁으로 돌아가게 되었다. 병자년 화재로 경복궁 전각 대부분이 불에 탔다. 강녕전, 교태전, 자경전을 비롯하여 소실된 전각은 무려 830여 간이나 되었다. 화재는 갑자기 일어났으며 불기운이 순식간에 번졌다. 아주 짧은 시간에 전각 여러 개가 몽땅 재가 되었으며 열조의 어필과 옛 물건은 하나도 건지지 못하고 대보와 세자의 옥인 외에 모든 옥새와 부신이 모두 불에 탔다. 그때 신통하게도 건청궁은 화재를 면했지만 잿더미가 된 경복궁에 그대로 머물 수 없어 창덕궁으로 이어해야만 했다.

궁궐의 모든 전각 중에 건청궁만큼 내게 특별한 곳도 없었다. 건청궁은 계유년에 임금과 내가 대원군과 조정 대신들 모르게 은밀히 세운 전각이었다. 우리가 건청궁을 세운 데는 남다른 뜻이 있었다. 경복궁은 모두 대원군이 세운 것이었고 왕권도 모두 대원군이 쥐고 있던 때였다. 왕실 법도에 따르면 임금이 열다섯 살이 되면 섭정은 물러나야 하는데, 대원군은 전혀 그럴 생각이 없었다. 심지어 임금이 성인이 되어 스무 살을 넘겼는데도 물러나지 않았다. 오히려 날로 권세에 대한 욕심이 더해져 아예 영구토록 왕권을 쥐고 있을 심사였다. 그런데도 조정의 그 어떤 신하도 대원군을 비판하지 않았다. 모두 대원군의 허수아비들이었으니 그럴 만도 했다. 그래서 나는 임금의 재위 10년(1873)에 이르러서 기어코 임금의 친정을 이끌어내기 위해 건청궁 건립을 건의했다. 궁궐 안에 대원군의 손때가 묻지 않은 곳에서 친정을 시작하자는 의미로 임금과 나를 위한 작은 궁궐을 하나 짓기로 했던 것이다. 물론 건립에 소요되는 비용으로 나랏돈은 한 푼도 손대지 않았다. 오로지 내탕금으로만 지었다. 그것으로 나와 임금은 대원군이 없어도 우리가 무엇이든 해낼 수 있다는 것을 보여주고자 했다.

건청궁 명칭은 중국 자금성 전각에서 따왔다. 그 안에 있는 나의 처소 곤녕합 역시 마찬가지다. 그만큼 임금과 나의 포부는 컸다. 이곳에서 새로운 나라를 일구어가리라는 의지의 표현이었다. 그런 까닭에 경복궁 화재로 건청궁을 제대로 활용하지도 못하고 창덕궁으로 이어했을 때는 몹시 절망했다.

이후 9년의 세월이 흘렀다. 그간 나는 임오년과 갑신년에 두 번의 역변도 겪었다. 그 고난의 세월을 이겨낸 후 나는 다시 건청궁을 떠올렸다. 그리고 건청궁을 건립할 때 품었던 포부를 임금에게 상기시켰다. 때마침 임금도 개화 역당의 난을 겪으며 창덕궁을 떠날 마음을 품고 있었다.

"경복궁 복구공사가 마무리되었으니 이제 그곳으로 환어할 때가 되었다고 생각했는데, 중전의 생각도 나와 같으니 이런 것이 이심전심이라 생각되오."

사실 건청궁으로 돌아가야겠다는 생각을 한 것은 임오 역변을 겪은 직후부터였다. 경복궁 복구공사는 한창 진행중이었지만 나는 건청궁에 더 마음을 쏟았다. 또다시 나에게 닥칠 역변을 대비하지 않을 수 없었기 때문이다. 그 대비책은 누구에게도 말하면 안 되고 기록을 남겨서도 안 되기에 비밀로 남겨두려고 한다. 물론 나는 임금에게도 그 일에 대해서는 아무 말도 하지 않았다.

어쨌든 나의 안전을 위해서라도 반드시 건청궁으로 돌아가야 했다. 앞으로도 나에게는 많은 역변이 닥칠 것이기 때문이다.

하지만 건청궁으로 간다고 해서 역변을 근본적으로 방지할 수 있다고는 생각하지 않았다. 역변이 자주 발생하는 원인은 무엇보다도 우리 조선의 국력이 약하고 임금의 위상이 추락했기 때문이다. 그래서 임금과 나는 건청궁을 기반으로 우리의 국력을 회복하고 용상의 힘을 강화하려고 했다.

"중전, 우리 조선이 국력을 회복할 방도는 무엇이라고 생각하오?"

개화당의 역변을 겪은 후 크게 놀란 임금은 나에게 이렇게 물었다.

"지금 조선은 우물 안 개구리와 진배없습니다. 세상은 이미 서양의 힘에 의해 움직이고 있는데, 조선은 아직도 서양에 대해 아는 것이 없을 뿐 아니라 서양의 문물을 받아들일 준비도 되지 않았습니다. 그러니 무엇보다 중요한 것은 하루빨리 우물 안 개구리 신세를 면하는 것입니다."

"물론 과인도 그리 생각하오. 하지만 군사력도 없고 국고도 비어 있는 마당에 어떻게 그 일을 해낼 수 있겠소?"

"그것은 우리가 우리 조선 강토의 중요성을 모르기 때문에 하는 생각입니다. 지금 일본과 노서아는 물론 수많은 서양 열국이 우리 조선에 눈독을 들이고 있습니다. 이는 무엇을 의미하겠습니까? 우리 조선에 그들이 탐할 만한 것이 많다는 뜻이 아니겠습니까?"

"그러니 우리 조선이 위험한 것 아니겠소. 모두 우리 조선을 집어삼키려고 혈안이 되어 있으니……."

"전하, 우리 조선이 살 방도는 그런 열국들의 욕심을 역이용하는 것밖에 없습니다."

"역이용하다니요?"

"흔히 이이제이라 하지 않았습니까? 오랑캐는 오랑캐를 이용하여 무찔러야 합니다. 생각해보십시오. 지금 조선을 바라보면 열국의 형세는 마치 한 마리 토끼를 두고 승냥이 몇 마리가 서로 먹기 위해 달려드는 형국입니다. 이런 상황에선 토끼 한 마리를 먹기 위해 승냥이들이 서로 싸우지 않으면 안 되게 생긴 것입니다. 이때 토끼가 살아남을 방도는 무엇이겠습니까? 승냥이들을 서로 경쟁하게 하여 싸우느라 정신이 없게 만드는 것입니다. 그렇듯 그들이 서로 싸우는 사이에 우리 조선은 하나씩 그들의 문물을 배워 힘을 키워야 할 것입니다."

"듣고 보니 중전의 말이 유일한 방도일 듯싶소. 저들 모두 우리 조선을 취하고자 하고, 그러자면 서로 앞다퉈 조선에 이익이 될 만한 것들을 내놓을 테니 그것들을 챙기면서 시간을 벌어 힘을 키우자는 말 아니오?"

"그렇습니다, 전하. 또 병법에 원교근공이라는 말도 있지 않습니까? 멀리 있는 나라와 잘 지내고 가까이 있는 나라와 싸운다는 뜻이, 일본이나 중국 같은 가까운 나라는 우리 조선과 싸우기 십상이고, 멀리 있는 노서아 · 미리견 · 영길리. 덕국 · 법국 같은 나라는 우리와 화친하기 쉬운 나라가 아니겠습니까? 그러니 일본과 중국은 겉으로만 친밀한 척하면서 속으로는 경계하고, 서양의 나라들과는 은밀히 화친을 도모하면 나약한 우리 조선도 살길을 도모할 수 있을 것입니다."

"중전은 언제 그런 생각을 다 했소? 나보다 세상 보는 눈이 훨씬 좋구려."

"다 그간 풍상을 겪으면서 얻은 생각이옵니다. 그래서 드리는 말씀인데, 일본과 중국이 서로 으르렁거리고 있는 사이에 은밀히 노서아를 끌어들이는 것은 어떻겠습니까?"

"노서아를 말이오?"

"그렇습니다. 전하께서도 아시다시피 노서아는 구라파의 강국으로 영길리와 미리견도 두려워하는 나라라고 합니다. 그런 노서아가 우리 조선에 진출하여 꼭 얻고자 하는 것이 있다고 들었습니다."

"나도 목인덕으로부터 들은 바가 있소. 노서아가 얼지 않는 항구를 원한다는 것을……."

"그러니 노서아는 분명히 우리가 손을 내밀면 좋아하고 잡을 것입니다. 그러면 노서아의 힘을 이용하여 중국과 일본의 횡포를 저지할 방도를 얻을 수 있지 않겠습니까?"

"알겠소. 그러면 중전께서 노서아공사를 한번 만나보시구려."

나는 건청궁으로 이어하기 전에 목인덕을 불러 노서아공사와 은밀히 만나고 싶다는 뜻을 전했다. 임금이 그를 따로 만나는 것은 보는 눈이 많아 문제가 생길 것이니 내가 임금을 대신하여 만나기로 한 것이다. 마침 개화당 역변 이후 중국과 일본의 눈이 허술해진 상황이라 노서아공사를 건청궁으로 불러들이는 일은 어렵지 않았다. 목인덕과 함께 신무문으로 은밀히 들어온 노서아공사를 만난 시간은 이미 한밤이었다.

노서아공사 위패(베베르)는 원래 덕국 출신이라 목인덕과 매우 친밀했다. 또한 중국 연경(베이징)에서 5년 동안 머물며 중국어를 공부하여 중국어도 잘 구사했다. 그뿐 아니라 구라파 사정에 밝고 중국 정세에도 밝으며 일본의 본심도 훤히 꿰뚫고 있었다. 나이는 마흔이 조금 넘었다고 했으나 내 눈에는 육순을 넘긴 노인처럼 보였다. 서양인들이 모두 그렇기는 하지만 수염이 온 얼굴을 덮었고 얼굴에 주름도 많았다.

위패는 나와 대화를 나누면서 중국어로 했고 목인덕이 통역해주었다. 조금 난해한 내용은 문자로 필담을 주고받기도 했다.

"왕비 전하께서 친히 불러주시니 이보다 더한 영광이 없습니다."

"우리 전하께서 직접 만나보려 하셨으나 주변의 눈들 때문에 내가 대신하여 공사를 만나는 것이니 이해해주기 바라오."

위패와 나는 그렇게 첫인사를 주고받았다. 위패가 먼저 입을 열었다.

"저를 불러 긴한 말씀을 주시고자 한다고 들었습니다. 어떤 말씀인지 잘 듣고 적어 황제께 보고하겠습니다."

"귀국 황제께서는 우리 조선에 대한 관심이 매우 크다고 들었습니다. 하지만 구체적으로 어떤 관심을 갖고 계시는지 우리가 잘 알지 못합니다."

"조선은 우리 러시아와 영토가 붙어 있으나 익히 사귀지는 못했습니다. 이는 조선이 우리 극동 땅끝과 영토를 마주하고 있는 데 있습니다. 러시아는 땅이 너무 넓고, 수도 모스크바와 극동은 거리가 너무 멀어 지금껏 러시아 황실에선 조선이 진주 같은 나라임을 알면서도 미처 손을 내밀지 못했던 것입니다. 하지만 이제 조선과 러시아가 수교를 맺게 되었으니 서로 좋은 관계를 맺고 서로 도우며 지냈으면 하는 것이 우리 황제 폐하의 뜻입니다."

위패는 그런 말로 속내를 감추며 나를 떠보는 듯했다. 그래서 내가 먼저 그에게 제의했다.

"귀국은 너무 추운 지역이라 겨울이면 모든 항구가 얼어 통상에 큰 어려움을 겪는다고 들었습니다. 그런데 마침 우리 조선은 귀국 영토 근처에 있으면서 겨울에도 항구가 모두 얼지 않으니 혹여 귀국이 통상을 위해 우리 항구를 이용할 생각이 있다면 기꺼이 응할 뜻이 있습니다."

내가 단도직입으로 말하자 위패는 다소 당황한 듯이 보였다.

"우리 러시아가 조선과 수교를 맺은 뜻은 꼭 그런 것만이 아닙니다. 나라와 나라 사이에 화친을 맺는 것은 여러 뜻이 있지 않겠습니까?"

"물론이지요. 하지만 서로 이익이 되지 않는다면 굳이 관계를 맺지 않는 것이 또 나라 간의 일이 아니겠습니까? 공사께서도 이미 잘 알고 있겠지만 우리 조선은 지금 매우 위태로운 상황입니다. 그런데도 이런 상황을 타개할 마땅한 방도도 얻지 못했고 국력도 미약합니다. 하여 열국들이 하나같이 조선을 먹기 좋은 음식 정도로 여기고 있다는 사실도 잘 알 것 아닙니까? 그런데 조선이 굳이 숨길 것이 뭐가 있겠습니까? 원래 우리 조선 사람이 체면을 무엇보다 중시하지만 지금은 체면 따위를 따질 상황이 아니라 급한 마음으로 드리는 말씀입니다. 우리에게 좋은 항구가 있으니 노서아가 편할 대로 사용하되, 대신 노서아의 힘을 좀 빌려주었으면 합니다. 이 말은 내 뜻이 아니라 우리 성상 전하의 뜻입니다."

그제야 위패도 마음이 편해진 모양이었다.

"힘이라면 어떤 것을 말씀하시는 것입니까?"

"나라에 필요한 힘이 무엇이겠습니까? 군사력과 재력 아니겠습니까?"

나는 굳이 마음을 감출 필요가 없다고 생각했다. 이미 조선 안에는 여러 나라의 군사들이 들어와 있었다. 청국 군대는 물론이고 일본도 공사관 수비대 명목으로 군대를 데려왔고, 미리견도 공사관 수비대를 거느리고 있었다. 나는 기왕 외국 군대가 들어올 바에야 여러 나라의 군대가 모두 들어오는 것이 차라리 낫다고 판단했다. 나는 또 우리 군대의 양성을 노서아에 맡길 생각도 했다. 아무래도 일본은 너무 위험했기 때문이다. 병자년 수호조약 이후 일본 교관을 들여 일본식 군대를 양성했지만 그들 때문에 탈이 난 것이 벌써 여러 차례였다. 더욱이 일본은 그 군대를 이용하여 개화당 역변을 획책하기까지 했으니 더이상 그들에게 우리 군대의 양성을 맡길 수는 없는 노릇이었다.

"무슨 뜻인지 잘 알겠습니다. 우리 황제 폐하께서도 매우 기뻐하실 것입니다."

위패와 나의 대화는 그렇게 잘 마무리되었다. 이후 임금의 친서를 안겨 노서아에 밀사를 파견했다. 친서의 핵심은 국내에서 청국과 일본이 전쟁을 치를 경우 노서아가 군대를 파견하여 우리 조선을 보호해달라는 것이었다. 그러면 노서아가 조선 영토를 빌려 쓰는 것을 용인하고 조선 조정에 노서아 고문을 초빙하겠다는 내용도 곁들였다. 그 밖에도 노서아 교관을 초정하여 우리 군대를 훈련하는 조건도 있었다. 물론 무엇보다도 조선의 독립을 보장하는 것을 전제로 하는 제의였다.

노서아에 밀사로 파견한 사람은 김가진이었다. 김가진은 통상 업무를 담당하는 하급 관리였지만 정세를 보는 눈이 정확하고 판단력이 좋은 인물이었다. 그래서 언젠가 임금과 내가 엄밀히 불러 그에게 조선의 통상과 외교에 대한 식견을 물었더니 막힘없이 이런 대답을 했다.

"지금 조선을 가장 위협하는 세력은 일본이고, 조선의 활동을 가장 어렵게 만드는 세력은 청국입니다. 일본은 오래전부터 조선과 요동(랴오둥)을 노리고 있어 우리를 정벌할 기회만 보고 있고 청국은 영구적으로 조선을 자신들의 속국으로 삼아 일본과 노서아의 공격을 막을 방패막이로 쓰고자 합니다. 그런 까닭에 조선은 하루빨리 이 두 나라의 영향력에서 벗어나야 할 것입니다. 하지만 현실적으로 조선은 스스로 이들에게서 벗어날 힘이 없으므로 서양 열국의 힘을 이용해야 합니다. 서양 열국 중에 우리가 의지할 수 있는 나라는 미리견과 노서아인데, 미리견은 조선보다는 일본을 더 중시하는 나라인데다 조선과 육로가 닿지 않아 비상한 상황이 발생할 때 도움을 받기 힘듭니다. 그래서 노서아가 가장 적임입니다. 노서아는 우리 영토와 국경을 맞대고 있는데다 조선 영토에서 얻을 것도 많습니다. 특히 얼지 않는 항구를 원하는 그들로선 조선의 도움이 절실한 입장입니다. 게다가 노서아는 땅이 크기 때문에 일본처럼 우리 조선을 차지하려는 욕심도 적습니다. 그러니 시급히 노서아의 힘을 빌려와야 할 것입니다."

임금과 나는 김가진의 식견을 매우 놀랍게 생각하며 능히 밀사 역할을 다하리라고 믿었다. 우리의 믿음처럼 김가진은 노서아공사관 관리와 함께 노서아 도읍으로 가서 친서를 무사히 전달하고 돌아왔다.

김가진이 돌아왔을 때는 건청궁으로 막 이어한 때였다. 김가진은 노서아 황제의 친서도 안고 왔다. 노서아 황제는 기꺼이 조선의 제의를 받아들이겠다고 했다. 노서아와 우리의 밀약은 순조롭게 진행되었다.

남은 일들은 목인덕이 주축이 되어 추진했다. 물론 목인덕과 김가진을 비롯한 그 휘하의 관리 몇 명만 아는 극비 사항이었다. 말이 새어나가면 중국과 일본이 그냥 있지 않을 것이 뻔했다. 게다가 노서아가 조선에 진출하는 것을 극도로 꺼리는 영길리도 무슨 일을 벌일지 몰랐다.

아니나 다를까. 어디서 말이 샜는지 알 수 없었지만 노서아와 은밀한 협약을 진행하고 있는 중에 느닷없이 영길리 전함이 거문도를 점령하는 사태가 벌어졌다. 과거 법국과 미리견의 전함이 우리 땅을 침입한 적은 있었지만 영길리가 이런 일을 벌인 것은 처음이었다. 영길리는 애초 우리 조선이 노서아와 수교를 맺는 것을 매우 반대했으니 틀림없이 노서아 때문에 이런 일을 벌였으리라. 그나마 다행인 것은 그들이 점령한 곳이 도성에서 한참 떨어진 남해의 거문도라는 점이었다.

영길리 전함이 불법으로 거문도에 들어온 것은 내가 위패를 만난 지 불과 며칠 뒤였다. 나는 목인덕을 불러 어찌된 영문인지 물었다. 그러자 목인덕은 지금 영길리와 노서아가 서로 힘겨루기를 하고 있는 상황인데, 우리 조선이 그 사이에 끼어 있는 형국이라고만 했다.

이후 북양대신 이홍장이 이 문제와 관련하여 자세한 편지를 보내왔는데, 그제야 나는 영길리가 거문도를 점령한 의도를 제대로 간파할 수 있었다. 이홍장의 편지 내용은 다음과 같았다.

귀국의 제주 동북쪽으로 100여 리 떨어진 곳에 거마도가 있는

데, 그곳이 바로 거문도입니다. 바다 가운데 외로이 솟아 있으며 서양 이름으로는 해밀턴섬이라고 부릅니다. 요즘 영길리와 노서아가 아부간(아프가니스탄) 경계 문제로 분쟁을 일으키고 있습니다. 노서아가 군함을 해삼위(블라디보스토크)에 집결하므로 영길리 사람들은 그들이 남하하여 향항(홍콩)을 침략할까봐 거마도에 군사와 군함을 주둔하고 그들이 오는 길을 막고 있습니다.

이 섬은 조선의 영토에 속한 것으로서 영길리 사신이 귀국과 토의하여 수군을 주둔할 장소로 빌린 적이 있습니다. 그러므로 잠시 빌려서 군함을 정박했다가 예정된 날짜에 나간다면 혹시 참작하여 융통해줄 수도 있지만 만일 오랫동안 빌리고 돌아가지 않으면서 사거나 조차지로 만들려고 한다면 단연코 경솔히 허락해서는 안 됩니다.

구라파 사람들이 우리 남양을 잠식할 때도 처음에는 다 비싼 값으로 땅을 빌렸다가 뒤에 그만 빼앗아서 자기 소유로 만들었습니다. 거마도는 듣건대 황폐한 섬이라고 하니 귀국에서는 그다지 아깝지 않은 땅으로 볼 수도 있겠지만 향항 같은 곳도 영길리 사람들이 차지하기 전에는 남방 종족 몇 집이 초가집을 짓고 산 데 불과했습니다. 그런데 지금은 점차 경영하여 중요한 진영이 되었고 남양의 관문이 되고 있습니다.

더구나 이 섬은 동해의 요충지로서 중국 위해로 가는 길이며 일본의 대마도, 귀국의 부산과 다 거리가 매우 가깝습니다. 영길리 사람들이 노서아를 방어하기 위한 것이라고 변명하지만 어찌 그들의 생각이 따로 있지 않을 줄을 알겠습니까? 이토 히로부미는 이전에 나와의 담화에서 영길리가 만약 오랫동안 거마도를 차지한다면 일본에 더욱 불리하다고 했습니다. 만일 귀국이 거마도를 영길리에 빌려준다면 반드시 일본 사람들의 추궁을 받을 것이며 노서아도 곧 징벌하기 위한 군사를 출동시키지는 않더라도 역시 부근의 다른 섬을 꼭 차지하려고 할 것이니 귀국이 무슨 말로 반대하겠습니까? 이것은 도적을 안내하여 문으로 들어오게 하는 것으로 이웃 나라에 대해 다시 죄를 짓게 되며 더욱이 큰 실책이 됩니다. 그뿐 아니라 세계정세로 보아서도 큰 관계가 있으니 바라건대 전하께서는 일정한 주견을 견지하여 그들의 많은 선물과 달콤한 말에 넘어가지 말기 바랍니다.

이제 정 제독(정여창)에게 군함을 주어 이 섬에 보내어 사정과 형편을 조사하게 하는 동시에 귀 정부와 함께 진지하게 토의하게 하니 잘 생각해서 처리하는 것이 필요합니다.

이홍장은 거문도를 영길리 군대에게 잠시 빌려주는 것은 물론이고 팔거나 조차지로 만드는 것은 매우 위험한 일이라고 생각하고 있었다. 그리되면 흡사 중국의 향항처럼 구라파의 땅이 될 우려가 있다는 말이었다. 이홍장의 편지에 따라 조정 대신들은 전적으로 그의 뜻이 옳다고 판단했다. 임금의 생각도 마찬가지였다. 그래서 일단 영길리공사관에 거문도를 빌려줄 의도가 없다는 뜻을 분명히 밝혔다. 또한 영길리는 물론이고 다른 어떤 나라에게도 조선의 땅을 빌려주는 일은 없을 것이라고 못을 박았다.

하지만 나는 그 점이 못내 아쉬웠다. 어떤 나라에게도 조선 땅

일부조차 빌려주지 못한다는 것은 노서아에게도 항구를 빌려줄 수 없다는 뜻이었기 때문이다. 그런 아쉬운 마음을 내비쳤더니 임금은 현재로서는 어쩔 수 없지 않겠느냐며 후일을 기약해보자고 했다.

그리고 이 문제와 관련하여 일본 입장도 은밀히 물어보았는데, 일본 역시 조선이 다른 나라에 땅을 빌려주는 것을 강하게 반대했다. 일본대리공사 곤도 모토스케가 개인 의견을 전제로 답장을 보내왔다.

비밀 편지를 받아보았습니다. 거문도에 대한 문제는 귀국의 국권에 관계되는 중대한 문제인 것 같습니다. 그래서 곧 영국 대신의 비밀 편지를 보았는데, 단지 만약의 경우에 대응하게 한 것이라고만 말했습니다.

그러니 생각건대 영국이 방비하겠다고 말한 나라가 가령 귀국과 수호조약을 체결한 나라라면 관계되는 바가 더욱 크지 않겠습니까? 대체로 동맹한 각국 가운데서 만약 불행히도 서로 관계가 나빠진 나라들이 생겨 어느 한 나라가 귀국의 지역을 차지하고 만약의 경우에 대처하자고 할 경우에 귀국이 허락한다면 그 한 나라에는 이로울 것이지만 다른 한 나라에는 해로울 것입니다. 그러니 이는 관계없는 나라로서 서로 유지해주고 서로 처리해주는 방도에 어긋날 것 같습니다.

그러나 귀 대신이 영국 대신에게 귀국이 허락할 수 없을 뿐 아니라 다른 각국에서 요구한다 해도 절대로 승인할 리 없다고 대답한 것은 정말 지당한 말입니다. 이번에 영국의 이 행동에 대해 우호 관계를 맺고 있는 각국에서는 귀국의 의사를 모르기 때문에 영국의 행동이 혹시 귀국의 허락하에 나온 것이 아닌가 하고 의심할 수 있을 것입니다. 오늘의 계책으로서는 응당 영국에 통지한 내용을 우호 관계를 맺고 있는 각국에 통지하여 영국이 이 섬을 차지한 것이 귀국에서 윤허한 것이 아니라는 사실을 알게 하는 것입니다. 이렇게 하면 각국에서는 의심을 저절로 풀 수 있을 것이고 공론으로 될 것입니다.

이 문제에 대해 본 공사는 본국 정부의 훈령을 아직 받들지 못했으므로 사적인 견해를 대강 밝혀 회답을 보내니 귀 대신이 타당하게 처리하기를 간절히 바랍니다.

곤도의 편지 후에도 일본 정부는 밀서를 하나 더 보내왔다. 일본 외무대신 이름으로 보내온 밀서의 요지는 영길리에 대해서는 거문도를 내주는 것을 반대하면서도 동시에 군사적 조치도 안 된다는 것이었고, 노서아에 대해서는 어떤 땅도 빌려주어서는 안 된다는 것이었다. 만약 노서아에 섬이나 항구를 빌려줄 경우 일본은 군대를 동원하여 강력하게 저지하겠다는 협박까지 했다.

나는 일본 외무대신의 밀서를 읽고 몹시 분했지만 겉으로 드러낼 수는 없었다. 다만 일본이 군대를 동원하겠다는 말을 한 데 대해서는 우리 조정에서도 밀서를 보내 강력하게 항의해야 한다는 의견을 임금에게 전했다. 임금은 김윤식에게 그런 내용을 밀서로 작성하여 일본 정부에 보내도록 했다. 이에 일본 정부는 다시 밀서를 보내와 자신들의 의지에는 변함없다고 했다.

일본이 반대 의사를 드러내는 것은 당연했다. 일본은 틈만 나면 우리 조선을 집어삼킬 궁리를 하고 있는데, 혹여 다른 강국이 먼저 조선 땅을 선점한다면 그들의 야욕을 채울 수 없기 때문이다. 더구나 그 상대가 노서아라면 더욱 그럴 만했다. 노서아는 일본보다 훨씬 강국인데다 우리 조선과 지리적으로 매우 가까이 있는 나라라 그들의 가장 강력한 경쟁자였기 때문이다.

이렇듯 중국과 일본의 속내를 확인한 후에 우리 조정에서는 목인덕과 엄세영을 거문도로 파견하여 영길리 군함의 선장 막키이를 만나 담판을 짓게 했다. 그 자리에 이홍장이 보낸 정여창도 함께 했다.

엄세영과 목인덕이 막키이를 만난 것은 4월 3일이었다. 목인덕은 막키이를 만나 먼저 이렇게 말했다.

"영국 군함이 이 섬에다 깃발을 세워놓았는데, 그 의도가 무엇이오?"

막키이가 말했다.

"이 깃발을 세운 것은 우리 수군 제독의 명령을 수행한 것입니다. 본국 정부에서 러시아가 이 섬을 차지하려고 한다는 말을 들었기 때문입니다. 현재 본국이 러시아와 분쟁이 생길 기미가 있기 때문에 먼저 와서 이 섬을 잠시 지킴으로써 보호하는 데 도움이 되게 하려는 것입니다."

"조선은 영국과 원래 우호조약을 맺은 나라이며 러시아와도 우호조약을 맺은 나라인데, 지금 귀국의 군함이 조선 땅에 와서 국기를 세워놓는 것은 이치상 허락할 수 없으니 귀 정부에 명백히 전달하여 이런 내용을 알게 한 다음 조선의 도읍에 들어가서 각국 공사들에게 이런 내용을 전해야 할 것입니다."

"나 역시 조선에서 이 일을 처리하기 곤란하리라는 것을 잘 알고 있습니다. 나는 수군 제독의 명령을 받고 여기에 주둔하고 있으니 공께서 나가사키에 가서 수군 제독과 상의하면 될 것입니다. 지난 달 28일에 러시아 군함 한 척이 여기에 왔는데, 그들은 우리 본국의 뜻에 대해 많은 의혹을 갖고 있었습니다."

"귀국이 조선 땅에 깃발을 세워놓은 것은 사리에 맞지 않습니다. 우리는 명령을 받고 여기에 왔으므로 조사한 것을 즉시 돌아가서 우리 임금에게 보고할 것이니, 공께서도 이 내용을 갖고 귀 수군 제독과 상의한 다음 빨리 귀 정부에 알려서 속히 처리해야 할 것입니다."

"그렇습니다. 모레 나도 나가사키에 가려고 합니다. 이달 초하룻날에 본국에서 전보가 왔는데, 본국 정부가 러시아주재 본국 공사와 아프가니스탄 사건을 논의하고 해명했다고 했습니다. 우리 군함도 이제 분쟁이 없었다는 것을 본국에 보고하겠습니다."

목인덕의 장계(보고서)를 읽어보니 영길리는 노서아를 경계하기 위해 거문도에 함선을 보낸 것이 분명했다. 명분은 노서아로부터 우리 조선을 보호하기 위해 군함을 파견한 것이라 했지만 속내는 노서아와 우리 조선의 밀약을 방해하려는 것이었다.

사실 노서아와 조선의 밀약을 방해하려는 세력은 영길리만이 아니었다. 일본은 물론이고 중국 역시 노서아와 조선이 가까워지는 것을 극도로 경계했다. 그만큼 노서아는 모두의 경계 대상이었고 그 때문에 우리 조선이 노서아에 내민 밀약의 손은 거두어들일 수밖에 없게 되었다. 참으로 안타까운 일이 아닐 수 없었다. 하지만 나는 기회가 나면 반드시 노서아에 다시 손을 내밀 것을 다짐했다. 그래서 노서아공사 위패와는 더욱 친밀한 관계를 유지하고자 했다. 물론 임금도 마찬가지였다.

우리 조정은 목인덕의 장계를 받은 뒤에 청국과 일본, 덕국, 미리견 등 각국 공사에 영길리 군함이 거문도를 점령했다는 사실을 공식적으로 알렸다. 다만 노서아공사에는 공식 통보는 하지 않았다. 영길리와 노서아의 갈등 때문에 생긴 일이었기에 당사국에는 알리지 않기로 한 조정의 결정에 따른 것이었다. 대신 임금과 나는 목인덕을 노서아공사 위패에게 몰래 보내 상황 설명을 하고 시간이 걸리더라도 노서아와 조선의 밀약은 계속 추진하자는 의사를 전달했다. 노서아 정부에서도 위패를 통해 조선의 입장을 이해하며 향후에 다시 추진하자는 의사를 보내왔다.

그러자 영길리는 이홍장이 예측한 대로 돈을 낼 테니 거문도를 빌려달라는 제의를 해왔다. 영길리가 제안한 액수는 제법 컸다. 그들의 제의를 수용한다면 조선의 재정에 큰 도움이 될 것이 분명했다. 하지만 눈앞의 이익 때문에 영토를 떼어줄 수는 없는 노릇이었다. 게다가 우리는 여전히 극비리에 노서아와의 밀약을 계속 추진하고 있었다. 물론 그 중심에는 목인덕이 있었다.

그런데 어디서 말이 샜는지 이홍장이 갑자기 목인덕을 면직한다는 통보를 해왔다. 이홍장은 구체적인 이유는 알려주지 않았지만 목인덕이 청국을 저버리고 노서아와 밀약을 추진한 데 대한 문책이었다. 목인덕은 직책을 잃은 뒤에 글을 올려 안타까운 심정을 전해왔다.

러시아와의 일이 잘되어가는 마당인데, 어디서 일이 어그러졌는지 알 수 없습니다. 청국에 말을 전한 인물을 짐작하지 못하는 바는 아니지만 차마 제 입으로 그를 비난할 수는 없습니다. 소신은 대군주 폐하와 왕비 전하의 은혜에 보답하고자 조선을 위해 최선을 다했으나, 좋은 결실을 맺지 못하고 물러나게 되어 참으로 안타깝습니다. 비록 소신은 직책에서 물러나게 되었으나 향후에도 조선을 위해 도울 일이 있으면 무슨 일이라도 하겠습니다.

나는 목인덕의 글을 읽고서야 이홍장에게 노서아 밀약 건을 알린 사람이 누군지 짐작했다. 그리고 나의 행동이 경솔했음을 자탄했다. 나는 즉시 영익을 불러들였다.

"너는 어찌하여 이홍장에게 나랏일을 밀고했느냐?"

나는 무섭게 화를 내며 다그쳤다. 나의 분노가 하늘을 찌르자 영익은 몹시 당황하며 변명을 늘어놓았다.

"저는 그저 북양대신에게 목인덕이 노서아와 너무 가까이 지내는 것이 아니냐는 말만 했을 뿐입니다."

"목인덕은 너의 목숨을 구한 은인이다. 그런데 어찌하여 너는 선비의 도리를 저버리고 은인의 등에 칼을 꽂는 일을 했느냐? 내가 너에게 나랏일을 알려준 것은 네가 이 일에 도움을 주길 바라서였다. 그런데 너는 도움은 되지 못할망정 오히려 훼방을 하고 있으니, 도대체 너의 의도는 무엇이냐?"

"다만 저는 이것이 훗날 큰 화근이 될까 염려했을 뿐입니다. 우리가 몰래 노서아와 밀약을 행하고 청국을 내쫓고자 했다는 것을 청국이 알게 되면 반드시 보복이 있지 않겠습니까? 그런 날을 대비하여……."

"그걸 변명이라고 하느냐? 너의 눈에 지금 임금과 나와 나라와 백성이 보이기는 하는 것이냐? 이 나라의 처지가 지금 어떤지 정녕 모르느냐? 몸에 칼을 맞더니 머리가 어떻게 된 것이냐? 꼴도 보기 싫으니 썩 물러가라!"

"마마, 고정하소서. 이 문제는 감정적으로 처리하실 일이 아니옵……."

"듣기 싫다! 그간 내가 너를 어여삐 여긴 것이 이토록 후회가 될 줄 몰랐다. 썩 물러가라!"

그렇게 영익에게 분을 있는 대로 드러냈지만 사실은 나 스스로에게 성을 내고 있는 것이었다. 영익이 임오년 역변 이후 이홍장과 친밀해져 청국에 기울어져 있는 것을 왜 감안하지 못했는가 싶었다. 임금도 밀약이 완전히 성사될 때까지 누구에게도 발설해서는 안 된다고 했고, 나 역시 목인덕에게 그런 말을 누차 했다. 그런데 정작 내가 발설의 당사자가 되고 말았으니 정녕 못난 짓을 한 것은 나였다. 일국의 왕비로서 나랏일을 처리하는 데 개인의 정리에 치우쳐 일을 그르쳤으니 나야말로 죄인이 아니고 무엇이겠는가?

나는 이 일로 임금에게 몇 번이고 잘못을 빌었다. 모든 것이 나 때문에 벌어진 일이라고 했다. 임금은 또 기회를 봐서 계속 추진하면 된다며 나를 다독였다. 그러나 나는 이미 알았다. 내가 모든 것을 망쳐버렸다는 것을.

돌아온 대원군

목인덕이 청국으로 돌아갔다는 말을 듣고 임금은 한숨을 길게 토해냈다.

"또 그 사람과 같은 충신을 어디서 얻는다는 말인가?"

망연자실한 임금의 표정을 보면서 나는 정말 몸 둘 바를 몰랐다. 이홍장은 목인덕 대신 미리견인을 한 명 보내주겠다고 했지만 쓸 만한 자는 아니지 싶었다. 이제 청국의 이익을 위해 일할 자를 보낼 것이 분명했다. 어떻게 해서든 조선을 틀어쥐고 나날이 성장하는 일본의 방패막이로 쓰려는 것이 청국의 본의임을 잘 알기 때문이었다.

생각해보면 그간 나도 많이 변했다. 그저 세상 물정 모르는 반가의 처자로 자라 임금의 사랑을 받으며 행복한 궁중생활을 꿈꿨던 지난날의 나는 온데간데없었다. 어느덧 나는 내 자식의 왕위 계승을 목표로 삼는 여인이 되었고, 한편으로는 매일같이 나랏일을 걱정하며 새로운 방책을 내놓아야 하는 처지에 있었다. 궁궐에 들어와 국혼을 행하고 왕비 자리에 오른 그때만 하더라도 내가 일본이니, 청국이니, 노서아니, 미리견이니 하는 나라들과 머리 씨름을 할 줄 어찌 알았으랴. 나는 그저 남편의 사랑을 받으며 자식의 성장을 지켜보며 즐거워하는 그런 평범한 아낙으로 살았어야 했다.

그런데 어쩌다가 나는 어머니도 오라버니도 비명에 잃은 가련한 사람이 되었을까? 어쩌다 나는 시아버지와 목숨을 건 싸움을 벌여야만 하는 불효막심한 며느리가 되었을까? 어쩌다 남편의 여인들을 모두 내쫓는 악처가 되었을까? 어쩌다가 나는 자식을 넷이나 낳아 하나만 겨우 건사하는 애달픈 어미가 되었을까? 어쩌다 나는 아녀자의 몸으로 권력을 다투고 목숨을 걸고 자리를 지켜야만 하는 그런 무서운 사람이 되었을까?

그런 생각이 들 때마다 왕비가 되었으면 좋겠다던 어릴 적 꿈이 얼마나 허망한 것이었는지 새삼 깨닫는다.

나는 또 임금의 낙담한 모습을 보며 못내 안쓰러워 한없이 자책했다. 어쩌면 내가 모든 것을 망치고 있는지도 모른다는 자괴감이 수없이 밀려왔다. 그저 자식을 지키겠다는 어미로서의 당연한 도리를 하려 했을 뿐인데, 어쩌다 나랏일을 모두 떠맡게 되었을까 하는 마음도 들었다.

하지만 내가 그렇게 마음이 나약해져 있을 때 정신이 번쩍 들게 하는 소식이 들려왔다. 흉사는 겹친다더니 목인덕 일로 안타까움에 젖어 있는데, 설상가상으로 대원군이 돌아온 것이다. 그 소식에 나는 가슴이 철렁 내려앉았다. 또 무슨 짓을 저지를까? 또 나에게 어떤 악담을 퍼부을까? 내게 하는 악담 정도는 괜찮지만 임금에게 는 또 어떤 흉한 행동을 할까? 청국에서 유배생활을 하고 돌아왔 으니 그 원한이 하늘을 찌를 것인데, 어디다 그 원한을 발설할 것 인가?

그런 생각들을 하니 가슴이 답답하고 머리가 지끈거렸다. 그리 고 문득 이런 생각이 들었다. 어쩌다 대원군과 나는 이런 사이가 되었을까? 처음 만났을 때는 그저 돌아가신 아버님과 비슷한 분이 구나 했을 따름이었다.

대원군을 처음 접한 곳은 운현궁이었다. 그날의 기억은 지금도 생생하다. 내가 열여섯이었던 병인년(1866) 봄 2월이었고 삼간택 날이었다. 봄기운이 무르익어 햇살이 따사로운 운현궁에서 처음 대원군을 만났다.

"처자는 세상에서 제일 귀한 것이 무엇이라 여기는고?"

나는 주저 없이 대답했다.

"사람의 마음이 가장 귀하다고 생각합니다."

"어째서 그런고?"

"사람이 어떤 마음을 먹는가에 따라 모든 것이 달라지기 때문입 니다."

"오호, 좋은 말이로다. 그러면 처자의 마음엔 무엇이 들었는고?"

"아무것도 들어 있지 않습니다."

"왜 아무것도 들어 있지 않은고?"

"늘 채우고, 늘 비우기 때문입니다."

"허허, 우문에 현답이로다. 앞으로도 그리 살면 좋겠구먼."

그러면서 조약돌 하나와 나무토막 하나를 내 앞으로 툭 던지며 물었다.

"이 둘 중에 하나만 고른다면 어떤 것을 고르겠는고? 한번 집어 보라."

나는 나무토막을 집었다.

"왜 나무토막을 택했는고?"

"조약돌은 이미 다 다듬어져서 제가 손을 댈 곳이 없지만, 나무 토막은 아직 다듬어지지 않아 제가 손댈 곳이 많기 때문입니다."

"오호, 당돌한지고. 됐네, 이제 그만 나가보게."

그렇게 나는 삼간택을 통과했다. 다른 처자들에게는 무슨 질문 을 했는지 알 수 없다. 또한 내가 대원군의 질문에 대답을 잘한 것 인지도 알 수 없다. 단지 나는 그날 생각나는 대로 말했을 뿐이다.

간택이 확정되고 운현궁에서 궁중 예절을 교육받고 있는 중에 또 한번 대원군을 만났다. 예정에도 없었고 기별도 없는 중에 갑자 기 찾아왔다. 그리고 나를 앉게 하더니 대뜸 말했다.

"왕비 책봉례가 있기 전에 꼭 명심해야 할 것이 있다. 너는 왕비 가 되더라도 절대로 무엇을 다듬지도, 품지도, 채우지도 말아야 한 다. 그저 마음은 항상 비워두기만 하고, 그저 손은 항상 임금과 왕 실을 받드는 일에만 쓰도록 해야 한다."

마치 무슨 물건이라도 던지듯이 그 말만 했다. 나는 당황하여 그 저 "알겠습니다" 하고 대답했다.

나중에 안 일이지만 대원군은 나를 왕비로 들이는 것을 찜찜해

했다고 한다. 대왕대비마마와 부대부인께서 강하게 나를 원해서서 마지못해 물러섰다는 것이다. 그 말을 전해듣고서야 대원군이 느닷없이 나를 찾아와 한 말들이 조금은 이해되었다. 그저 아무 욕심 부리지 말고 시키는 대로만 하라는 뜻이었다.

그때만 하더라도 나는 그럴 의향이었다. 무슨 대단한 욕망도 없었고 별다른 욕심도 없었다. 그저 좋은 왕비로, 아내로, 어미로, 며느리로 살면 족하다고 생각했다. 하지만 궁궐은 그런 순진한 마음만으로는 살 수 없는 곳이었다. 왕비는 그저 아내로, 어미로, 며느리로 살 수 없는 자리였다. 중궁의 자리는 그저 지켜지는 것이 아니었다. 주변의 모든 사람이 나를 향해 달려드는 맹수였고 주변의 모든 물건이 나의 목을 향해 날아드는 화살이었다. 그들의 걸음 하나, 말 한 마디, 눈짓 하나가 모두 비수였다. 그들은 아무도 그저 웃는 사람이 없었고 그저 우는 사람도 없었다. 먹고, 자고, 숨쉬고, 기침하는 모든 것에 의도가 숨어 있었다. 궁궐은 단 한 순간도 방심하면 안 되는 전쟁터였다. 그러니 나는 살기 위해 전사가 될 수밖에 없었다. 살기 위해서는 누군가는 내쫓아야 하고, 누군가는 끌어들여야 하고, 누군가는 죽여야 했다. 그 누군가 중에 가장 상대하기 힘겨운 적이 바로 대원군이었다.

대원군은 맹수 중의 맹수였다. 그는 맹수였지만 한때는 발톱을 숨기고 토끼처럼 살았다. 그렇게 살지 않으면 목숨을 잃어야 했기에 그는 선택의 여지도 없었다. 그러다 세월이 자기 것이 되었다고 생각하자 맹수의 본색을 드러냈다. 그는 맹수의 삶을 위해 아들을 기꺼이 희생물로 삼았다. 그것도 다 자란 장자가 아닌 어린 둘째 아들을 제단에 올렸다. 자신이 마음대로 할 수 있는 대상을 고른 것이다. 물론 나도 그 희생물의 하나였다. 자신이 마음만 먹으면 언제든지 내쫓을 수 있는 대상을 물색했고 그 결과물이 바로 나였다.

대원군의 계획에 의하면 나는 아무것도 하지 말고 그저 시키는 대로 움직이는 꼭두각시여야 했다. 그렇다면 당연히 나무토막이 아닌 조약돌을 선택하는 처자여야 했다. 그저 주어진 대로, 깎인 대로, 만들어진 대로 살길 원하는 처자여야 했다. 하지만 나는 그런 처자가 아니었다. 나는 볼품없는 것이라도 내 것을 원했고 다소 흉하고 지저분하더라도 내 손때를 묻힐 수 있는 것을 원했다.

대원군은 첫눈에 그런 나를 알아보았던 것이다. 하지만 그도 자신의 눈을 확신하지는 않았던 모양이다. 그랬기에 나를 며느리로 택한 것이다. 설마 이 아이가 내게 덤비기야 하겠느냐는 안이한 마음이 있었던 것이 분명하다. 집안은 기울어지고, 아비는 죽고 없고, 대를 이을 아들도 얻지 못해 양자를 들여 겨우 명맥을 이어가는 집안인데, 제까짓 것이 까불어보아야 무엇을 할 수 있겠느냐는 자만심의 발로였을 것이다.

나도 처음에는 그런 그의 내면을 전혀 읽지 못했다. 또한 내 속에 그에 대항할 뱃심이 있는지도 몰랐다. 처음에는 그저 순종했을 뿐이다. 그러나 그 순종이 나와 내 집안은 물론 내 자식까지 모두 죽일 수도 있겠다는 판단이 서자 이상하게 용기가 생겼다. 죽지 않으려면 그를 내쳐야만 했다. 그래서 임금과 힘을 합쳐 가까스로 그를 내쳤지만 그는 순순히 내쫓기지 않았다. 순식간에 내게서 소중

한 사람들을 앗아갔다. 나의 어머니와 오라버니와 집안의 대를 이을 조카를 순식간에 한줌의 재로 만들어버렸다. 그제야 나는 그가 단순한 맹수가 아니라 아귀라는 것을 알았다. 아귀를 상대하려면 나도 아귀가 될 수밖에 없었다. 그렇게 그와 나는 둘 다 죽여도 죽지 않는 아귀가 되어 서로 싸우고 있는 것이다. 그런 까닭에 그가 살아 있는 한 나는 결코 사람으로 살 수 없다.

이제 그가 돌아왔으니 나는 또 아귀가 되어야 한다. 언제 어디서 그가 어떤 얼굴로 불시에 나타날지 알 수 없기에 이제 나는 나의 얼굴을 바꾸고 흔적을 없애고 창과 방패를 마련하여 싸울 준비를 해야 한다. 그러나 혼자 싸우기에는 너무 강한 상대다. 그래서 조력자가 꼭 필요하다. 내가 가장 믿고 의지하고 동시에 나와 함께 싸워줄 수 있는 사람이 필요하다. 물론 임금은 그런 존재가 아니었다. 그는 항상 내게 등을 돌릴 준비가 되어 있는 사람이었다. 내가 임오년에 잠시 궁을 비웠을 때도 이미 임금은 다른 여인에게 마음을 주었다. 그는 엄씨 성을 쓰는 작고 귀여운 시녀였다. 충직하고 마음씨도 고와 나도 신뢰하는 아이였다. 그래서 믿고 임금의 침실을 돌보게 했는데, 그때 둘 사이에는 이미 끊을 수 없는 동아줄이 이어져 있었다. 나는 그 줄을 끊어버리기 위해 그 아이를 궁에서 내쳤다. 그후 임금은 한동안 나를 보려고 하지 않았다. 임금은 그런 사람이었다. 언제든지 내게 칼날을 보일 수 있는 그런 존재였다.

임금이 아니라면 옥련? 물론 옥련은 내 몸을 자기 몸보다 중시하는 사람이다. 나를 위해서라면 기꺼이 목숨을 내놓을 수 있는 존재다. 내가 가장 믿을 수 있는 사람임에 분명하다. 하지만 그 사람은 힘이 없다. 아니 힘을 만들 줄도, 쓸 줄도 모른다. 그저 충직함밖에 없다. 물론 홍 상궁도 같은 부류다. 그 사람 역시 충직함밖에 없다. 내게는 힘을 만들 줄도, 쓸 줄도 아는 사람이 필요하다. 또한 충직해야 한다. 내게 진령군 두옥은 바로 그런 사람이다.

나는 대원군이 온다는 말을 듣자마자 곧바로 진령군을 중궁전으로 불러들였다. 경복궁으로 이어하기 전에 훗날을 위해 건청궁에 비책을 마련해두어야 한다는 조언을 한 것도 진령군이었다. 개화당 역변 때 우리 왕실을 구한 사람이 곧 진령군이었으니 건청궁의 비책을 듣지 않을 이유가 없었다.

"대원군이 이번엔 무슨 일을 저지를 것으로 보느냐?"

나의 물음에 진령군이 답했다.

"대원군은 원래 스스로 용이 되고 싶었으나 상황이 여의치 않아 이무기로 만족해야 했습니다. 그래서 스스로는 이무기로 남지만 언제든지 또다른 용을 낳을 수 있다고 생각하고 있습니다."

나도 진령군의 말에 동의했다. 이미 나도 같은 판단을 하고 있었다. 대원군이라면 왕을 갈아치워서라도 권좌를 되찾고 싶어할 것이 분명했다. 이미 환갑, 진갑 다 지나 칠순을 바라보는 노인네지만 야욕을 버릴 위인이 아니었다. 누군가를 왕으로 세우고 자신은 다시 섭정을 하려 할 것이었다.

대원군이 왕으로 세우려는 자를 꼽아보았다. 영보당의 아들 완화군은 이미 죽고 없었다. 완화군이 죽은 지는 벌써 다섯 해가 지났다. 그때 완화군은 갑자기 죽었는데, 병명도 분명하지 않았다. 그 일로 영보당은 실어증에 걸려 말도 제대로 못 하고 있다. 세간에서는 내가 독을 써서 완화군을 죽였다는 해괴한 소문이 돈다고 했다. 참으로 망측한 말이다.

완화군 외에도 임금의 아들 중에는 궁인 장씨가 낳은 아이도 있다. 하지만 그 아이 강(의친왕)은 아직 열 살도 되지 않은 어린아이다. 대원군이 아무리 섭정을 하고자 해도 젖비린내나는 어린아이를 내세우지는 않을 것이다. 또한 임금의 자식을 세우려는 마음도 품지 않을 것이다. 그만큼 임금에 대한 증오심이 큰 까닭이다.

그렇다면 누구를 세우려 할 것인가? 임금의 친형 이재면? 이재면은 대원군과 함께 유배지에 있다가 같이 환국했다. 그렇지만 그 사람은 아니다. 그 사람은 섭정을 필요로 하지 않는 나이다. 대원군이라면 분명 섭정을 하려 할 것이고 섭정을 하기 위해서는 성년이 되지 않은 왕족이 필요하다. 그 적임자는 이재면의 아들이자 대원군의 장손 이준용이다. 이준용은 올해 열여섯이니 대원군이 적어도 4년은 섭정할 수 있다. 거기에 생각이 미치자 나는 진령군에게 재물을 내주고 사람을 사서 이준용을 감시하도록 했다.

대원군이 환국할 무렵에 원세개도 조선에 다시 왔다. 개화당 역변 이후 청국 군대와 일본 군대 모두 우리 조선에서 철군했는데, 그때 원세개도 중국으로 돌아갔다. 그런데 이번에 벼슬이 올라 주차조선총리교섭통상사의로 부임한 것이다. 조선의 모든 문제를 총괄하는 직임이었다. 그런 까닭에 그자는 마치 자신이 조선의 상왕이라도 된 듯이 행동할 것이다. 그런데 하필 대원군과 거의 동시에 온 것이 영 마음에 걸렸다. 청국은 그간 우리 조선이 노서아나 미리견과 친밀해지고 있는 데 대해 불편한 속내를 여과 없이 드러내곤 했다. 심지어 청국 조정에서는 조선이 배신했다는 말까지 떠돈다고 했다. 그 일로 북양대신 이홍장이 몹시 화가 나 있다고도 했다. 대원군을 환국하게 한 것도 바로 그런 분노의 표출이었다. 이재면이 대원군을 환국하게 하기 위해 이홍장의 집에 가서 살다시피 했다는데, 아마도 그 과정에서 이홍장과 대원군 사이에 모종의 거래가 성립된 것 같았다.

원세개는 이홍장을 대신하여 대원군과의 거래를 성립하려고 들었다. 그런 탓인지 원세개는 태도가 매우 거만하고 고압적이었다. 무슨 꼬투리라도 잡아 임금을 몰아세우겠다는 의지를 노골적으로 표출했다. 조선이 배반하면 청국 조정은 바로 응징하겠다는 말을 공공연히 하고 다녔다. 하루는 나와 임금을 앞에 놓고 이런 말도 했다.

"두 분 전하는 두 번이나 제게 목숨을 빚졌습니다. 그런데 어찌하여 은혜를 저버리고 중국을 배척하고 노서아에 의지하려 하십니까? 진정 우리 중국의 인내력을 시험하려 하시는 겁니까?"

원세개의 말은 단순한 엄포가 아니었다. 그는 치밀한 성격이었고 한 번 마음먹으면 결코 중도에 그만두지 않는 사람이었다. 그는 이미 목인덕을 심문하여 조선과 노서아 사이에 밀약이 있었음을 간파한 듯했다. 하지만 결정적인 증좌는 잡지 못한 것이 분명했다. 만약 명확한 증좌를 잡았다면 말로 그칠 위인이 아니었기 때문이다.

"전하, 이제 결단을 내리실 때가 되었습니다."

어차피 원세개가 노서아와 우리의 밀약 사실을 간파하는 것은 시간문제였다. 그럴 바에야 차제에 청국을 버리고 노서아를 택하는 것이 현명하다는 판단이 들었다. 그래서 임금에게 노서아 황제에게 조약을 제안하는 친서를 보내자고 했다. 임금도 같은 생각이었다.

"이제 더이상 청국에 휘둘릴 이유가 없습니다. 이미 청국도 무너질 대로 무너졌는데, 썩은 동아줄을 계속 잡고 있을 순 없다고 생각합니다."

내 말을 듣고 임금은 곧 위패에게 노서아 정부에 보내는 국서를 내렸다. 국서의 핵심은 그간 청국에 의존하던 관행을 버리고 노서아와 적극적인 관계를 형성하겠다는 것이었다. 국서의 초안은 내무주사 김가진이 주축이 되어 작성하고 전달은 총리내무부사 심순택이 직접 노서아공사관을 찾아 전달했다. 물론 조정 내부에서는 친노정책에 대해 반대하는 신하들도 많았다. 병조판서 영익도 그중 한 명이었다.

그 무렵 영익이 원세개를 자주 찾는다는 말을 듣고 나는 몹시 불안했다. 영익이 내게 혼이 난 분풀이로 원세개에게 조선과 노서아가 밀약을 진행한다는 발설이라도 한다면 큰일이다 싶었다. 그래서 영익의 입을 단속하기 위해 건청궁으로 들라고 했지만 오지 않았다. 되레 영익은 원세개를 찾아가 기어코 노서아에 국서를 전달한 사실을 밀고했다.

나는 그 말을 듣고 홍 상궁을 영익의 집으로 보내 당장 곤녕합으로 오라고 했다. 하지만 돌아온 홍 상궁은 영익이 며칠 전에 출타하여 집에 돌아오지 않고 있다고 했다. 들리는 말로는 인천항에서 몰래 배를 타고 나갔다고 했다. 나는 분을 이기지 못하고 사람을 풀어 영익을 잡아오라고 했지만 그는 이미 어디론가 떠난 후였다. 내가 맡겨둔 내탕금을 갖고 중국 땅 어디론가로 도주해버린 것이다.

영익의 밀고 후 원세개는 임금을 찾아와 협박을 늘어놓았다.

"이미 북양대신에게 군대를 요청해뒀소. 전하는 배신의 대가를 톡톡히 치르게 될 것이오."

그러면서 노서아에 전한 국서를 작성한 자들을 모두 유배 조치하지 않으면 북양의 군대가 즉시 조선을 들이칠 것이라고 협박했다. 임금은 겁을 먹고 김가진을 비롯한 내무 관리들을 모두 유배조치했다. 그러면서 임금은 노서아에 전달한 국서는 단순히 통상관계를 잘 유지하자는 차원의 단순한 편지라고 둘러댔다. 그러자 원세개는 눈을 부라리며 이런 말을 덧붙였다.

"전하께서는 정녕 그 자리에 더 있고 싶지 않은 게요?"

참으로 오만방자한 태도가 아닐 수 없었다. 나는 분이 치밀어올랐지만 원세개의 음모부터 막아야 했다. 이미 진령군으로부터 이준용과 대원군이 원세개를 방문했다는 말을 들은 터였다. 대원군이 원세개와 손을 잡고 이준용을 왕위에 올리려는 것이 분명했다. 나는 이 음모를 막기 위해 급히 노서아공사 위폐를 불러들였다.

"원세개가 우리 조선이 노서아와 조약을 맺으려 했다는 것을 빌미로 조선 조정이 청국을 배신했다고 몰아붙이고 있습니다. 또한 이 일로 친노정책을 추진하던 신하들을 모두 유배 조치했으며, 심지어 대원군과 협잡하여 전하를 폐위하고 이준용을 왕위에 올리려고 합니다. 공사께서 원세개에게 강력하게 항의하여 이 일을 막아주세요."

이런 내 부탁을 받은 위패 공사는 즉시 원세개에게 항의했다. 조선과 노서아가 조약을 맺는 것은 국가 간의 당연한 권리인데, 이를 방해하는 것은 청국이 노서아를 무시하는 처사라고 서한을 보냈다. 위패는 이번 일로 유배된 김가진을 비롯한 내부 소속 관리들도 모두 풀어주어야 한다고 주장했고 덕분에 임금은 그들을 석방할 수 있었다.

한편, 나는 진령군에게 사람을 풀어 이준용이 대원군과 원세개의 위세를 등에 업고 반역을 도모하여 왕이 되려 한다는 소문을 퍼뜨리게 했다. 장안에 그 소문이 파다하게 퍼지자 조정에서 이 문제를 공론화했다.

"이준용이 왕이 되려고 한다는 소문이 있는데, 진상을 조사해봐야 하는 것 아닙니까?"

조정에서 그런 말을 처음 한 사람은 민응식이었다. 영익이 원세개에게 국서 문제를 밀고한 후 임금은 영익을 체직하고 민응식을 병조판서에 임명했다. 나는 곧 그를 불러 대원군과 원세개의 음모에 대해 알려주고 조정에서 공론화하도록 했다.

그 무렵 정여창이 군함 네 척을 거느리고 인천항에 입항했다. 명분은 대원군의 환국으로 혹 조선에 혼란이 생길 것을 대비하기 위한 차원이라고 했지만 실상은 원세개가 북양함대를 출동시키겠다고 한 말을 행동으로 옮긴 셈이었다.

정여창의 군대가 인천항에 들어온 것은 병술년(1886) 7월이었다. 청국 군대는 일본과의 천진조약으로 을유년 3월에 돌아갔는데, 1년여 만에 다시 돌아온 것이다. 이는 엄연히 일본과의 조약을 어긴 일이었다. 천진조약은 청국 전권대신 이홍장과 일본 전권대신 이토 히로부미가 서명한 조약이었다. 나는 일본공사에 사람을 보내 청일 양국 간의 조약을 은근히 들먹이라고도 했다. 이후 일본공사는 청국 군대가 인천항에 들어왔다는 사실을 두고 강력하게 항의했다. 하지만 정여창은 일본 장기도(나가사키)까지 함대를 이끌고 가서 위력을 과시했다. 심지어 우리 동해를 돌아 연해주까지 위력 시위를 했다. 그래서 임금은 별수없이 외무협판 서상우를 천진으로 보내 이홍장에게 노서아와 있었던 일을 해명하며 다시는 그런 일이 없을 것이라는 약조를 해야 했다. 그래도 정여창은 물러가지 않았다. 나와 임금은 몰래 안련을 불러 미리견공사관을 움직여 줄 것을 부탁했다. 다행히 미리견공사관은 미리견 군대를 실은 전함을 잠시 인천항으로 불러들였고 그 바람에 정여창은 함선을 이끌고 물러갔다. 그 미리견 전함의 이름은 오시피호였다.

오시피호에서 내린 미리견 군대가 미리견공사관으로 들어오자 원세개도 임금에 대한 폐위 음모를 중단했다. 하지만 그후로 원세개의 오만한 행동은 더욱 심해졌다. 심지어 나와 임금을 자신의 신하 다루듯이 했다. 그러면서도 대원군에게는 공손한 태도를 보였다. 우리는 그런 원세개의 태도를 언제든지 다시 임금을 폐위하고 이준용을 왕으로 옹립할 수 있다는 일종의 경고로 받아들였다. 나는 분이 일어 견딜 수 없었지만 나라의 나약함을 한탄할 수밖에 없었다.

하지만 대원군은 되레 위세를 떨치고 다녔다. 공공연히 이준용을 왕위에 앉혀야 한다고 떠들고 다녔지만 임금도, 조정도 제지할 수 없었다. 대원군은 원세개의 위세를 등에 업고 마치 다시 권좌에 오른 듯이 행동했다. 심지어 궁궐로 찾아와 임금을 앉혀놓고 능멸하는 말들을 늘어놓기까지 했다.

"외척이 설치면 나라가 망한다고 했건만, 나의 경고를 무시하고 암탉에게 정사를 맡기더니 꼴좋게 되었소, 주상. 신식 군대를 설치한다, 조정을 서양 놈으로 채운다, 신하들의 명칭을 모두 왜놈 식으로 바꾼다 하더니, 나라꼴이 엉망이 되지 않았소? 지금이라도 당장 외척을 모두 내쫓고, 의정부를 되살리고, 삼군부를 부활하여 나라의 기강을 바로잡아야 하오. 뿌리가 없는 나무는 말라죽기 마련이고, 옛것의 가치를 모르고 새것만 찾으면 국고가 비어버리는 것이 당연하며, 아비의 말을 저버리고 여자의 말만 들으면 왕실이 망하고 임금의 권위가 사라지는 것은 피할 수 없는 일이오. 어찌 이 아비의 말을 허투루 듣고 나라를 망치려 하시오?"

그런 말을 들으며 임금은 눈만 껌뻑이며 아무 대꾸도 하지 않았다는 말을 전해듣고 나는 분을 삼키고 또 삼켰다. 세상이 변한 줄도 모르고 낡고 구멍난 옛것만 옳다고 하니 참으로 한심한 노릇이었다. 임금도 그런 말들이 목구멍에 걸려 있었겠지만 차마 부친에 대한 도리로 대꾸를 못할 뿐이었다. 섭정 10년 동안 쇄국으로 일관하여 나라가 일신할 때를 놓치게 한 것도 바로 대원군 자신인 것을 왜 모른다는 말인가? 임오년에 어리석은 군인들을 선동하여 멀쩡히 살아 있는 왕비의 장례식을 거행하고 혼란 속으로 몰아넣다가 청국 군대에 끌려간 것도 부끄럽지 않은가? 그런데 또 이제 자신이 세운 임금을 끌어내리고 새 임금을 세워 역적이 되려고 하니 그 한심함을 어찌하랴!

나는 옥련을 앞에 놓고 그런 말들을 쏟아내면서 시절을 한탄했다. 대원군이 저리 설치는 것으로 보아 필시 또 무슨 작당을 꾸밀 것이 분명하다 싶었다. 하지만 원세개마저 그와 손을 잡고 나와 임금을 압박하고 있는 형국이었다. 그런 까닭에 이 살얼음판 같은 현실을 어떻게 헤쳐나가야 할지 막막하기만 했다. 그렇다고 그냥 가만히 앉아서 당하고만 있을 수도 없는 노릇이었다. 그래서 타개책으로 서양에 대한 지식을 열심히 쌓고 서양 사람들을 많이 만나고 있었다. 어쨌든 우리의 암울한 상황에서 벗어날 방도를 그들 서양 사람들로부터 찾기 위함이었다.

서양 여인들, 그리고 비섭

요즘 한양에서 서양인을 보는 것은 그리 어렵지 않게 되었다. 우리 눈에는 서양인의 모습이 모두 같아 보이지만 알고 보면 제각각 언어도 다르고 풍습도 다르다. 마치 중국인과 일본인, 조선인이 외양은 비슷하지만 언어와 풍습이 다른 것과 같은 이치이리라. 어쨌든 나는 근래에 그들 서양인을 자주 만나고 있다.

일본이 서구 문물을 받아들여 부강한 나라가 되었다면 우리라고 못할 것도 없는 일이다. 그러므로 굳이 일본을 통해 서구 문물을 받아들일 것이 아니라 서양인들에게서 직접 받아들이는 것이 나은 방도라고 생각한다. 물론 서양의 문물과 제도가 모두 옳은 것은 아니다. 우리 제도 중에도 쓸 만한 것은 그대로 쓰고 낡은 것은 버리면 된다. 또한 서양의 제도 중에서도 요긴하면서 우리 처지에 맞는 것은 받아들이고 그렇지 않은 것은 쓰지 않으면 된다. 그런 나의 생각은 언제나 확고했다. 일본과 청국, 그리고 서양 열국과의 관계에서도 마찬가지다. 어느 나라든 자기 나라의 이익을 위해 행동하기 마련이다. 우리는 그들에게 이익을 주면서 동시에 우리의 이익을 취하면 된다. 그렇다고 어느 한 나라에 매달리는 행위는 위험하다. 항상 적당한 거리를 유지하면서 우리 것을 지키지 않으면 한순간에 망국으로 치달을 것이기 때문이다.

이익을 두고 국가 간에 벌이는 경쟁은 전쟁이나 다름없다. 서구 열국이든 청국이든 일본이든 자신들의 이익을 위해서는 언제든지 우리 조선을 잡아먹으려 할 것이기 때문이다. 사실 이 나라는 이미 맹수들이 판을 치는 들판에 매인 소 신세나 다름없는 지경이다. 겉으로는 서양의 앞선 문물을 전해주려는 것처럼 보이지만 실상은 소를 잡아먹을 기회를 엿보고 있는 것이 그들 맹수의 속내다. 그렇다면 서양의 문물과 제도는 우리에게 던지는 미끼나 다름없는 것이다. 안타깝게도 지금 우리 조선의 처지는 어떤 미끼라도 물지 않으면 안 되는 상황이다. 하지만 자칫 미끼를 잘못 물면 바로 맹수의 배를 채우는 신세가 될 것이다. 그런 까닭에 서양 문물을 앞세워 우리에게 이익을 주겠다는 자들을 경계하지 않으면 안 된다. 그런 생각으로 가득찬 나는 항상 여러 나라의 속내를 저울질하는 것이 습관이 되었다. 그래서 그들 나라에 대해 여러 방면으로 따져보지 않을 수 없다.

서양 문명을 우리에게 가장 먼저 안겨다준 나라는 일본이다. 그만큼 누구보다 앞서서 조선을 차지하려는 욕심을 드러낸 셈이다. 일본은 늘 우리에게 서양의 제도를 직접 받아들이는 것은 조선의 현실에 맞지 않기 때문에 일본이 조선의 실정에 맞게 변화한 제도를 받아들여야 한다고 주장한다. 물론 그것은 자신들의 이익에 부합하기 때문이리라. 일본이 우리 조선에서 얻을 수 있는 이익이란 곧 중국 대륙으로 진출하기 위한 발판을 얻고자 함이다. 일본은 이미 임진왜란 때도 중국을 치러 갈 것이니 우리에게 길을 빌려달라고 하지 않았던가? 길을 빌려달라고 함은 곧 영토를 차지하겠다는 속내를 우회적으로 드러낸 것이다. 이미 일본은 오래전부터 조선 정벌론을 형성하고 호시탐탐 우리 땅을 침입할 기회를 노리고 있었음을 나는 익히 알고 있다. 그렇기 때문에 일본의 의도대로만 움직이면 우리는 머지않아 그들에게 영토를 빼앗기고 노비 신세가 될 것이 분명하다. 그런 까닭에 일본에 대해서는 항상 경계심을 풀지 말아야 한다.

우리에게 서양의 문물과 제도를 받아들일 것을 제안한 두번째 나라는 바로 청국이다. 청국은 병자호란 이래 늘 우리를 속국으로 취급하고 있다. 청국과 조선은 군신 관계임을 강압하고 있는 것이다. 청국은 영토로만 보면 세계에서 가장 광대한 지역을 차지하고 있는 강국이다. 하지만 그것은 모두 옛말이다. 지금은 덩치만 크고 힘을 잃어 서구 열국의 침입에 시달리며 몰락해가고 있다. 그렇다고 만만히 볼 상대도 아니다. 부자가 망해도 3년은 간다는 말처럼 청국은 아직까지 우리 조선에 비하면 강대국이다. 그런 까닭에 그들의 비위를 건드려서는 안 된다. 또한 청국은 아직까지 조선에게는 이용 가치가 있는 나라다. 일본의 힘이 급격히 상승하고 있는 마당이니, 그래도 구관이 명관이라고 청국을 언덕으로 삼아 잠시라도 강풍을 피할 필요가 있기 때문이다. 청국이 우리에게 방패막이가 되어주듯이 우리도 청국의 방패막이가 될 수 있다. 일본은 어찌되었든 조선을 거치지 않고서는 청국을 칠 수 없는 지리적인 위치에 있다. 그런 상황이기에 청국도 우리를 일본을 막을 방패막이로 삼을 수 있다. 속된 말로 청국과 우리는 잘만 활용하면 누이 좋고 매부 좋은 격이라는 뜻이다. 청국은 영토가 넓어 작은 영토의 우리 조선을 함부로 병합하려고 들지 않는다는 것도 크게 고려할 점이다. 하지만 사람의 검은 속내를 누가 또 알겠는가? 청국이라고 조선 땅을 차지하려는 욕심이 왜 없겠는가? 다만 지금 청국의 처지가 타국의 땅을 차지할 입장이 아닌 것뿐이다. 청국은 자신들의 넓은 땅을 지켜내기에도 버거운 상황이기 때문이다.

일본과 청국에 이어 우리 조선에 가장 먼저 들어온 서양 세력은 미리견이다. 미리견은 멀리 대양 건너 있는 나라지만 이미 일본에 군대를 주둔할 정도로 강력한 힘을 가진 나라다. 오늘날 일본을 서양화한 것도 미리견이고 일본을 신생 강국으로 성장시킨 것도 미리견이다. 그런데도 미리견이 일본을 삼키지 못한 것은 본토가 너무 먼 곳에 있기 때문이다. 지난 신미년 양요 때 미리견이 우리 조선을 삼키지 못한 것도 바로 본토가 너무 멀리 떨어져 있었던 까닭이다. 국력으로 치면 이미 우리 조선을 삼키고도 남을 역량이지만 지리적 한계 때문에 실행에 옮기지는 못했다.

듣건대 서양 열국들은 이미 아주(아프리카)의 여러 나라를 병합하여 지배하고 있다고 한다. 그들 열국 중에 영길리가 가장 선두에 있고 그 뒤를 법국과 덕국이 뒤따른다고 한다. 물론 나는 그들 열국이 차지한 나라들이 어느 곳에 붙어 있는지 자세히 모른다. 하지만 분명한 것은 그들이 우리 조선에 대해서도 같은 생각으로 접근하고 있다는 점이다. 그래서 나는 그들의 속내를 알아내기 위해 거의 매일같이 서양인들을 만난다.

내가 만나는 서양인들은 주로 부인네들이다. 그들은 대부분 각국 공사의 가족들이거나 수하들인데, 그들만큼 서양의 속내를 잘 전달해주는 사람들도 없다. 부인네들은 나라의 이익이나 처지를 따지기보다는 어떻게 하면 조선에서 잘 지낼 수 있을까를 중시한다. 그런 까닭에 내가 부르면 주저하지 않고 달려온다. 혹 나를 만나면 조선에서의 삶이 좀더 나아지지 않을까 하고 기대하기 때문이다. 물론 나는 항상 그들의 그런 기대에 부응하는 선물을 준다. 하지만 그들은 내가 주는 선물보다 더 많은 값진 말들을 들려준다.

내가 주기적으로 가장 자주 만나는 서양 여인은 엘러즈라는 이름을 가진 서양 여의다. 사람들은 그녀를 애루시라고 부르지만 나는 혀를 어렵게 굴려서라도 굳이 엘러즈라고 불렀다. 그 여인을 보내준 사람은 서양 의사 안련이다. 나의 건강을 살피기 위함이다. 하지만 내가 엘러즈를 만나는 이유는 단순히 나의 건강만을 위한 것이 아니다.

엘러즈는 아주 유능하고 지식이 풍부한 젊은 미리견 여인이다. 깊은 눈에 오뚝한 코, 갈색 머리를 가진 그녀는 단순한 의사가 아니다. 서양 종교에 대해서도 풍부한 지식을 갖고 있고 서양의 지리와 문화, 역사 심지어 정치에 대해서도 매우 해박하다. 게다가 언어 감각도 뛰어나 조선말도 곧잘 한다. 또한 내게 간단한 영어를 알려주기도 하고 서양 음식을 소개해주기도 한다. 그래서 나는 엘러즈를 서양 지식을 알려주는 스승으로 생각한다.

언젠가 내가 엘러즈에게 서양의 나라들과 영토에 대해 알고 싶다고 했더니 그는 어디서 구해왔는지 만국전도를 구해와 보여주었다. 그러고는 마치 사람의 몸을 설명하듯이 만국전도의 나라들을 하나하나 알려주었다. 미리견·영길리·법국·덕국 등이 어느 곳에 붙어 있는 땅인지, 바다는 어떻게 생겼는지, 엘러즈 자신은 미리견에서 배를 타고 어느 바다를 건너와서 일본에 당도한 후 조선에 어떻게 이르렀는지 자세히 알려주었다. 또 서양의 열국들은 어떤 나라들을 차지하고 지배하고 있는지, 중국 땅에 머문 서양 세력은 어떤 지역에 머물고 있는지도 가르쳐주었다.

나는 만국전도를 선물로 받아 매일 끄집어내 공부하고 또 공부했다. 그러면서 나는 세상에는 내가 모르는 곳이 참으로 많다는 것을 알게 되었다. 그리고 피부가 검은 사람들도 있고 붉은 사람들도 있다는 것도 알게 되었다. 그리고 우리 조선에서는 먹어볼 수 없는 수많은 과일이 세상 곳곳에서 자라고 있다는 사실도 알게 되었다. 엘러즈는 만국전도의 나라들을 알려줄 때마다 그 나라의 주식과 과일에 대해서도 자세히 설명했다.

엘러즈는 또 언젠가 내가 사람의 신체가 궁금하다고 했더니 인체 해부도를 가져와 알려주었다. 인체 해부도를 보면서 내가 가장 신기하게 생각했던 것은 사람의 심장이었다. 사람의 심장을 보면서 나는 이런 질문을 했다.

"사람의 장기는 모두 쌍으로 이루어져 있는데, 왜 심장은 하나만 있는 거지?"

엘러즈는 아주 뜻밖의 질문을 받았다면서 깔깔거리고 웃었다. 그러면서 심장은 우리 인체에서 가장 중요한 것이라서 하나뿐인 것이 아닐까 생각한다고 했다. 엘러즈는 각 장기의 기능에 대해 아주 자세히 설명해주었다.

나는 인체 해부도를 기반으로 한 서양 의술에 대해 궁금한 것이 많았다. 특히 상처를 실로 꿰매는 봉합을 매우 신기하게 들었다. 사람의 몸도 옷감과 마찬가지로 바늘과 실로 봉합하면 피를 멎게도 하고 고쳐쓸 수도 있다는 생각을 했다는 것이 새로운 발상이라고 여겼다.

생각해보면 나라도 인체와 다름없었다. 고름은 칼로 째서 뽑아내고 칼에 베인 상처는 실로 꿰매면 되듯이 나라의 고름과 상처도 똑같이 하면 될 성싶었다. 그런데 문제는 기술과 재정이었다. 우리에게는 고름과 상처를 제대로 치료할 기술이 없었고 그것을 고치는 데 필요한 약을 구입할 돈이 없었다. 또 우리에게는 기술과 약이 필요하다는 생각도 부족했다. 아직도 우리 백성들 대다수는 고루한 옛 생각에 사로잡혀 있고 우리 선비들은 여전히 공맹을 떠받드는 데만 집착하고 있다. 사실 기술과 약을 얻는 것보다 생각을 바꾸는 것이 더 힘들다. 생각이 바뀌지 않으면 아무리 좋은 것을 보아도 좋은 것이라 여기지 않고, 아무리 필요한 것을 보아도 필요하다고 여기지 않는 법이다. 되레 그것들을 배척하고 그것들을 사용하는 사람들을 비난하기 십상이다.

지난날 내가 서양의 제도와 기술, 학문을 받아들이자고 했을 때 우리 선비들은 나를 양귀(서양 귀신, 서양인을 비하하여 부르는 말)에 홀렸다고 비아냥거렸고, 일본과 교류하여 새로운 문명을 일으키자고 했을 때 우리 선비들은 중궁이 왜색 물이 들어 나라를 망치고 있다고 했다. 또한 내가 서양 여인들을 궁중에 초대하여 그들의 문물을 배우고자 했을 때 대원군은 채운 국고를 양귀들에게 다 퍼준다고 했다. 학문을 한다는 우리 선비들 대다수의 생각이 이러하니 백성들의 무지는 오죽하랴!

백성들에게 내 속내를 뒤집어 보일 수 있다면 나는 이렇게 말하리라. 우리는 우리의 정신을 지키되 고루한 정신은 버리고 쓸모 있는 정신만 간직할 것이며, 우리는 우리의 문물을 지키되 낡고 구멍난 문물은 버리고 유용한 문물은 간직할 것이다. 또한 서양의 정신을 배우되 우리의 정신을 버려서는 안 될 것이며, 서양의 지식을 배우되 우리의 지식을 밑거름으로 삼을 것이다. 모든 배움의 이치는 똑같은데, 옛것에 기반을 두고 새것을 익힐 것이며 자신을 먼저 세우고 남을 본받아야 할 것이다. 말인즉 우리 조선의 제도와 풍습을 바탕에 두고 서양의 기술과 지식을 습득해야 하며, 이는 곧 부강한 나라와 풍요로운 문물의 요체가 되리라고 믿는다.

하지만 세상 사람들은 내가 서양의 제도와 기술을 받아들이자고 하면 나를 양귀에 혼을 팔았다 하고, 일본을 본받아 나라를 쇄신해야 한다고 하면 왜색에 물이 들어 나라의 풍습을 망친다고 하니 이렇게 해도 비난하고 저렇게 해도 비난하는 것은 마찬가지다. 하지만 욕을 듣더라도 나라와 백성을 위하는 일이라면 기꺼이 욕을 먹는 것이 또한 나라 살림을 떠맡은 자의 소임이 아닐까 한다.

엘러즈에게서 배운 서양 지식을 어떻게든 우리 조선의 부강을 위해 쓸 수 없을까 고민하는 것이 나의 일상이 되었다.

엘러즈 외에도 여러 서양 부인을 자주 만나는데, 그들을 만날 때마다 나는 시녀들에게 가비(커피)를 내어오라고 한다. 가비는 맛이 쓰기 때문에 꼭 단맛이 나는 과자를 곁들여 내놓는데, 서양 여인들은 이 가비를 매우 즐긴다. 가비는 중국에서 수입하여 들여오는 것이라 매우 비싸기 때문에 여염집에서는 맛볼 수 없다. 서양 사람들도 조선에서 가비를 구하기 매우 어렵기 때문에 내가 가비를 내놓는 것을 몹시 좋아한다.

엘러즈가 알려준 바에 따르면 가비는 원래 저 대양 건너 피부가 검은 사람들이 사는 나라에서만 생산된다고 한다. 원래 생긴 것이 꼭 콩 같은데, 나무에서 열리는 열매라고 한다. 이 열매껍질을 까고 다시 볶은 뒤에 가루를 내어 물에 타먹는 것이 곧 가비다. 그 색깔은 검은 갈색을 띠고 있어 흡사 탕약 같다. 그래서 민간에서는 양탕국이라고 부르기도 한다.

어쨌든 가비는 독특한 쓴맛이 있다. 그래서 나는 늘 설탕을 넣어 먹는다. 하지만 서양 부인네들 중에는 설탕을 넣지 않고 그냥 마시는 사람들도 있다. 가비에 넣는 설탕도 매우 비싸기 때문에 대개는 설탕을 대신하여 조청을 넣어 마시기도 한다.

가비와 함께 서양 음식을 내놓을 때도 있다. 몇 년 전부터 우리 궁중 숙수(요리사)들을 서양 숙수들에게 보내 그들의 음식 기술을 배우게 한 덕에 이제 우리 궁중에도 제법 서양 음식을 잘 만드는 숙수들이 있다. 서양 음식을 만들 때 가장 중요한 것은 어떤 향신료를 쓰는가 하는 것인데, 특히 서양 음식에 가장 많이 들어가는 향신료는 후추다. 그런데 후추는 가격이 매우 비싸고 우리 조선에서는 구하기도 매우 어렵다. 그 때문에 서양 음식을 만드는 비용이 꽤 많이 든다. 하지만 나는 가급적 서양 부인네들에게는 서양 음식 몇 가지를 반드시 대접한다.

어쩌면 내가 서양 부인네들을 초대하고 음식을 대접하는 것을 두고 세간에서는 왕비가 국고를 탕진한다고 말할지도 모른다. 그들에게 드는 음식비에 비해 그들을 통해 얻어듣는 말이 훨씬 값진 것이라는 사실을 모르기 때문이다.

세상의 이치란 그렇다. 돈을 쓰지 않으면 결코 값진 것을 얻지 못한다. 그래서 중요한 것은 돈을 쓰되 얼마나 효과적으로 쓰는가 하는 것이 중요하다. 나는 이런 원칙을 늘 충실히 지킨다.

재물이라는 것이 그렇다. 모아두기만 하고 쓰지 않으면 재물은 한낱 두엄덩어리만도 못하다. 재물은 모으는 것도 중요하지만 쓰는 것이 더 중요하다. 나는 내탕금을 모아두었다가 꼭 필요한 일에는 아끼지 않는다. 특히 나라를 위한 일이라면 기꺼이 내놓는다. 하지만 내탕금은 무한히 쌓이는 것이 아니다. 그런 까닭에 최대한 아끼려고 발버둥을 친다. 하지만 내탕금을 쓰고 난 뒤에 아까워하는 모습은 절대 보이지 않는다. 기껏 빈객에게 음식 대접을 하고 아까워하는 모습을 보이면 돈만 쓰고 욕을 듣는 까닭이다.

어쨌든 가비와 서양 음식은 서양 부인네들에게는 아주 효과가 좋다. 그들의 입을 열게 만들고 비밀스러운 일들을 들려주게 만든다. 그때 나도 그들에게 우리 조선의 비밀스러운 일들을 은근히 흘리기도 한다. 물론 진짜 비밀은 아니다. 다만 여느 사람들은 쉽게 알 수 없는 일들을 흘려 친근감을 표시하는 징표로 삼을 뿐이다. 영길리의 전함이 거문도에서 철수하기 한참 전에 이미 내가 알고 있었던 것도 영길리 총영사 베버 부인이 흘린 비밀 덕분이었다. 베버 부인은 말이 많은 수다쟁이인데, 질투도 매우 많은 여인이다. 그래서 항상 특별한 대우를 받기를 원한다. 그 점을 간파한 나는 늘 다른 부인네들 몰래 그녀만 홀로 초대한다. 덕분에 영길리에 관한 비밀스러운 말들을 더 많이 들을 수 있었다.

사실 외국공사 부인네들의 성격은 천차만별이다. 미리견공사 단시모(딘스모어) 부인은 베버 부인과 달리 매우 조신하고 근엄한 여인이다. 말을 할 때도 꼭 필요한 말만 하고 농담은 거의 하지 않는다. 그렇지만 동정심이 많고 인정에 약한 성격이다. 또한 정의감도 강하여 나쁜 짓을 행하는 것을 몹시 싫어한다. 게다가 신앙심도 매우 깊어 길리시단(크리스챤)의 사명감을 굳게 유지한다.

그에 비해 법국 전권특사 과가당(코고르당) 부인은 좀더 색다른 면모를 보인다. 그도 단시모 부인처럼 근엄하지만 매우 까다롭고 세심하다. 하지만 남의 일에는 전혀 관심이 없다. 동정심을 보이는 일도 없고 시녀들에게는 매우 차갑고 무섭게 군다. 천주 신앙을 갖고 있다고 하는데, 그다지 신앙심은 깊어 보이지 않는다. 오로지 머릿속에 자기를 위한 생각만 가득찬 여인이다.

덕국공사 지부수(젬브슈) 부인은 매우 무덤덤한 여인이다. 무슨 말을 해도 쉽게 반응하지 않고 화가 나도 표가 나지 않는다. 또 화난 모습을 보인 적도 없다. 시녀들에게도 그다지 요구하는 것도 없다. 또 무얼 물어보아도 늘 잘 모른다고만 한다. 그래서 지부수 부인은 따로 만나든 여럿이 함께 만나든 별로 차이가 없는 태도를 보인다. 그런 까닭에 덕국공사에 대해서는 듣는 말이 별로 없다.

내게 와서 가장 많은 말을 하고 가장 많은 기대감을 갖게 하는 서양 여인은 역시 안련 부인이다. 그녀는 상냥하고 친절하며 묻는 말에 아주 성실하게 대답하는 성격이다. 때로 그는 아이들을 궁중에 데려오기도 한다. 그 아이들은 둘 다 남자아이인데, 아주 귀엽고 총명하다. 큰아이의 이름은 모리스이고 둘째 아이의 이름은 해리인데 둘 다 나에게 아주 절을 잘한다. 내가 선물을 주면 감사 인사도 깍듯하게 할 뿐 아니라 자기들도 꼭 내게 작은 선물을 내민다. 서양인이지만 조선의 예의를 아주 잘 배운 아이들이다. 이상하게도 나는 가끔 그 아이들의 얼굴이 눈앞에 아른거릴 때가 있다. 그러면 안련 부인을 호출할 때 꼭 아이들도 함께 데려오라고 부탁한다.

안련 부인도 길리시단인데, 원래 조선에 온 이유가 남편과 함께 종교를 전파하기 위해서라고 한다. 안련 역시 의사라는 직업이 있지만 조선에 온 본래 목적은 종교의 도를 조선인들에게 전파하기 위해서라고 한다. 그들 종교에 대해 들어보면 천주교와 크게 다를 바가 없다. 그런데도 안련은 천주교를 몹시 증오하고 비판한다. 천주교는 참된 하늘님을 믿는 것이 아니라고 말한다. 내가 보기에는 길리시단이나 천주교나 다를 바가 없는데도 말이다.

안련 부인은 때때로 자신의 종교 이야기를 들려줄 때도 있다. 그 이야기를 듣고 있자면 흡사 아주 오래된 역사를 듣는 기분이 들거나 다소 몽상적인 말들이라고 느낄 때가 많다. 그는 가끔 하늘님의 사자가 자신을 찾아온다고 하는데, 그 말을 듣고 있으면 진령군이 관왕신을 영접하는 것과 크게 다르지 않구나 하는 생각을 하게 된다. 그래서 나는 근본적으로 그들도 진령군처럼 신령을 영접한 것으로 이해한다.

안련 부인은 내게 서양의 진귀한 물건들을 보여주곤 했는데, 그 중에서도 나를 가장 놀라게 했던 것은 단연 축음기였다. 축음기는 사람의 소리를 담았다가 들려주는 기계인데, 아무리 생각해도 나는 그 원리를 이해할 수 없었다. 사람의 소리를 기계에 담는 것도 신기했거니와 그 소리를 다시 들을 수 있다는 것 자체가 신비했다. 사람의 소리를 둥근 판 속에 담아왔는데, 그 소리를 다시 들을 때는 기계에 달린 기다란 바늘 같은 것을 사용했다. 나는 혹여 아주 작은 사람이 축음기 상자 속에 들어가 소리를 내고 있지 않는지 의심하기까지 했다. 그래서 몇 번이나 축음기 상자 속을 들여다보았지만 결코 사람은 발견할 수 없었다. 어쨌든 나는 축음기에서 들려오는 노랫가락이나 연주를 들을 수 있었는데, 신기하게도 축음기는 목이 쉬는 법도 없이 틀기만 하면 여지없이 소리를 들려주었다.

안련 부인이 가져온 서양 물건 중에 또 내 마음을 사로잡은 것이 있었는데, 그것은 바로 사진기였다. 사진기가 우리 조선에 들어와 있다는 말을 들은 것은 몇 년 되었지만 내가 그것을 직접 본 것은 을유년 7월이었다. 그날 안련 부인이 아이들을 데려왔는데, 그 아이들을 찍은 사진도 가져왔다. 사진 속 아이들은 마치 실제 아이들을 아주 작게 축소해놓은 듯이 모습이 똑같았다. 그것이 너무나도 신기하여 나도 사진을 찍어보고 싶었지만 홍 상궁과 옥련이 강하게 만류하는 바람에 그만두었다.

홍 상궁과 옥련은 벌써 이전부터 사진이 무엇인지 잘 알고 있었던 모양이다. 심지어 우리 한성에도 사진을 전문적으로 찍어주는 곳이 설립되어 있다고도 했다. 그 장소를 사진관이라고 한다는데, 한성에만 벌써 두 곳이 있다고 했다. 하나는 김용원이 개설한 것이고, 또 하나는 지운영이라는 이가 개설했다고 했다. 그곳 사진관을 가장 자주 찾는 사람들은 주로 기생들이나 상인들이라고 하는데, 사진을 만드는 가격이 초상화를 그리는 것보다 훨씬 비싸다고 했다.

어쨌든 안련 부인은 궁궐에 올 때마다 항상 진귀한 서양 물품들을 가져왔다. 그래서 나는 늘 그녀가 올 때마다 또 어떤 물품을 구경하게 될지 몹시 설레는 마음으로 기다리곤 했다.

안련 부인에게는 매우 친밀한 여인이 둘 있었는데, 그들도 모두 종교의 도를 전하기 위해 온 사람들이라고 했다. 한 사람은 영길리에서 온 원두우(언더우드) 부인이고 또다른 이는 아편설라(아펜젤러) 부인이다. 이 두 부인도 안련 부인처럼 매우 친절한 사람들이다. 또한 둘 다 엘러즈처럼 지식이 매우 풍부하여 얻어들을 것이 많다. 이 세 여인은 서로 비밀을 터놓고 지내는데, 곧잘 내게도 알려준다. 그중에는 남편들에게 들은 중요한 말도 섞여 있다. 그들은 별생각 없이 하는 말들이지만 내게는 아주 중요한 정보가 되기도 한다.

그들 외국 부인네 중에 내가 아주 탐탁찮게 여기는 이도 있다.

덕니(데니) 부인이 그렇다. 덕니는 목인덕 후임으로 이홍장이 보낸 고문관인데, 우리 조선 조정에 별다른 보탬이 되지 않는 위인이다. 원래 미리견에서 판사로 있다가 북경을 거쳐 조선에 왔다고 하는데, 참판 벼슬을 받고도 제대로 하는 일이 없다. 우리 조정에서 미리견 정부에 손을 내밀기 위해 몇 번이나 덕니에게 부탁했지만 성사된 일은 하나도 없었다.

덕니는 무슨 일이든 원세개에게 일러바치기 때문에 중요한 일을 함께 의논할 수도 없다. 그래서 임금과 나는 덕니를 청국의 간자라고 생각한다. 더구나 덕니는 몰래 대원군을 만난다는 소문도 있다. 대원군은 요즘 들어 서양인들을 자주 만난다고 하는데, 언젠가는 안련의 제중원을 방문하여 안련을 만나고 돌아갔다고 했다. 그 이야기를 내게 전해준 사람은 물론 안련 부인이다. 어쨌든 덕니는 여러모로 마음에 들지 않는 인사다. 벼슬은 조선에서 받고 충성은 청국에 하니 좋은 마음이 들지 않을 수밖에 없다. 남편 덕니 못지않게 그 부인네도 도통 정이 가지 않는 여인이다. 꼭 덕국공사 지부수 부인처럼 뭐든 모른다고만 한다. 그런데 실제 모르는 것이 아니라 뭔가 감추고 있다는 느낌에 기분을 상하게 한다. 내가 미리견에 대해 이런저런 질문을 해도 제대로 대답해주는 것을 본 적이 없다. 남편이 미운털이 박혀서 그런지 나는 그녀가 늘 탐탁찮고 불편하다. 그래도 쉽게 표낼 수 없는 것은 어쨌든 덕니는 이홍장의 사람이고 우리 조선은 이홍장의 영향력에서 벗어날 수 없는 것이 현실인 까닭이다.

그런데 내가 만난 서양 여인들 중에 나의 호기심을 가장 크게 자극한 사람은 따로 있다. 사실 그 여인의 이야기를 듣고 있노라면 중궁의 자리를 훌훌 벗어던지고 나도 그처럼 살고 싶은 욕망이 마구 솟구치기까지 한다.

그런데 안타깝게도 내가 그를 만난 시기는 동비(동학교도)들이 난을 일으켜 세상이 어지러울 때였다. 만약 그런 흉한 시절이 아니었다면 나는 그를 오래도록 곁에 붙잡아두었을 것이다. 그만큼 그는 매력적인 여인이었다.

그를 만난 것은 갑오년(1894) 여름이었다. 영길리공사 부인의 소개로 만난 그는 이미 환갑을 넘긴 노파였다. 하지만 매우 고상하고 신비로운 얼굴을 하고 있었다. 이름은 비섭(이사벨라 버드 비숍)이라고 했다. 국적은 영길리지만 여러 나라를 돌아다니며 산다고 했다. 미리견은 물론이고 일본과 중국, 월남, 천축국(인도), 회회국(아라비아) 등 많은 나라를 여행했다고 했다. 책도 여러 권 쓰고 책 덕분에 많은 재물도 모았다고 했다. 참으로 믿기지 않는 말이었다. 여인으로서 어떻게 그런 일들을 해내고 있는지 정말 놀라웠다. 어릴 때 나의 우상이었던 난설헌이나 사임당은 비할 바가 아니라고 생각했다.

비섭과 나는 세 번 만났다. 한 번은 임금과 함께 만났고, 두 번은 나의 요청으로 따로 만났다. 비섭을 따로 만난 이유는 궁금한 것이 너무나 많았기 때문이다. 서양 여인들은 조선 여인에 비해 당차고 자주성이 강하다는 말은 들었지만 내가 만난 그 어느 서양 여인도 비섭에 비길 수 없었다. 비섭을 만나기 전까지 나는 엘러즈가 가장 당찬 서양 여인이라고 생각했는데, 그녀 역시 비섭을 당할 수는 없을 것이다. 비섭은 여인의 몸으로 여행을 즐기며 문필가로 살고 또 의원이기도 했다. 놀랍게도 그는 환갑을 넘겼을 때 의학을 배워 의원이 되었다고 했다. 그런 비섭의 삶을 간단히 정리하면 이렇다.

비섭은 별도로 학당을 다니지 않고 집에서 독선생을 통해 학문을 배웠다. 그런데 어린 시절부터 몹시 병약하여 늘 고뿔을 달고 살았다. 하지만 여행을 다니면서 몸도 건강해지고 고뿔도 달아났다. 비섭이 처음 여행을 간 나라는 미리견이었다. 그때 비섭의 나이는 스물넷이었는데, 이때 비섭은 처음으로 책을 써서 문필가가 되었다. 미리견 다음으로 찾은 나라는 가나다(캐나다)라는 곳인데, 미리견 위에 붙은 나라로 만국전도에서 본 적 있는 곳이다. 그후로는 저 남쪽 대양 너머에 있는 호주라는 곳으로 가서 살았다. 이후 미리견, 천축국, 회회국, 월남, 토번(티베트), 중국을 거쳐 우리 조선에 왔다.

비섭은 여인으로서 꽤 유명한 문필가라고 했다. 영길리와 미리견은 물론이고 여러 나라에도 익히 알려져 있다고 했다.

나는 그런 이야기를 듣기만 해도 마구 흥분이 되었다. 내가 만약 비섭처럼 영길리에서 태어나 여러 나라를 여행할 수 있는 처지에 있었다면 어땠을까 하는 생각에 밤잠을 설친 날도 있었다. 하지만 갑오년의 나의 처지는 서글프게도 비섭에게 매료되어 있을 수만은 없었다. 매일같이 난리통이었고 언제 궁궐로 역도들이 들이칠지 알 수 없는 암울한 상황이었다. 정말 마음 같아서는 변복을 하고 몰래 비섭을 따라 조선을 떠나고도 싶었다. 그래서 아무도 모르는 낯선 나라를 여행하며 내 마음대로 살고 싶었다. 그곳이 미리견이라도 좋고, 영길리나 법국이라도 좋으리라. 아니면 저 남쪽 대양 너머에 있다는 호주나 피부색이 검은 사람들이 산다는 아주나 백인들만 산다는 구라파의 낯선 나라도 좋으리라. 조선만 아니라면 어디든 괜찮다 싶었다. 그러면서 혹 내가 그럴 수만 있다면 누구와 함께 갈 것인지도 생각해보았다. 그런데 아무리 둘러보아도 나와 함께 가줄 사람은 옥련밖에 없었다. 임금은 당연히 따라나서기를 거부할 것이고, 세자는 더욱 이해하지 못할 것이고, 궁궐 귀신으로만 살아온 홍 상궁 역시 손사래를 칠 것이다. 진령군 두옥 역시 관왕신을 두고 갈 수 없다는 핑계를 댈 것이다.

그런 생각이 들자 갑자기 주변의 모든 사람이 보기 싫어졌다. 오직 옥련만이 유일하게 내가 믿고 의지할 수 있는 사람이라는 생각에 서글픈 마음도 들었고 옥련의 소중함도 다시 생각하게 되었다. 이 세상에서 나를 위해 평생토록 함께해줄 사람은 딱 한 사람뿐이라는 생각에 한숨이 절로 났다.

그런데 다시 생각하니 비섭은 오직 홀로 낯선 나라를 여행하지 않는가? 그런데 누군가를 데려갈 생각만 하고 있으니 나는 참으로 못나고 용기 없는 사람이 아닌가 싶다.

4장

돌아올 수 없는 길

자객들

    이치로는 조선 왕비 살해에 가담한 일본인들의 면면을 자세히 살폈다. 혹 그들 중에 조선에 거주하는 자라면 직접 만나서 당시 상황을 보다 자세히 조사해볼 요량이었다. 왕비 살해는 일본 내각이 지시하고 미우라 공사가 주도했지만 이를 실행한 사람은 흔히 낭인이라 불리는 일본인들이었다. 사실 그들을 낭인이라 부르는 것은 적당한 용어 선택이 아니다. 낭인이란 말 그대로 떠돌아다니는 사람들을 이르는 것으로 왕비 살해에 가담한 일본인들은 그런 부류의 사람들이 아니었기 때문이다. 그런데도 그들을 낭인이라고 부른 것은 왕비를 살해한 사람들을 대원군이나 조선측 인사들이 고용한 무뢰배들로 인식하게 하기 위해서였다.

    당시 조선 왕비 살해를 목적으로 일본인들을 끌어모은 인물은 아다치 겐조라는 사람이었다. 사건 당시 그는 일본의 이익을 대변하던 신문인 한성신보사의 사장이었고 현재는 일본 정계에 진출하여 중의원으로 활동하고 있다. 결코 한낱 낭인으로 치부할 수 없는 사람이다. 그는 한성신보사 사장으로 지내고 있었고 왕비 살해에 휘하의 주필과 기자들도 동원했다. 그들 역시 아다치와 마찬가지로 좋은 학벌에 언론사에 종사하고 있던 기자였으니 결코 낭인으로 취급할 수 없는 사람들이었다. 또 그들의 공통점이 있다면 대다수가 이토공의 고향인 조슈번 출신이라는 점이었다.

이치로의 조사에 따르면 한성신보사는 일본 내각의 지시를 받고 미우라와 함께 조선 왕비 살해를 주도한 단체였다. 한성신보사의 설립 자금과 운영 자금 모두 일본 외무성 기밀 보조금에서 조달되었다. 이는 한성신보사가 단순한 언론사가 아니라 일본 내각이 조선 정벌을 위해 비밀리에 운영하던 조직이라는 뜻이었다. 따라서 조선 왕비 살해는 근본적으로 일본 내각의 치밀한 계획과 지시에 따라 이루어진 일임을 알 수 있었다.

또 아다치는 소설가인 시바 시로도 끌어들였다. 그 역시 좋은 집안에서 태어나 미국 하버드대학을 나온 인재였다. 결코 낭인이라 할 수 없는 인물이었다. 교사였던 마쓰무라와 약재상 나니와도 마찬가지였다. 당시 아다치가 동원한 인물 중에 그나마 낭인이라고 칭할 수 있는 인물은 농민 출신으로 기록된 사토와 무직으로 기록된 구니모토 정도인데, 그들의 직업도 불확실했다. 농민이나 무직으로 기록되어 있었지만 이는 그들을 낭인으로 인식하게 하기 위해 조작된 기록일 가능성이 높았다. 그들 외에도 아다치가 끌어들인 자들도 몇 명 더 있었는데, 그들이야말로 정말 낭인들이라 할 수 있는 자들이었다. 직업도, 이름도 확실하지 않은 자들이 몇 명 섞여 있었는데, 이치로는 그들의 실체를 정확히 확인하지 못했다. 그들은 재판에도 회부되지 않은 자들이라 조사 자체가 아예 불가능했다.

어쨌든 일본 정부는 이들 몇 명을 근거로 조선 왕비 살해에 직접 가담한 자 모두를 낭인이라 둘러댔고 이는 일본 정부가 조선 왕비 살해사건을 면피하는 데 매우 효과적인 결과를 낳았다.

이치로는 가담자들 중에 조선에 머물고 있는 자를 수소문했고 결국 한 사람을 찾아냈다. 이치로는 스스로를 기자라고 속이고 약간의 돈을 쥐여주기로 약속한 후 한 술집에서 그를 만났다. 그자는 이치로를 만나자마자 자신이 조선 왕비의 가슴에 직접 칼을 꽂은 장본인이라고 너스레를 떨었다. 행색을 보아하니 매우 궁한 처지인 것 같았다. 그자는 자신을 가네무라라고 소개했는데, 물론 가명이었다. 그는 끝까지 자신의 본명을 알려주지 않았다. 어쩌면 재판도 받지 않은 성명불상의 인물들 중 하나일 수도 있었다. 하지만 이치로는 미심쩍은 생각에 그에게 물었다.

"당신이 조선 왕비의 가슴에 칼을 꽂았음을 증명할 증거는 있소?"

그러자 그는 아주 고급스러운 옥비녀 하나를 품에서 꺼냈다.

"이것이 바로 당시 조선 왕비가 머리에 꽂고 있던 옥비녀입니다. 그때 조선 왕비는 시녀 복장을 하고 있었지만 이런 고급스러운 비녀를 꽂고 있었기 때문에 우리가 쉽게 그녀를 왕비라고 확신했던 거요."

이치로는 그가 내민 옥비녀를 면밀히 살펴보았다. 확실히 조선 왕실 여인들이 쓰는 비녀임에 분명했다. 하지만 왕비를 상징하는 문양은 없었다.

"나는 비녀를 가졌지만 비단주머니를 가져간 이도 있고, 옷고름을 떼어간 이도 있소. 또 속치마를 가져간 이도 있소. 그때 그 일의 기념으로 다들 왕비의 물건을 하나씩 가져갔다 이 말이오. 이래도 내 말을 못 믿겠소?"

하지만 이치로는 여전히 의구심을 풀지 않고 다시 물었다.

"그런 물건들 말고 정말 당신이 죽인 여인이 왕비임을 무엇으로 증명할 수 있겠소? 만약 왕비가 어떤 시녀와 옷을 바꿔 입고 비녀도 바꿔 꽂았는지 어떻게 알 수 있느냐 말이오?"

"우리는 그때 왕비 얼굴을 그린 그림을 수십 번 확인했을 뿐 아니라 각자 그림을 들고 얼굴을 대조하며 확인했소. 그러니 왕비가 아닌 다른 여인을 죽였을 가능성은 전무하오."

"만약 애초에 그 그림이 다른 여인을 그린 것이라면?"

그 말에 가네무라는 당황하는 표정을 지으며 머뭇거렸다. 이치로는 그를 더 몰아세웠다.

"내가 조사한 바에 따르면 왕비 주변에는 왕비와 무척 닮은 시녀가 있었다고 하는데, 그런 말을 들어보았소?"

"그런 말은 들은 적 없소."

"또 왕비는 평소에 자신이 살해될 것을 염려하여 절대로 자신의 얼굴을 그리지 못하게 했다는데, 어떻게 왕비의 얼굴 그림을 구한 것이오?"

"그것까지는 우리가 잘 알지 못하지만 어쨌든 왕비가 확실하오. 그때 우리는 여러 궁녀에게 확인도 했고, 심지어 세자를 끌고 와 확인하도록 했소."

그는 약간 화난 듯이 흥분했다. 이치로는 고개를 끄덕이며 수긍하는 태도를 보였다. 그러면서 정말 그가 왕비를 살해한 장본인임을 확인하기 위해 좀더 세밀한 질문을 했다.

"어쨌든 좋소. 그러면 당시 왕비를 살해하던 상황을 좀더 자세히 설명해주시오."

그러자 그는 자신들이 경복궁에 들어가기 전의 상황과 이후 건청궁에서 왕비를 붙잡아 죽인 과정을 상세히 털어놓았다. 그제야 이치로는 그가 사건에 가담한 사람들 중 한 명임을 확신했다.

그의 설명은 1시간 정도 이어졌다. 이치로는 그 내용을 꼼꼼히 받아 적었다. 그리고 그의 이야기를 모두 들은 뒤에 말했다.

"그런데 당신의 이야기 속에서 아직도 나는 살해된 그 여인이 조선 왕비라는 것을 확신할 증거를 찾을 수 없소. 당신들은 정말 조선 왕비를 죽인 것이 확실하오?"

그러자 그는 발끈하여 화를 내며 소리쳤다.

"그렇다면 지금 어딘가에 조선 왕비가 살아 있기라도 하단 말이오?"

이치로는 그쯤 해서 그와의 대화를 끝냈다. 그리고 약속한 돈을 그에게 쥐여주었다.

"내가 선생을 화나게 했다면 미안하오. 원래 기자란 직업이 좀더 정확성을 요하는 것이라서 그러오. 이해해주시오. 또 확인할 것이 있으면 연락하리다."

이치로는 그런 말을 남기고 그와 헤어졌다. 그리고 곧장 건청궁으로 향했다. 그가 했던 말들을 사건 현장에서 직접 확인하고 싶었던 것이다.

또다시 궁밖으로

기어코 동학 무리들이 난을 일으켰다. 동학이 비적으로 돌변하여 난을 일으킬 것이라는 말은 오래전부터 있었다. 그래서 동학 괴수 최제우를 죽여 이런 사태를 사전에 막으려 했던 것이다. 동학 괴수 최제우는 경주 사람으로 원래 서당에서 아이들을 가르치는 훈장이었다고 한다. 그는 서학이 퍼지자 이를 막기 위해 동학이라는 것을 만들어 퍼뜨렸다고 하는데, 서학은 음이고 동학은 양이기 때문에 양으로 음을 억제할 목적이라고 했다. 하지만 서학을 막기 위해 만들었다는 동학도 서학과 유사한 점이 많았고 주술이나 칼춤을 이용하는 행동이 중국의 황건적이나 백련교와 다를 바 없었다. 그래서 사람들을 유혹하여 거짓된 말들을 퍼뜨려 민심을 흉흉하게 했다. 또한 겉으로는 유학을 평계하고 삼강오륜을 앞세우나 그 내막은 이단의 거짓된 말로 사람들의 마음을 사로잡아 잘못된

길로 빠져들게 했다. 조정에서는 이를 정죄하여 최제우를 참형에 처하고 효수함으로써 다시는 이단이 발생하지 않도록 조치했다.

동학 괴수 최제우를 효수한 것이 성상 재위 1년이었으니 어느덧 30년이 흘렀다. 그런데 날이 가고 세월이 더할수록 동학의 세는 점점 불어나 전국 각처에 동학이 없는 곳이 없게 되었다. 그 때문에 작년부터 홍문관과 사헌부 관원들이 동학 괴수를 잡아들여 참수해야 한다고 했다. 무리가 걷잡을 수 없이 불어난 동학이 동요하여 난을 일으키면 자칫 세상이 뒤집어질 우려가 있다는 것이었다. 하지만 임금은 아직 동학 때문에 드러난 피해가 없다며 받아들이지 않았다. 그때 나도 임금에게 수많은 백성이 가담하고 있는 동학을 함부로 건드리면 자칫 큰 변란으로 이어질 수 있으니 무리하게 괴수를 잡아들이지 않는 것이 좋겠다고 했다.

하지만 이후로도 동학 괴수를 참수해야 한다는 조정 신하들의 연명 상소가 이어졌다. 또한 유생들도 가담하여 연일 상소를 이어 갔는데, 그 상소의 대략은 다음과 같았다.

신들이 저 이른바 동학당의 무리들이 돌린 통문 네 통과 전주 감영에 보낸 글을 보니 모두 임금을 섬기는 오늘날의 신하로서는 차마 들을 수 없고, 차마 말할 수 없는 것들이었습니다. 그 심보를 따져보고 하는 행동을 보면 겉으로는 이단 학설을 빙자하면서 속으로는 반역 음모를 도모했습니다. 동학 괴수 최제우를 선생이라 칭하며 그의 죄를 사면할 것을 공공연히 말했습니다. 또한 새로운 명목을 표방하여 내세우고 어리석은 사람들을 위협하거나 꾀어들여 같은 패거리들을 불러모았습니다.

그 무리가 팔도에 세력을 뻗치니 움직였다 하면 숫자가 만 명을 헤아리게 되었으며 마을에서 제멋대로 행동하고 감영과 고을에서 소란을 일으켰습니다. 수령은 겁을 먹고 어찌할 바를 모르고 감사는 두려워하고 위축되어 감히 누구도 어떻게 하지 못했습니다. 회유하고 무마하기를 마치 인자한 어머니가 교활한 자식을 기르고 연약한 상전이 억세고 사나운 종을 다루듯이 하면서 구차하게 그럭저럭 눈앞의 근심만 피하려 하니 지렁이처럼 결탁하려는 계책과 올빼미처럼 드센 형세는 들판에 타오르는 불보다 더 심했습니다.

그 무리의 위세는 역참의 길목까지 연달아 미치고 여파가 도성에까지 흘러들었습니다. 동학의 흉악한 행적을 살펴보면 먼저 저주와 참담한 내용이 담긴 부적을 사람들이 통행하는 길가에 게시하고 나중에는 패악하고 법도에 어긋나는 말을 감히 궐문 앞에서 부르짖었습니다. 속에 품은 흉악한 계책과 술을 빚듯 키워온 역모는 나라의 공론을 떠보고 인심을 현혹하게 하지 않음이 없으며, 마침내 도적의 나머지 술수를 드러내어 온 나라 백성들로 하여금 전하의 백성이 될 수 없게 하려고 한 것은 지혜로운 사람이 아니라도 알 수 있습니다.

아아! 문관들과 무관들은 안락에 빠져 걱정하지 않고, 대각의 관리들은 입을 다물고 침묵하면서 말하지 않으며, 관학의 유생들은 시속에 아첨만 하고 묻지 않고 있습니다. 혹 의로운 기개를 떨쳐서 눈을 부릅뜨고 말하는 사람이 있기는 하지만 의리는 오히려 밝혀지지 못하고 역량은 오히려 미치지 못하여 단지 천박한 견해만 들 뿐이니 족히 음흉한 적의 음모를 막을 수 없습니다.

온 세상에 의기 있는 사람이 한 사람도 없어서 이 지경에 이른 것입니까? 요망스러운 적들이 제멋대로 날뛰고 기세를 부리면서 거리낌없이 행동하여 그 반역 죄상이 이미 드러나고 흉계는 점점 굳어가는데, 지금에 와서 발본색원하지 못하고 곁가지만 잘라내어 고식적인 것만 일삼아서 큰 재난을 가져오게 한다면, 종묘사직은 관(冠)에 매달린 구슬처럼 위태롭고 백성들의 운명은 염교 위의 이슬과 같이 될 것입니다. 그렇게 되면 신들이 설사 죽음을 무릅쓰고 목숨 바쳐 나서서 나라의 은혜에 만 분의 일이라도 보답하려고 한들 될 수 있겠습니까? 주자가 말하기를 "창을 부여잡고 북을 치며 떠들어대면서 호랑이를 쫓는 것보다는 잠들었을 때 얼른 죽이는 것만 못하다"라고 했습니다. 신의 어리석은 생각에는 오늘날 저 무리들은 단지 잠자는 호랑이 정도가 아니라고 봅니다. 그러므로 처단하거나 성토하는 모든 조치를 잠깐이라도 늦출 수 없으니 속히 그 괴수와 무리들을 찾아내 죽여야 할 자는 죽이고, 효수해야 할 자는 효수하며, 회유해야 할 자는 회유해야 합니다. 지나간 일을 소급하여 추궁하지 말며 스스로 새롭게 할 길을 보여준다면, 아무리 간악한 무리라도 단련하고 연마하며 떨쳐 일어나게 하는 속에서 은근히 꺾이고 없어지게 될 것입니다.

상소문은 어느 한 구절 그른 말이 없었다. 하지만 너무 많은 백성이 동학 무리에 섞여 있으니 자칫 무리하게 옥사를 행했다가 되레 큰 환란이 될 것을 염려하며 임금은 이런 비답을 내렸다.

"경전에도 이르지 않았는가? '떳떳한 도리를 회복할 뿐이니 떳떳한 도리가 바르게 되면 백성들이 흥하고 간사한 무리들이 없어질 것이다'라고 했다. 그대들은 물러가서 경전을 연구하여 밝히는 데 더욱 힘써라."

하지만 이후로 동학 무리들이 의기양양하여 궐문을 두드리며 최제우를 사면할 것을 공공연히 요구하고 삼남에서는 감영을 위협할 지경에 이르렀다. 이에 임금은 총리대신에게 특단의 대책을 세우라고 지시했다.

동학의 무리가 그렇듯 불어난 데는 탐관오리의 학정으로 백성들이 조정을 불신하여 마음 둘 곳을 잃은 까닭도 있었다. 이 때문에 임금은 삼남의 감사를 불러 탐오한 관리를 조사하고 단죄하라고 했다. 그런 와중에 전라도 고부군수 조병갑의 학정에 분노한 백성들이 동학 무리와 함께 관아를 부수고 창고를 헐어 곡식을 털어가는 사태가 벌어졌다. 갑오년 연초에 일어난 이 사태는 기어코 나라의 큰 변란으로 번졌으니 애초에 동학의 싹을 자르지 못한 것이 통한으로 남는다.

고부를 수중에 넣은 동학 비적의 기세는 하늘을 찔렀다. 심지어 4월에 이르러 전주감영이 함락 직전에 있었다. 호남이 모두 비적의 수중에 들어간 셈이었다. 임금과 내가 믿을 만한 장수는 친군 장위영 영관으로 있는 홍계훈밖에 없다고 보았다. 그래서 홍계훈을 전라병사를 겸직하도록 하고 양호초토사로 임명하여 전주성을 구하게 했다. 하지만 홍계훈 역시 비적의 기세를 쉽게 무너뜨리지 못했고 급기야 전주성이 무너졌다는 말이 들렸다. 게다가 비적이 호남을 넘어 청주성도 함락했다는 소문까지 돌았다.

설상가상으로 그 무렵에 전라도 동학 무리의 괴수 전봉준이 대원군과 밀통한다는 말이 돌았다. 사람을 풀어 소문의 진상을 확인해보니 과연 헛된 말이 아니었다. 대원군이 동학을 등에 업고 임금을 폐위한 뒤 장손 이준용을 왕위에 올리고자 한다는 것이었다.

나는 급한 마음에 임금에게 폐위의 위기에서 벗어날 방도는 하나밖에 없다고 했다. 이홍장의 군대를 불러들이는 것이었다. 임금 역시 나와 같은 생각이었다.

나는 즉시 선혜청당상 민영준(민영휘)을 불러 말했다. 민영준은 나의 먼 친척으로 영익이 떠난 이래 그나마 나와 임금을 잘 보필하는 위인이었다. 그래서 내탕고 관리를 맡기고 동시에 선혜청당상으로 임명하여 조정의 기둥으로 쓰고 있었다.

"원세개에게 가서 군대를 보내달라고 부탁하라."

하지만 민영준은 주저하며 말했다.

"청일 두 나라가 천진조약을 맺으면서 조선에 파병할 일이 있으면 서로 통지하자고 했습니다. 청국은 참으로 우리 조선을 위하기 때문에 악의가 없겠지만 일본은 다릅니다. 일본은 오래전부터 침략의 기회만 엿보고 있습니다. 그런데 이번에 조약을 핑계로 부르지 않았는데도 군대를 이끌고 온다면 형세가 몹시 위태로워질 것입니다."

민영준의 말도 일리가 없는 말은 아니었다. 그러나 일본이 아직 청국 군대를 상대할 만한 힘이 없기에 함부로 군대를 거느리고 오는 일은 없을 것이라고 판단했다. 또한 설사 일본군이 온다고 하더라도 청국 군대를 이기기는 힘들 것으로 여겼다. 내가 그런 말로 다시 원세개를 찾아가라고 했지만 민영준은 여전히 망설였다. 그래서 나는 타이르듯 다시 일렀다.

"어차피 우리 조선의 힘으로는 동학 비적들을 물리치지 못한다. 적도를 물리치지 못한다면 대원군이 다시 득세할 것이고, 대원군이 득세하면 나를 죽이고 임금을 폐위할 것이다. 그러면 너는 물론이고 우리 민씨 일족들은 씨가 마르게 될 것이다. 하지만 청국 군대나 일본군이 동학 무리를 물리치면 대원군은 기댈 곳을 잃을 것이다. 또한 청국 군대와 일본 군대는 서로 힘겨루기를 할 터인데, 우리 조선은 그들의 틈바구니에서 기회를 엿보다가 새로운 길을 모색하면 된다."

나는 새로운 길에 대해 구체적인 설명은 하지 않았지만 민영준은 노서아나 미리견의 힘을 끌어들여 청국과 일본을 견제할 수 있다는 의미임을 알아듣는 눈치였다. 그런데도 민영준은 여전히 망설이며 나를 만류했다.

"일본 군대는 이전보다 훨씬 강력해진 반면 청국 군대는 기강이 해이해져 쇠락의 길을 걷고 있다고 합니다. 들리는 말에 의하면 청국 군대는 부정이 심하여 대포알 속에 화약 대신 콩을 넣어둔다고도 합니다. 반면에 일본군은 날로 강성해져 대오가 분명하고 전력이 배가되었다고 합니다. 또한 이번에 일본군은 조선에 진주하면 결코 돌아가려고 하지 않을 것입니다. 그러니 다시 한번 신중히 생각해주십시오."

나는 더이상 참고 있을 수 없었다.

"너는 내가 임오년처럼 다시 궁밖으로 쫓겨나길 바라느냐? 내가 죽으면 너희도 무사할 성싶으냐?"

민영준은 더이상 토를 달지 않고 원세개에게 달려가 구원병을 요청했다. 그리고 5월 단오에 청국 군대가 아산으로 들어왔다. 그런데 바로 다음날 일본 군대도 인천에 상륙했다. 청일 양국 군대가 들어오자 동학 비적들의 기세는 다소 꺾였다. 그리하여 동학 비적들과 관군 사이에 화의가 성립되어 싸움은 중단되었다. 이후 동학도들은 전주성에서 물러났다.

그런데 인천에 상륙한 일본군이 돌아갈 생각은 하지 않고 숭례문을 넘어 도성으로 들어왔다. 일본 병력은 오천 명이라고 했다. 도성은 물론 수원과 인천까지 진영을 설치하고 전쟁이라도 치를 듯이 했다. 그제야 나는 민영준의 말이 결코 허언이 아니었음을 깨달았다. 외양간 고치려다 승냥이를 불러들인 격이라 여기고 대책을 세우기에 골몰했다. 이왕 들어온 승냥이니만큼 사냥개로 활용할 방도를 구하는 것이 최선책이라고 판단했다. 대원군의 손에 죽지만 않는다면 무슨 방도라도 구할 수 있다 싶었다.

일본 병력이 한성으로 몰려들자 위협을 느낀 원세개는 본국으로 돌아갔다. 그러자 일본 외무경 무츠 무네미츠가 청국공사 왕봉조를 만나 함께 조선을 개혁하자고 제안했다. 하지만 청나라는 더이상 자국 군대를 외국에 머물게 할 생각이 없다며 천진조약에 따라 양국 군대가 동시에 철수해야 한다고 대답했다.

그런데 일본은 군대를 철수할 생각이 전혀 없었다. 며칠 후 일본 공사 오토리 게이스케가 거만한 걸음으로 궁궐로 들어와 묻지도 않은 말을 지껄였다.

"사신 오토리 게이스케는 삼가 아룁니다. 생각건대 대군주 폐하는 어진 덕이 날로 높아지니 백성들이 덕화를 입고 정사가 더욱 잘 되어 온 세상이 칭송하고 있으니 지극히 흠앙하는 마음을 금할 길 없습니다. 생각건대 우둔한 남도 백성들이 교화에 순종하지 않고 감히 해당 관리와 맞서 한때 창궐했으므로 나라의 군사를 동원하여 크게 징벌했습니다. 그러나 이들을 소멸하는 것이 아침밥 먹는 것처럼 쉽지 않다는 사실을 다시 생각하고 결국 이웃나라의 원병을 청하는 조치가 있었습니다. 우리 정부에서는 이 소식을 듣고 일이 비교적 중요하다고 여겨 천황 폐하의 논지를 받들어 사신으로 하여금 군사를 거느리고 폐하 앞에 돌아와 공사관과 우리나라 상인들을 보호하는 동시에 귀국의 안위와 관계된다는 점에서 요청한다면 동시에 조금이라도 도와 이웃나라의 우의를 두터이 하려고 생각했습니다.

사신이 명을 받고 경도(한성)에 도착했을 때 마침 전주성을 회복하고 잔당은 도망쳐 물러갔다는 소식을 들었는데, 군사를 철수하며 뒤처리도 점차 잘되어가고 있으니 이는 모두 폐하 덕 때문에 이루어졌으니 실로 안팎에서 다 같이 경하드릴 일입니다.

우리 일본과 귀국은 모두 동양 한쪽에 위치하고 있으며 강토가 아주 가까워서 실로 서로 의지하고 견제하는 정도만이 아닌데, 더구나 서로 신뢰하고 화목하게 지내면서 사신과 예물이 오가는 것은 예나 지금이나 변함없는바 이것은 역사책을 보더라도 역력히 상고할 수 있습니다. 지금 열국들의 대세를 보건대 정치를 하고, 백성들을 가르치고, 법을 세우고, 재정을 관리하고, 농사를 권하고, 상업을 장려하는 것은 전부 부강하게 되려는 조치이오니 오직 전능한 것을 발전시켜 세계에서 가장 뛰어나고자 하는 것입니다. 그러니 이미 만들어진 법에만 군이 매달려 임시변통하거나 안목 넓히기를 생각하지 않고 세력을 다투면서 자주권 세우기에 힘쓰지 않는다면 어찌 모든 나라가 둘러보는 가운데 서로 버티고 설 수 있겠습니까? 그래서 또다시 사신에게 명하여 귀국 조정의 대신들과 회동하여 이에 대한 방도를 강구하여 밝히고 서로 권하게 했습니다.

귀국 조정에서 나라를 부강하게 하는 실속 있는 정사에 힘쓴다면 기쁨과 슬픔을 같이하는 의리가 여기서 시종일관하게 되고 서로 돕고 의지하는 관계도 여기서 유지되게 될 것입니다. 삼가 바라건대 폐하께서는 밝은 안목으로 칙령을 내리시어 판리교섭대신이나 전임대신에게 사신과 회동하여 충분히 의논하게 함으로써 우리 정부가 이웃 나라에 대한 의리를 깊이 생각하는 지극한 뜻을 저버리지 않게 하신다면 대세를 위해 다행스럽겠습니다. 사신 오토리 게이스케는 우러러 바라마지 않으며 지극히 황송한 마음으로 폐하의 큰 복이 끝없기를 빌며 삼가 아룁니다."

오토리의 말투에는 예의가 묻어났으나 행동거지는 거만하기 이를 데 없었고 속내도 이미 우리 조선을 집어삼킬 뜻을 품고 있었다. 하지만 겉으로는 우리 조선을 위하는 체하면서 나라의 기강을 개혁하기를 원한다며 우리 조정에 5강 16조의 개혁 사항을 내놓았다. 그 내용의 대략을 살펴보면 쓸모없는 관원을 줄이고 문벌에 관계없이 인재를 등용하여 부패한 관리를 내쫓을 것을 골자로 하여 군사와 교육, 국토 운용에 대한 개혁 방안을 열거한 것이었다. 그 문구의 어느 구절도 그릇되거나 일본의 흑심을 드러낸 내용은 없었으나 모두 이전 개화당의 주장과 흡사했다. 이는 나의 일족과 측근을 쳐내고 곧 일본과 친한 인사들로 조정을 꾸리려는 의도였다. 게다가 군대의 정원을 늘리고 국토를 개량하자면 재정이 턱없이 부족할 것인데, 이를 메우려면 일본에게 빚을 낼 수밖에 없었다. 이는 곧 우리 국고를 일본인에게 맡기는 꼴이었다. 내가 오토리의 개혁안을 보고 그리 말하자 임금도 나의 의견에 동의하며 한숨을 길게 토해냈다.

"이제 이 일을 어쩐다 말이오?"

"이홍장이 결코 일본 뜻대로 되도록 두지 않을 것입니다. 좀더 지켜보시지요."

그 무렵 이홍장은 영길리과 노서아에 손을 내밀어 일본을 저지해줄 것을 부탁했다. 하지만 영길리와 노서아는 어부지리를 노릴 요량으로 어떤 반응도 하지 않았다. 나 또한 노서아공사 위패에게 밀지를 넣어 일본에게 압력을 넣어줄 것을 요청했지만 아무 대답도 없었다. 그래서 나는 위패에게 사람을 보내 다시 한번 부탁해보았지만 위패는 본국에 연락을 취하고 있으나 아직 답을 얻지 못했다는 말만 전해왔다.

그런 답답한 상황에서 호남에 양호초토사로 내려갔던 홍계훈이 돌아왔다. 홍계훈이 임금을 알현하고 나오자 나는 은밀히 그를 불렀다.

"지금 일본 군대가 한성에 머무르고 있으니 언제 궁궐을 범할지 알 수 없다. 이에 대한 대책을 강구할 수 있겠는가?"

"지금 우리 병사들이 몹시 지쳐 있는 상황이라 잠시 휴식을 취하게 한 후 다시 병력을 모아 일본 군대의 범궐을 막아야 할 것입니다. 하지만 일본 군대를 막기에 역부족인 것은 사실이옵니다. 이홍장에게 군대를 더 청하여 한시바삐 일본군을 몰아내야 할 것입니다."

그래서 몇 번이나 청국공사에게 사람을 보내 이홍장에게 전보를 띄웠으나 이홍장은 망설이고 군대를 더 보내지 않았다. 나는 급한 마음에 임금에게 노서아공사 위패를 불러들여 도움을 청해야 한다고 했다. 임금은 곧 위패를 궁궐로 불러 도움을 청했지만 위패 역시 안타까운 마음을 드러냈다.

"대군주 폐하의 급한 마음은 십분 헤아리고도 남습니다. 저 또한 안타깝기는 마찬가지이온데, 본국에서 아직 아무 답변도 없습니다."

그 무렵 대원군이 이번에는 일본공사와 접촉하고 있다는 말이 들려왔다. 나는 그 내막을 알아보기 위해 진령군에게 사람을 풀어 운현궁을 감시하라고 했다. 그리고 어느 한밤에 진령군이 급히 궁궐로 들어왔다. 그러고는 서둘러 궁궐을 빠져나가야 한다고 했다.

"아무래도 대원군이 일본군을 이끌고 궁궐을 침범할 것 같습니다."

진령군은 한시가 급하다며 빨리 출궁해야 한다고 재촉했다.

"피신할 곳을 물색해두었느냐?"

"이미 알아봐두었습니다. 서두르소서. 일본군의 조짐이 심상치 않습니다."

대원군이 궁궐을 들이치면 나부터 죽일 것이 뻔했다. 내가 죽으면 임금을 폐위하고 이준용을 용상에 앉히려 할 테지만 내가 살아 있으면 후환이 두려워 쉽사리 본색을 드러내지 못할 것으로 판단했다. 그래서 그날 밤으로 옥련과 홍 상궁만 데리고 건청궁을 빠져나갔다. 더위가 한창인 6월 20일 한밤이었다.

아니나 다를까. 한 시진 뒤에 일본군이 경복궁을 침범했다. 일본군이 궁궐을 침범하는 과정에서 우리 시위대와 충돌이 있었다. 우리 시위대가 총을 쏘며 일본군을 저지했지만 이미 일본군 선봉대가 영추문을 뚫고 들어와 장안당을 에워싼 상태였다. 임금은 별수 없이 시위대에게 총을 내려놓고 반격을 중지하라고 명령했다. 순식간에 궁궐이 일본군 손안에 들어갔고 광화문에는 일본 국기가 꽂혔다.

예상대로 일본군과 함께 대원군이 입궐했다. 권력도 대원군이 장악했다. 일본공사는 지난번에 내세운 개혁안을 실행하도록 압박했고 임금은 별수없이 시행했다. 또한 대원군에게 섭정 권한을 주었다. 대원군은 임금에게 중전은 어디 있냐고 윽박질렀지만 임금조차 내 소재를 알지 못했다.

나는 그때 신무문 밖으로 몸을 피해 경기감사 홍순형의 집에 은거하고 있었다. 홍순형은 진령군과 친밀한 사이였지만 세간에서는 그 사실을 알지 못했다. 진령군은 혹 이런 날을 대비하여 여러 신하와 친밀한 관계를 형성했고 개중에는 오누이처럼 지내는 이들도 있었다. 하지만 홍순형과는 드러내놓고 왕래하지 않았다. 이런 변란이 일어날 것을 대비한 치밀한 조치였다.

대원군은 권력을 잡자마자 곧 나의 폐위를 서둘렀다. 나를 폐서인으로 만들기 위해 직접 문건을 작성하여 일본공사 오토리에게 전달했다는 말도 들려왔다. 그것도 입궐한 바로 다음날에 행한 조치였다. 물론 그것은 이준용을 왕위에 올리기 위한 전초 작업이었다. 심지어 이준용은 직접 자기가 나서서 오토리를 설득하기까지 했다는 후문이었다. 이런 내막들은 진령군이 은밀히 포섭해둔 일본공사 직원이 전해주었다. 오토리는 대원군과 이준용의 제의에 혹하여 나의 폐위 건을 받아들일 기세였다. 하지만 일본 본국의 승인을 받지 못했다고 했다. 공사관 관원들도 대부분 대원군의 제의를 반대했던 모양이다. 나는 가까스로 폐위의 위기를 모면했다. 그러자 대원군은 이준용을 별입직에 임명하고 개혁의 선봉장으로 세웠다. 물론 임금을 밀어내고 이준용을 왕으로 세우기 위한 포석이었다.

대원군이 집권하자 민영준과 민응식을 위시한 우리 일족은 물론이고 그간 내 측근으로 분류되었던 인사들 모두 조정에서 쫓겨났다. 하지만 대원군도 무사하지 못했다. 대원군으로 하여금 우리 일가를 모두 내쫓게 한 후 오토리는 불과 달포 만에 다시 대원군을 허수아비로 만들어버렸다. 나는 그 소식을 전해듣고 한편으로는 통쾌한 기분도 들었다. 어리석은 노인네 같으니라고. 악다구니를 쓰며 설치더니 기껏 왜놈들의 거수기 노릇이나 하다니!

대원군이 물러난 후 나는 건청궁으로 돌아왔다. 그대로 숨어 지내는 데도 한계가 있었다. 또 내가 너무 오래 궁궐을 비우면 임금 주변에 무슨 일이 일어날지 알 수 없었다. 수족들이 모두 사라진 상황이었지만 그래도 궁궐 안에 있어야 문제를 해결할 방책을 낼 수 있다고 보았다.

어쨌든 갑작스러운 나의 환궁은 사람들을 모두 놀라게 했다. 한밤중에 내가 갑자기 건청궁에 나타나자 상궁들과 나인들은 물론이고 임금과 조정 대신들까지 경이로운 눈으로 나를 바라보았다. 임금은 어떻게 궁궐을 빠져나갔으며, 또 어떻게 들어왔는지 몹시 궁금해했다. 나는 변복을 하고 나갔다가 다시 변복을 하고 들어왔다고 둘러댔다. 상궁 나인들 사이에서는 내가 마치 신묘한 능력을 부려 궁궐을 출입하고 있다는 말도 돌았다. 또 신하들 중에는 진령군이 신통력을 발휘하여 나를 보호하고 있다는 말을 하는 이도 있었다. 그런 까닭에 나를 미워하는 자들은 진령군을 죽이려고 혈안이 되어 있었다.

내가 건청궁으로 돌아왔다는 소리를 듣고 대원군도 몹시 놀라워했다는 후문이 있었다. 도대체 내가 어떻게 사라졌고 또 어떻게 돌아왔는지 몹시 의아해했다는 것이다. 나는 그 말을 듣고 저절로 웃음이 나왔다.

다시 달아난 박영효

하지만 대원군 반응 따위에 정신을 팔 상황이 아니었다. 이미 청일 양국 간에 전쟁이 한창이었다. 전쟁은 일본군이 경복궁을 점령한 직후에 일본의 기습으로 시작되었다. 청국 함대가 일본 군함의 습격을 받고 제대로 싸워보지도 못한 채 패전하여 여순(뤼순)으로 도주했다는 것이다. 서해에서 다시 일본 함대와 청국 함대가 맞붙었는데, 이번에도 일본이 승리했다. 그 소식을 들었지만 나는 정말 믿을 수 없었다. 청국 군대가 일본 군대에게 패전할 줄은 전혀 예상하지 못했기 때문이다.

청국 군대의 패전은 비단 해전에 국한된 것만이 아니었다. 육지에서도 일본 군대는 파죽지세로 승승장구하며 청국 군대를 몰아세우기 시작했다. 충청도 천안 성환에서 첫 승리를 거둔 일본 육군은 평양과 의주에서 또다시 승리했다. 이후 북쪽으로 내몰린 청국 군대는 압록강에서 배수진을 치고 싸웠으나 또다시 패전하여 만주로 달아나야 했다. 하지만 일본 군대의 추격은 거기서 멈추지 않았다. 일본 군대는 해군과 육군이 연합하여 요동반도로 진격했고 결국 이홍장이 이끄는 북양함대의 본거지인 여순을 점령했다.

그 무렵 국내에서는 동학 비적들이 다시 일어났다. 그 때문에 우리 관군과 일본군이 합세하여 비적들을 토벌해야 했다. 토벌전은 한 달 남짓 지속되었는데, 가을이 끝날 무렵에 결국 승전하여 전봉준을 체포하고 비도들을 모두 물리쳤다.

그리고 을미년(1895) 2월에 요동반도에 있던 일본군은 어느새 중국 수도 연경 코앞에 진을 쳤다고 했다. 여차하면 연경을 덮쳐 청국을 멸망시킬 기세였다. 이미 중국 바다는 일본 해군에게 완전히 점령되어 청국 군함은 자취를 감추었다고 했다. 그 바람에 중국의 큰 섬 대만도 일본이 모두 장악했다고 했다. 일본 군대의 힘이 그토록 강해진 것에 놀라움을 금할 수 없었고 또한 청국의 쇠락이 그 지경에 이른 사실에는 기가 막혔다. 그간 썩은 동아줄을 잡고 있었나 싶었다.

청일 양국의 전쟁은 봄이 끝나기 전에 종결되었다. 물론 청국의 항복에 의한 것이었다. 청국은 패전하여 조약을 맺고 수많은 배상금을 일본에게 지불해야 했고 요동반도와 대만은 물론 바다의 여러 섬까지 모두 일본에게 빼앗겼다.

일본의 위세가 이 지경에 이르렀으니 그들이 우리 조선을 속국 다루듯이 하는 것도 예상 못한 일은 아니었다. 전쟁 초부터 일본은 겉으로는 우리의 자주를 이루게 해주겠다며 황제 호칭을 쓰고 자체 연호를 사용하라고 했다. 하지만 그 속내는 우리 조선을 청국의 영향력에서 벗어나게 하여 일본의 손아귀에 두고자 함이었다. 하지만 한 치 앞을 알 수 없는 상황이었다. 일본보다 위세가 더 당당한 나라들이 즐비한 상황에서 쉽게 황제 칭호를 사용할 수는 없었다. 그래서 임금이 황제로 칭할 수 없다 하고 그저 대군주 폐하라 높여 부르고 연호 대신 개국 원년을 기준으로 을미년을 개국 504년이라고 했다. 일본공사 오토리는 임금에게 상투를 자르고 서양인처럼 머리를 깎고 양복을 입을 것을 권했지만 차마 그것만은 받아들일 수 없었다. 조정 관료들은 물론이고 백성들도 모두 받아들이지 않는 일이었다. 다만 임금과 신하들의 의복제도를 개선하여 양복을 입자는 제안은 받아들였다.

또한 조정은 일본에 우호적인 개화파들로 모두 채워졌다. 더욱이 갑신년 역변을 일으킨 역적 박영효와 서광범도 귀국하여 내무대신과 법무대신을 맡았다. 총리대신을 맡은 김홍집이나 대신들도 모두 왜놈의 측근이기는 매한가지였다.

박영효와 서광범이 돌아와 대신이 되었다는 말에 나는 이가 갈리고 창자가 끓어올랐다. 일찍이 그들은 모두 김옥균과 함께 참살 명령을 내려 죽이고자 한 자들이었다. 그들은 민태호와 조영하를 비롯하여 나라의 기둥인 대신들을 죽인 역적 중의 역적이었다. 그 일로 망한 집안이 몇이며 죽은 자가 얼마인지 몰랐다. 그래서 그들이 외국으로 달아난 후에도 임금과 나는 참살 명령을 내리고 자객을 보내 놈들을 죽이고자 했던 것이다.

임금의 참살 명령에 따라 김옥균을 갑오년에 기어코 죽이고 시신을 찢어 효수했다. 임금의 참살 명령에 따라 김옥균을 죽인 사람은 홍종우였다. 홍종우는 나와 임금의 밀명을 받고 일본은 물론이고 중국 상국(상하이)까지 김옥균을 따라가 기어코 사살하고 그 시신을 싣고 와 참형의 형벌을 받게 하고 효수하도록 한 충신 중의 충신이었다. 그래서 임금이 특별히 그를 등용하여 요직에 앉히려고 했다. 그런데 왜놈 세상이 되어 역변을 일으킨 역적들이 모두 돌아와 활개를 치고 있는 까닭에 홍종우의 자리를 마련하지 못했다. 실로 안타까울 따름이다.

왜놈의 개가 되어 설치는 자들 중 가장 증오스러운 자가 바로 박영효였다. 더구나 요즘 박영효의 집이 문전성시를 이룬다고 하니 세상인심 또한 가증스러웠다. 하지만 곳곳에서 충신열사들이 스스로 자객이 되어 박영효의 목을 벨 기회만 노린다고 하여 수십 명의 일본군이 그의 집을 지키고 있었다. 그리하여 그 어느 충신열사의 칼끝도 박영효의 목을 찌르지 못하고 있으니 원통하고 또 원통하다.

그러나 박영효를 죽이지 않으면 내가 죽을 판이었다. 필시 그놈이 임금과 나를 죽이려고 할 것이 분명했다. 어떻게 해서든 박영효의 무리를 내치지 않으면 우리 왕실이 몰락할 것이라고 판단했다. 박영효는 그 누구보다도 나와 우리 민씨 집안을 몰락시킬 기회를 엿보고 있었다. 그리하여 나와 내 집안이 무너지면 임금을 폐위하고 자신이 왕위에 오르려고 할 것이다. 그런 사실을 뻔히 알고 있으면서도 나는 아무 손도 쓸 수 없는 상태였다. 일본은 청국과의 전쟁에서 연전연승했다. 그 바람에 청국 군대를 불러들인 나와 임금은 그저 입을 다물고 있을 수밖에 없었다. 임금은 왜놈의 앞잡이가 된 개화당 놈들의 말에 그저 고개만 끄덕여야 했고 나는 건청궁을 감옥 아닌 감옥으로 삼아 갇혀 있는 신세였다. 게다가 진령군마저 잡혀 들어가 모진 매질을 받고 초주검이 되어 옥에 갇혀 있었다.

그런데도 나는 간간이 사람을 부렸다. 단지 겉으로 드러나게 하지 않을 뿐이었다. 그때 나는 비밀리에 무사들을 움직이고 있었다. 내탕금을 사용하여 몇 해 전부터 양성해온 무사들이었다. 이런 날을 대비하여 준비한 일이었다. 그들을 자객으로 활용하여 역적들을 처단할 생각이었다. 여차하면 개화당 무리를 모두 쓸어버릴 작정이었다. 하지만 박영효도 뭔가 눈치챈 듯했다. 그래서 무사들 모두 자취를 감추게 했다. 박영효가 조정에서 공공연히 내가 개화당을 암살하려 했다고 떠들어댔지만 시치미를 뚝 떼고 버텼다.

개화당 세력이 권좌에 오르자 그들 사이에도 균열이 생겼다. 권력이란 늘 그렇게 균열을 일으키는 법이었다. 한 골짜기에 여러 마리 호랑이가 함께 지낼 수는 없었던 것이다. 특히 김홍집과 박영효는 늘 의견이 맞지 않았다. 김홍집은 서서히 변화를 추구하고자 하는 인사였지만 박영효는 갑신년 역변 때처럼 여전히 성질이 급했다. 어떻게 해서든 빨리 조선을 일본처럼 만들지 못해서 안달이었다. 게다가 대원군과 이준용은 자신들을 밀어낸 개화당 세력을 몹시 원망했다. 나는 그런 균열과 갈등 양상을 유심히 지켜보며 때를 기다렸다. 섣불리 움직이면 오히려 저들에게 빌미를 줄 수 있다는 생각에 매우 조심스럽게 기다리며 말과 행동을 아꼈다.

그러다 갑오년 10월, 동학 비도들이 모두 토벌된 직후이고 일본 군대가 만주로 나아가고 있던 그때, 사건이 터졌다. 개화당 일원인 김학우가 살해된 것이다. 김학우는 관북 출신으로 천한 신분이었지만 영악한 자였다. 서학에 경도되어 개화의 열망을 품고 박영효 무리에 가담했고 박영효와 서광범의 신뢰를 얻었다. 덕분에 법무협판이 되어 호기를 떨쳤는데, 예기치 않게 자객의 칼에 목숨을 잃은 것이다.

김학우는 목숨을 잃던 그날 집안에 여러 사람을 초대하여 술을 마셨다. 그런데 술기운이 거하게 올랐을 때 웬 상복 차림의 사내가 김학우를 찾아왔다. 그리고 그와 함께 온 자객들이 순식간에 김학우의 목을 쳐 잘랐다. 그때 김학우 주변에는 여러 사람이 함께 있었는데, 그들이 미처 손쓸 틈도 없었다고 한다.

김학우가 죽자 박영효와 서광범은 범인 찾기에 혈안이 되었는데, 종적을 감춘 범인은 찾기 쉽지 않았다. 그러다 몇 달이 지나서야 경무청에서 전동석이라는 자를 체포했다. 박영효는 필시 전동석에게 암살을 사주한 자가 대원군이라 확신하고 갖은 문초와 악형으로 그의 입에서 운현궁 석 자를 듣기 위해 주력했다. 그 과정에서 대원군의 장손 이준용을 잡아들여 의금부 지하 감옥에서 신문했다. 심지어 여러 악형을 가하기까지 했다. 그러자 대원군이 일본영사관과 청국영사관을 찾아다니며 이준용 구하기에 나섰다. 또 갇혀 있던 이준용을 만나고 온 대원군은 박영효와 서광범이 이준용에게 악형을 가했다고 떠들고 다녔다.

하지만 이준용의 죄는 비단 김학우 살해에만 한정된 것이 아니었다. 임금과 나는 무엇보다도 이준용을 왕위 찬탈의 역적으로 몰고자 했다. 이준용을 역적으로 몰고자 한 것은 박영효와 서광범도 마찬가지였다. 그들 역시 자신들의 안위를 위해 이준용을 제거하여 대원군의 힘을 약화하고자 했다. 이런 그들의 의도는 결국 성공했다. 특별법원에서 재판을 받은 이준용과 그 수하들은 결국 모반죄로 처벌받게 되었다. 게다가 살인모의죄까지 추가되었다. 그 판결문을 읽으며 나는 대원군이 어떤 반응을 보일까 궁금했다. 필시 대원군도 그 판결문을 읽어보았으리라. 판결문의 대략은 이런 것이었다.

피고 이준용은 지난해 6, 7월경에 동학당이 곳곳에서 봉기하여 인심이 흉흉한 때를 타서 피고 박준양과 이태용의 모의에 찬동하여 한기석, 김국선과 비밀 모의를 하고 즉시 동학당에 모의를 통고하여 경성을 습격하라고 했다. 그러면서 성안의 백성들이 놀라서 소동을 피우고 대군주 폐하가 난을 피하여 다른 곳으로 피해 갈 것이니 그때를 타서 한편으로는 그 부하통위영 군대들로 대군주 폐하와 왕태자 전하를 시해하고, 한편으로는 자기 수하의 흉악한 무리를 지휘하여 정부의 당국자들 중에서 김홍집, 조희연, 김가진, 김학우, 안경수, 유길준, 이윤용 등을 살해하여 정부를 전복하며 왕위를 찬탈하려고 꾀했다. 이 일이 성공한 후에는 이준용은 왕위를 차지하고 박준양과 이태용 등은 각각 중요한 관직에 취임하기로 결정했다. 이렇듯 흉악한 음모가 이미 결정되어 박준양은 정인덕, 박동진, 임진수, 허엽, 김명호에게 마음속 생각을 이야기하여 가만히 동학당에 왕래하게 했으며 또 김국선은 고종주와 심원채에게 흉악한 무리들을 모집하도록 했다. 고종주는 원래 정부 당국자들을 없앨 생각을 갖고 있던 중 김국선의 말을 듣고는 매우 기뻐하여 드디어 이준용, 박준양 등과 음모를 같이하여 흉악한 무리들을 크게 모집하는 일에 힘을 다한 결과 피고 전동석 이하 수명의 흉악한 무리들을 얻었다. 그후 동학당이 떨쳐 일어나지 못하고 무뢰배들도 많이 모집하지 못하여 모의가 중도에 차질이 생기게 되었다. 고종주는 다시 정부 당국자들을 암살하는 일을 성사할 결심을 하고 전동석에게 그가 데리고 있는 흉한에게 속마음을 터놓아 비밀리에 그 준비를 했다. 조용승, 윤진구, 정조원은 이 일을 도와 그 비용을 대주는 것으로부터 공급하는 일에 힘을 다했다.

암살 준비가 이미 다 되자 전동석 등은 기회가 오기를 기다리고 있는데 전 법무협판 김학우에게 경계가 없는 것을 탐지하고는 먼저 첫손을 대되 이 사람을 찔러 죽이기로 결정하고 전동석이 데리고 있는 흉악한 무리를 이끌고 개국 503년 10월 3일 밤 8시경에 김학우를 찔러 죽였으며 또 손님으로 와 있던 두 사람에게 부상을 입혀 도망하게 했다.

결국 특별재판소는 이런 심리 결과에 따라 이준용과 박준양을 비롯한 그 수하들에게 적도율 모반죄를 적용했고 전동석과 그 수하들에게는 인명률 모살죄를 적용했다. 그래서 주범에 해당하는 박준양과 이태용, 고종주, 전동석, 최형식은 교수형에 처해졌고 이준용 등의 나머지 종범들은 15년 유배형에 처해졌다.

　대원군이 그토록 용상에 올리고자 했던 이준용은 지금 유배지에서 걸인처럼 살고 있다. 이이제이란 이런 것이 아닌가 싶다. 내 손에 피 한 방울 묻히지 않고 적도들로 하여금 적도들을 처단하게 했으니 이보다 통쾌한 일이 또 있으랴 싶다. 그런데도 대원군은 여전히 이준용이 억울하게 누명을 쓰고 죄를 받았다며 하소연하고 다닌다고 한다. 재미있게도 대원군의 그런 행동이 박영효와 서광범을 궁지로 몰고 있다고 하니 이 또한 통쾌한 일이 아닐 수 없다. 지금 세간에는 박영효가 왕이 되기 위해 이준용에게 누명을 씌웠다는 소문이 파다하게 퍼져 있다. 잘만 하면 박영효 무리도 모반죄로 엮어서 몰아낼 기회가 온 것이라 싶었다.

　그 무렵 박영효 무리가 당혹해할 일이 또하나 터졌다. 박영효 무리가 기댈 언덕이라는 것이 바로 일본인데, 청일전쟁에서 승리한 일본에게 찬물을 끼얹는 사건이 발생했기 때문이다.

　사실 그 일이 있기 전에 나는 노서아공사 위패로부터 묘한 말을 들은 터였다. 청일전쟁에서 승리한 일본이 청국과 조약을 맺어 각종 이득을 취하고 승리감에 도취되어 있을 무렵이었다. 위패가 사람을 보내 말을 전해왔는데, 머지않아 조선 조정에 기회에 올 것이니 잘만 이용하면 개화당 세력을 모두 내칠 수 있을 것이라는 내용이었다. 며칠 후 노서아가 주도하여 덕국, 법국과 함께 일본이 요동반도를 차지하는 것을 반대한다는 성명서를 발표했다. 일본의 요동반도 장악이 청국 수도인 연경을 위협할 뿐 아니라 조선의 독립도 유명무실하게 만든다는 것이 그 이유였다.

구라파 삼국의 반대에 밀린 일본은 결국 요동반도를 돌려주고 군대를 철수해야 했다. 나는 그 기회를 놓칠 수 없었다. 일본의 입지가 약해진 틈을 타서 일본 측근 세력을 내각에서 내쫓아야 한다고 판단했다. 그러려면 가장 먼저 박영효를 내쳐야 했다. 마침 그때 박영효와 일본공사의 관계도 원만하지 않았다. 박영효는 내각을 모두 자신이 주도해야 한다고 생각했지만 일본공사는 박영효의 독주를 마땅치 않게 생각했다. 나는 그런 그들 사이를 갈라놓기만 하면 박영효를 내칠 수 있을 것이라고 여겼다. 그 무렵 나는 일본 여인 하나를 내 곁에 두기로 했다. 물론 일본의 경계심을 늦추기 위함이었다.

내가 가까이한 일본 여인은 고무라 양이었다. 그녀는 일본 외무관료의 딸이었는데, 우리말도 제법 할 뿐 아니라 조선에 대해 관심이 많고 영리한 아이였다. 그때 그녀의 나이는 열여덟 살이었는데, 이미 완숙미가 흐르는 처녀였다.

고무라 양이 내 처소에 출입하게 된 것은 전적으로 내 뜻이었다. 일본이 청일전쟁에서 승리했을 때 나는 어떻게 해서든 나에 대한 일본의 경계심을 풀게 할 생각이었다. 그래서 일본공사관에 나에게 일본어를 가르쳐줄 여인을 하나 추천해달라고 청했다. 그 무렵 나는 미리견과 노서아 공사관에도 글 선생을 청하여 곤녕합에 출입하도록 하고 있었다. 그런 까닭에 일본공사관에서는 별다른 의심 없이 고무라 양을 보내주었다. 나는 내심 일본공사관 관료의 아내 중 한 사람이 올 것으로 기대했는데, 뜻밖에도 아주 젊은 여인인 고무라 양이 왔던 것이다.

고무라 양은 신식 교육을 받았지만 예의도 아주 바른 아이였다. 또한 아는 것도 많아 내가 묻는 말에 대답도 곧잘 했고 일본 사정도 아주 자세히 알려주었다. 그래서 나는 그녀를 아주 귀여워했다. 때때로 그녀는 당돌한 말도 서슴없이 했는데, 아마도 어릴 때부터 신학문을 배우며 자란 탓일 것이다. 언젠가 이런 질문도 했다.

"중궁 폐하께서는 일본에 대해 어떤 마음을 갖고 계십니까?"

"왜 그것이 궁금하냐?"

"폐하께서는 우리 일본을 싫어하고 청국만 좋아하신다고 들었습니다."

"내가 가장 좋아하는 나라는 당연히 우리 조선이다. 그 밖의 모든 나라는 그저 외교 상대일 뿐이다. 내게 일본이나 청국은 좋고 나쁨이 없는 나라다. 그들이 우리 조선을 이롭게 하면 좋아하고 해를 끼치면 싫어할 뿐이다."

"그러면 청국은 조선을 이롭게 하고, 일본은 조선에 해를 끼친다고 여기시는 것이옵니까?"

"청국은 늘 조선에 이로운 나라이고, 일본은 늘 해로운 나라일 까닭이 있겠느냐? 너도 알다시피 조선은 힘이 없는 나라다. 그러니 주변 나라에 의지할 수밖에 없는데, 그래도 나라를 잃고 싶지는 않다. 그것은 일본도 마찬가지 아니겠느냐? 그런데 지금 일본이 힘이 강성해져 우리가 의지할 수 있는 나라가 되었고, 또 우리 영토를 빼앗지만 않는다면 당연히 일본을 이로운 나라라고 생각하지 않겠느냐?"

고무라 양은 내 말뜻을 잘 알아듣는 눈치였다. 내가 한 말들이

고스란히 일본공사관에 전달될 것을 잘 알고 있었지만 나는 속마음을 그대로 보여주었다. 그것이 오히려 나에 대한 일본의 경계심을 풀 수 있는 방도라고 판단한 까닭이었다.

나는 그녀가 내 말을 일본공사관에 얼마나 정확하게 전달했는지는 모른다. 다만 나는 그 아이를 진심으로 대했다. 또한 그 아이가 들려주는 일본 이야기를 성심을 다해 들었다. 그 무렵 나는 일본에 대해 좀더 많은 것을 알고자 부단히 노력했다. 단순히 적을 알고자 하는 마음만은 아니었다. 어차피 청국이 밀려나고 일본의 영향력이 확대된 상황인 만큼 일본을 제대로 보지 않고서는 어떤 문제도 해결되지 않는다는 판단에서였다.

내가 일본에 대해 깊은 관심을 드러내자 일본공사관에서도 적극적으로 나왔다. 단순히 고무라 양을 통해 일본에 관한 여러 지식을 전달하는 차원을 넘어 때로는 일본공사관 관원을 직접 보내 조선에 대한 일본의 여러 개혁정책 효과에 대해 설명하기도 했다. 나는 그들의 말을 성심을 다해 경청했다. 또한 궁금한 것이 있으면 기탄없이 물었다.

이후 일본공사관은 확실히 나에 대한 경계심이 느슨해졌다. 반대로 박영효에 대한 신뢰는 조금씩 허물어졌다. 박영효는 권력에 대한 집착이 강했고 개혁에 대한 주도권을 홀로 장악하려고 애썼다. 심지어 일본공사관조차 개혁에 개입하는 것을 싫어하는 태도를 보였다. 박영효는 일본공사관의 잦은 개입에 대해 그것이 조선의 자주권을 침해하는 일이라고 했다. 우리 조정 역시 박영효의 그런 말에 동의하고 공식적으로 일본공사관에 항의하기도 했다. 그러자 일본공사관은 노골적으로 박영효에 대한 거부감을 드러내기 시작했다.

그 무렵 나는 은밀히 민영환을 움직여 노서아공사관과 내통하고 있었다. 박영효를 내치고 나면 친일 세력들을 일거에 몰아내고 노서아에 친밀한 내각을 세울 계획이었다. 그런 와중에 뜻밖의 정보를 하나 얻었다. 박영효가 나를 암살하기 위해 음모를 꾸미고 있다는 내용이었다. 놀라운 것은 그 말이 박영효의 최측근 중 하나인 유길준의 집안사람의 입에서 나왔다는 사실이었다. 내막을 알아보니 박영효가 나를 죽이지 않으면 자신이 죽는다는 생각으로 나를 죽일 계획을 마련했고, 또한 유길준과 이 문제를 상의했다는 것이다. 그 말이 사실인지 아닌지는 분명하지 않지만 나는 박영효를 쫓아낼 절호의 기회를 잡았다고 판단했다. 나는 즉시 이 일을 임금에게 알렸고 임금은 당장 박영효를 잡아들여 친국했다.

"네가 중궁을 암살하려 한다는 소문이 있는데, 사실이냐?"

임금은 박영효를 보자마자 추궁했다. 박영효는 당황하는 낯빛으로 결코 그런 사실이 없다고 강하게 부인했다.

"네가 이 문제를 유길준과 상의했다는 구체적인 말까지 들었다. 그래도 아니란 말이더냐?"

"신은 억울하옵니다. 신이 무슨 까닭으로 중궁마마를 해하려 하겠습니까? 근거 없는 모함이옵니다."

"네가 중궁을 해할 까닭이 없다는 것도 납득할 수 없다. 네가 갑신년에도 중궁을 해할 마음을 품었다는 것은 온 천하가 다 아는 일이다."

임금은 박영효를 법부에서 엄하게 조사하여 정죄하라 일렀다. 이후 법부의 보고를 받고 임금은 이렇게 말했다.

"짐은 박영효의 갑신년 문제를 용서해줄 수 있기 때문에 이전 죄를 기록하지 않고 특별히 좋은 벼슬에 임명하여 충성을 다함으로써 스스로 속죄하게 했다. 그런데 도리어 끝까지 나쁜 생각을 고쳐 먹지 않고 반역을 은근히 꾀하여 그 사실이 이미 드러났으므로 바야흐로 법부에서 엄격히 신문하여 정죄하게 했는데, 고약한 우두머리를 잡았으니 나머지 사람들은 모두 내버려두고 따지지 않음으로써 널리 용서해주는 은전을 보이라."

결국 박영효에게만 죄를 묻고 나머지 사람들에게는 죄를 묻지 않겠다는 뜻이었다. 이는 임금이 나와 상의하여 내린 결론이었다. 갑작스럽게 개화당을 모두 내치면 필시 일본공사관이 묵과하지 않을 것이기 때문에 이미 일본측과 갈등을 일으키고 있던 박영효만 내치기로 한 것이다. 물론 일본공사관측도 동의한 일이었다. 하지만 일본공사는 박영효를 정죄하는 것은 반대했다. 퇴로를 열어주고 스스로 도주하게 내버려두자는 의도였다. 나도 그렇게 하는 것이 현실적이라고 판단했다. 예상대로 박영효는 풀려나자 곧장 일본으로 도주했다. 나는 박영효가 일본으로 달아났다는 말을 듣고 정말 오랜만에 속이 후련했다. 하지만 나는 또하나 다짐을 했다. 다음번에 다시 박영효가 돌아오면 반드시 죽이고 갑신 역변에 희생된 신하들의 원혼을 위로하겠다고.

길몽

요즘은 늘 꿈자리가 뒤숭숭하다. 어떤 날은 일본군들이 곤녕합으로 들이닥쳐 총칼로 나를 죽이려고 덤벼드는 꿈을 꾸었고, 또 어떤 날은 대원군이 일본군을 이끌고 와서 내 목에 칼을 들이미는 꿈을 꾸기도 했다. 이런 꿈을 꾸기 시작한 것은 내각을 전면 교체한 뒤부터였다. 일본과 가까운 자들을 모두 내치고 민영환을 비롯한 내 사람들로 내각을 채웠는데, 이 때문에 일본공사의 불만이 하늘을 찔렀다. 저자에는 일본공사관에서 군대를 동원하여 건청궁으로 쳐들어올 것이라는 말이 널리 퍼져 있다고 했다. 박영효가 다시 돌아와 일본군을 앞세우고 용상을 차지할 것이라는 말도 들렸고 대원군이 일본군과 손을 잡고 나를 죽이기 위한 음모를 꾸미고 있다고도 했다.

사실 그런 말은 단순한 소문만은 아닐 것이라고 생각했다. 언제든지 현실이 될 수 있는 말이었다. 대원군은 나를 죽이고 장손 이준용을 용상에 올리는 일이라면 누구와도 손을 잡을 수 있는 위인이었다. 그 대상이 일본이라고 해도 마다하지 않을 것이 분명했다. 이미 대원군은 작년 갑오년에 일본군을 앞세워 궁궐로 쳐들어온 전력이 있지 않은가.

언제나 그랬듯이 가장 위험한 시간은 밤이었다. 나 역시 밤이 되면 몹시 불안했다. 그 불안감을 해소하기 위해 여러 방도를 강구한 끝에 한 가지 묘안을 냈다. 밤마다 건청궁에서 떠들썩하게 연희를 벌이기로 한 것이다. 전등을 한껏 밝혀놓고 밤마다 연희를 펼치면 감히 누가 자객을 보내 나와 임금을 해하려 들 수 있을 것인가 하는 생각이었다.

연희 장소로 건청궁을 택한 이유는 전등이 설치되어 있었기 때문이다. 건청궁에 전등을 처음 설치한 것은 8년 전 정해년(1887)이었다. 장안당에 먼저 전등이 설치되었는데, 처음 전등을 보았을 때 너무나도 신기했다. 기름을 태운 것도 아니고 불을 붙인 것도 아닌데, 주변을 환히 밝히는 불빛이 유리 속에 갇혀 있는 것이 도저히 이해되지 않았다. 그후 여러 외국인을 불러 그 원리를 알아보았지만 지금까지도 선뜻 납득이 되지는 않는다.

어쨌든 나는 장안당에 전등이 설치된 후에도 건청궁 전체에 전등을 설치할 것을 주문했다. 덕분에 건청궁은 밤에 연희를 펼쳐도 좋을 만큼 밝은 곳이 되었다.

밤마다 펼쳐진 연희에는 항상 여러 외국공사의 귀빈들을 초청했다. 그들이 건청궁에 머물러 있어야 일본군이 함부로 궁궐을 범하지 못할 것이라고 생각했기 때문이다. 이를테면 외국 귀빈들은 우리 조선의 방패막이였던 셈이다. 그런 속내를 모르는 우리 백성들 중에는 중전이 밤마다 궁궐에서 연희를 펼쳐 대원군이 채워놓은 국고를 다 털어먹고 있다는 비방을 해대는 자들도 있었다. 하지만 개의치 않았다. 어차피 세상에는 속 모르는 말들이 떠돌기 마련이기 때문이다.

밤마다 건청궁에서 펼치는 연희는 과연 효과가 있었다. 일본공사관이든 대원군이든 감히 궁궐을 침입할 틈을 찾지 못했기 때문이다. 임금도 그런 나의 묘안에 찬사를 늘어놓았다.

"중전은 정말 꾀주머니요. 어디서 그런 묘안이 끊임없이 나오는 게요."

임금은 그런 말을 하며 밤마다 펼치는 연희에 빠지지 않고 참석했다.

사실 불안한 마음에 밤잠을 설치는 것은 임금도 나와 매한가지였다. 임금도 늘 악몽에 시달려 깊은 잠을 청하지 못한다고 했다. 그런데 연희를 펼치고부터는 그나마 잠을 잘 수 있게 되었다고 했다.

하지만 나는 여전히 깊이 잠들지 못했다. 눈만 감으면 항상 악몽이었다. 악몽 속에는 늘 칼과 피가 등장했다. 때로는 내 목이 잘리는 꿈도 꾸었다.

그런데 오늘 새벽에는 정말 색다른 꿈을 꾸었다. 하늘에 온통 오색구름이 수놓아져 있는 가운데 내가 꽃가마를 타고 와서 잔칫상을 받는 꿈이었다. 조정의 모든 관료와 왕실의 모든 친인척이 모여

웃고 떠들며 즐거워하고 있었다. 그중에는 대원군도 있었고, 이준용도 있었으며, 이미 갑신년에 죽고 없는 민태호와 조영하도 있었다. 놀랍게도 어머니와 오라버니도 함께 있었다. 게다가 일본공사를 비롯하여 노서아공사 위패와 영길리공사, 덕국공사 등 외국공사들과 그의 가족들까지 나와 나를 반겼다. 나는 화려한 화관을 쓰고 있었다. 둘러보니 그 자리는 나와 임금이 혼례를 치르는 국혼장이었다.

하지만 예전에 내가 치렀던 혼례장과는 분위기가 전혀 달랐다. 사람들은 춤을 추고 웃고 떠들고 박수를 치며 좋아서 어쩔 줄 몰라 했다. 엄숙한 분위기는 찾아볼 수조차 없었고 모두 일어나 어깨춤을 추며 나를 맞이했다. 나 역시 그들과 어우러져 덩실덩실 춤을 추었다. 심지어 노래도 불렀다. 한 번도 듣지 못한 노래를 내가 아주 즐겁게 부르고 있었다. 노래를 부르는 내 입에 어머니가 곶감을 넣어주기도 했다. 어릴 때부터 유달리 좋아하던 곶감이었다. 곶감은 내 입속에서 살살 녹았고 나는 그 달콤한 맛에 취해 연신 곶감 몇 개를 더 먹었다. 그러자 어머니는 감주를 내게 떠먹였다. 감주를 목구멍으로 넘기자 갑자기 내 몸이 공중으로 둥실둥실 떠올랐다. 주변을 둘러보니 수없이 많은 풍등이 하늘로 솟구치고 있었다. 나 역시 풍등이 되어 하늘 높이 하늘 높이 솟아올랐다. 아래에 모인 사람들이 함성을 지르며 박수를 치고 춤을 추며 노래를 불렀다. 그리고 그들의 모습이 저 아래 까마득히 멀어지는 순간 잠에서 깨어났다.

잠에서 깬 뒤에도 여전히 기분이 좋았다. 근래에 아침을 이렇듯 가벼운 느낌으로 맞이한 적이 없었다. 뭔가 좋은 일이 생길 것만 같은 기분이 들었다. 나는 길몽이라 생각하고 진령군을 찾아가 물어보고 싶었다. 하지만 진령군은 온전한 상태가 아니었다.

내각을 교체한 후 가장 먼저 내가 한 조치는 진령군을 석방한 일이었다. 그때 진령군은 거의 사람의 모습이 아니었다. 악형을 얼마나 당했는지 무릎은 모두 깨졌고 사타구니 살도 모두 터져 있었다. 손가락과 발가락은 성한 곳이 없었고 난장을 당한 몸은 어느 구석도 성한 곳이 없었다. 여기저기 살이 터져 짓물렀고 심한 곳은 욕창이 생겨 구더기가 생길 지경이었다. 그야말로 살아 있는 것이 기적이라고 여겼다. 숨만 겨우 붙어 있을 뿐 기어다니지도 못한 채옥사 안에 늘어져 있었다. 정신도 가물가물하고 음식도 제대로 삼킬 수 없는 상태였다.

나는 서양 의사에게 진령군의 치료를 맡겼다. 그리고 온갖 보약을 다 내렸다. 어의들도 모두 보내 치료하게 하고 매일 경과를 보고하도록 했다. 덕분에 보름쯤 지나자 의식을 회복하고 이제 스스로 앉을 정도는 되었다. 하지만 아직 제대로 운신하지는 못했다. 그런 진령군의 상황을 잘 알고 있었지만 그래도 이번 꿈만은 진령군에게 알리고 싶었다. 물론 나는 길몽이라고 확신했다. 그래서 옥련을 불러 간밤의 꿈을 자세히 들려준 후 진령군에게 해몽을 부탁하여 답을 듣고 오라고 했다.

호소카와 이치로의 보고서

이치로가 건청궁에 도착했을 때는 이미 어둠이 내리고 있었다. 이치로는 등불 하나를 들고 건청궁에 들어선 후 먼저 장안당으로 향했다. 그리고 다시 곤녕합과 옥호루를 거쳐 마당으로 내려왔다. 그는 우두커니 서서 그날의 일들을 머릿속으로 그렸다.

이치로의 눈앞에는 아다치 겐조를 비롯한 일본군 자객들이 건청궁으로 몰려드는 모습이 선연히 그려졌다. 가장 먼저 그들을 가로막은 사람은 홍계훈이라는 무관이었다. 홍계훈은 그들을 막아서며 말했다.

"여기는 아무나 들어올 수 없는 곳이다. 폐하의 칙령이 있는가?"

하지만 그 말을 채 끝맺기도 전에 총알이 홍계훈의 가슴팍으로 파고들었다. 이후 자객들은 곧장 장안당과 곤녕합으로 향했다. 그 과정에서 궁내부대신 이경직을 만났다. 이경직은 몰려든 자객들을 맨손으로 저지했다. 자객들은 왕비가 있는 곳을 대라며 칼로 위협했다. 이경직이 모른다며 양팔을 벌려 그들을 가로막자 그들은 이경직을 죽이고 곤녕합을 들이쳤다. 곤녕합에는 궁녀 10여 명이 무리를 지어 앉은 채 공포에 떨고 있었다. 자객들은 그들의 얼굴을 일일이 대조하며 왕비를 찾았다. 그때 옆방 옥호루에서 갑자기 누군가가 급히 문을 열고 달아나는 소리가 들렸다. 옥호루의 옷들 속에서 웬 여인이 숨어 있다가 뛰쳐나갔고 자객들은 그녀를 뒤쫓았다. 그녀는 복도 끝에서 붙잡혔고 자객들은 머리채를 잡아채 그녀를 마당으로 내던졌다. 자객 중 하나가 넘어진 그녀의 배 위에 올라타고 얼굴에 횃불을 갖다대며 얼굴을 대조하더니 왕비를 찾았다고 소리쳤다. 그와 동시에 그의 칼이 그녀의 가슴에 내리꽂혔다. 이어 칼이 다시 그녀의 옷섶을 헤쳤다. 그때 다른 자객 하나가 그녀의 치마를 들치고 사타구니 사이에 칼을 꽂았다. 하지만 그녀는 아직 살아서 꿈틀거렸다. 그때 곤녕합에 있던 자객들이 궁녀들을 짐승몰이 하듯이 몰고 나왔다. 궁녀 중 가장 나이가 많은 여인 하나를 끌어낸 그들은 윽박지르며 물었다.

"왕비가 맞느냐?"

늙은 궁녀는 대답하지 못하고 그저 비명 같은 울음을 터뜨리며 엎드려 통곡했다. 그때 하나의 칼날이 그녀의 목을 스쳐갔다. 늙은 궁녀가 쓰러지자 자객들은 그곳에 있던 궁녀 모두에게 여인의 얼굴을 확인하게 하며 왕비가 맞느냐고 소리쳤다. 하지만 그들 역시 울음만 터뜨릴 뿐이었다. 그 울음이 성가시다며 칼날들이 동시에 춤을 추었다. 10여 명의 궁녀가 비명을 지르며 쓰러졌고 주변은 온통 피범벅이 되었다. 그 무렵 자객 두 명이 세자를 끌고 와 쓰러진 채 꿈틀거리는 여인의 얼굴을 확인하라고 윽박질렀다. 세자가 공포에 질린 얼굴로 고개를 끄덕이자 자객들은 늘어져 있는 여인의 몸에 일제히 칼을 꽂았다. 그리고 검은 천으로 둘둘 말아 둘러멘 후 뒤쪽 숲속으로 내달렸다.

이치로는 그들의 발길을 쫓아가다 무너진 지하 통로 앞에서 걸음을 멈추었다. 다시 한번 그곳을 살펴볼 요량이었다. 백골 시신이 누구든 왜 거기서 죽어야만 했는지 여전히 납득되지 않았다. 그래서 혹 백골 주변에서 그들의 사망 원인이 될 만한 것을 찾을 수도 있지 않을까 하는 기대감에 지하 통로를 다시 찾은 것이다.

지하 통로에는 습기가 많아 통로 바닥이 매우 미끄러웠다. 이치로는 등을 앞세우고 넘어지지 않으려고 애를 쓰면서 조심조심 걸음을 옮겼다. 그런데 그들 두 여인은 도대체 누구이며 왜 그곳에서 죽음을 맞이했을까? 백골 시신에 가까워질수록 그런 의문이 새록새록 되살아났다. 이리저리 아무리 유추해도 그들이 그곳에서 죽음을 맞이한 이유를 알 수 없었다.

이틀 전에 이치로는 홍 상궁으로 추측되는 여인이 주막을 하고 있다는 양주 어느 마을에 다녀왔다. 홍 상궁이 주막을 하고 있다는 소문을 확인하고 싶었던 것이다. 만약 주막의 주인 여인이 조선 왕비를 모시던 홍 상궁이 맞다면 나머지 시신들의 정체는 확인되는 셈이었다. 물론 왕비가 불태워진 그 여인인지, 아니면 통로의 백골 시신 중 하나인지는 정확히 알 수 없지만 말이다. 어쨌든 홍 상궁의 생존 여부를 확인하는 것은 매우 중요한 일이었다. 그러나 그

주막의 주인은 아주 나이 많은 노파였다. 주막을 연 지도 20년이 넘는다고 했다. 혹 이전에 그곳에 홍 상궁이라 불리는 여인이 주막에 머물지 않았냐고 했더니 모른다고 했다. 주막 주변 사람들에게도 수소문을 해보았는데, 역시 아는 사람이 없었다.

헛걸음을 하고 돌아온 후 이치로는 또 한 사람을 찾아 나섰다. 바로 진령군이었다. 그러나 진령군의 행방 역시 오리무중이었다. 을미사변이 있던 그 무렵에 갑자기 종적을 감추었다고 했다. 그의 아들 김창열의 행방도 찾아보았지만 역시 알 수 없었다.

그렇게 헛걸음으로 보낸 지난 이틀을 되새기며 발걸음을 옮기던 이치로 앞에 어느덧 백골 시신이 나타났다. 이치로는 시신 주변을 샅샅이 뒤졌다. 뭔가 그들의 죽음에 대한 단서가 될 만한 것을 찾을 수 있을 것 같았다. 그러다 오른쪽 시신 주변에서 뭔가 눈에 띄었다. 아주 작은 호리병이었다. 여인들이 머릿기름을 넣어다니는 용도로 쓰는 것이었다. 호리병 입구에 코를 대니 묘한 냄새가 풍겼다. 머릿기름 냄새는 아니었다. 뭔가를 삭힌 듯한 냄새였지만 역하지는 않았다. 이치로는 호리병을 주머니에 챙겨넣고 등불로 주변을 비추며 앞으로 더 나아갔다. 통로 끝이 어디인지 확인하고 싶었다. 통로 끝과 연결되는 곳에 어쩌면 그들의 죽음에 대한 단서가 있을지도 모른다고 생각했다.

하지만 통로는 얼마 가지 못해 막혔다. 천장이 무너져내려 더이상 나아갈 수 없었다. 바닥에는 물이 흐르고 있었고 천장에서는 물이 떨어지고 있었다. 언제인지 알 수는 없지만 물길 때문에 붕괴된 것이 분명했다.

이치로는 별수없이 발길을 돌려야 했다. 집으로 돌아온 이치로는 호리병 속의 물질을 조사했다. 몇몇 화학 반응을 통해 조사해 본 결과 호리병 속의 물질은 몇 방울만 먹어도 목숨을 잃는 맹독이었다. 말하자면 그들 두 여인은 통로 속에서 맹독을 마시고 스스로 목숨을 끊었다는 의미였다.

도대체 그들은 왜 스스로 목숨을 끊어야만 했을까? 만약 그들 중 하나가 왕비였다면 굳이 목숨을 끊을 이유는 없지 않은가? 이치로는 살기 위해 지하 통로에 몸을 숨긴 사람이 왕비였다면 스스로 죽을 까닭이 없다고 판단했다.

생각이 거기에 이르자 이치로는 나름 결론을 내렸다. 적어도 지하 통로에서 발견된 백골 시신은 왕비가 아니라는 판단이었다. 하지만 왕비가 쓴 책을 품고 있었던 것으로 보아 왕비가 가장 신뢰하는 사람들임은 분명했다. 물론 그들이 누구라고 명확히 단정할 수는 없었다. 다만 분명한 것은 적어도 그들 중 한 사람은 옥련이라는 여인이라는 데는 의심의 여지가 없었다. 왕비 측근 세 사람 중에 종적을 감춘 사람은 진령군이나 홍 상궁 둘 중 한 사람일 것이기 때문이다.

이런 추론을 바탕으로 이치로는 마침내 이토 통감에게 올릴 보고서를 작성하기 시작했다. 보고서의 핵심 내용은 건청궁 지하 통로에서 발견된 백골 시신은 조선 왕비와 무관하다는 것이었다.

하지만 그런 내용의 보고서를 작성하고 있는 와중에도 이치로의 뇌리에서는 여전히 의문이 가시지 않았다.

'그날 밤 건청궁 뜨락에서 살해된 여인은 정말 조선 왕비였을까?'

『건청궁일기』

간다 신타로 선생이 그 자료를 보내준 때는 2012년 봄이었다. 그때는 대한제국의 마지막 황제 순종의 일대기를 다룬 소설 『길 위의 황제』를 출간한 이듬해였다. 그 무렵 다음 작품으로 명성황후의 일대기를 쓰기 위해 자료를 수집하고 있었다. 『길 위의 황제』처럼 명성황후의 일대기도 가급적 일인칭으로 쓰고 싶었다. 철저히 명성황후의 입장이 되어서 그녀를 대변해보고자 했던 것이다. 그래서 그녀의 사생활과 관련된 자료를 수집했다. 그러나 백방으로 자료를 모아보았지만 명성황후의 사생활을 파악할 수 있는 자료는 발견하기 어려웠다. 그러던 차에 문득 일본 쪽에 그런 자료가 있을지도 모른다는 생각이 들어 간다 선생에게 메일을 보냈다. 간다 선생은 신문기자와 출판사 편집자 출신으로 필자의 책을 일본어로 번역했다. 그런 인연으로 연락을 주고받곤 했는데, 그야말로 지푸라기라도 잡는 심정으로 보낸 글이었다.

그런데 간다 선생은 자기가 가진 자료가 도움이 되었으면 좋겠다는 간단한 답장을 보내왔다. 그리고 며칠 후에 도착한 소포가 바로 그 책자였다.

소포 안에는 그 책자에 대한 간단한 소개글이 들어 있었다. 그 책자의 소유자는 간다 선생의 지인인데, 자료는 그의 외증조부가 남긴 유품 중 하나였다고 한다. 하지만 간다 선생의 지인은 한글을 모를 뿐 아니라 한국에 대해 아는 것이 전무하여 책자 내용을 전혀 파악하지 못했다고 한다. 그래서 한국 역사서와 소설을 번역한 이력이 있는 자신에게 그 책자를 가져와 무슨 내용인지 알고 싶다고 했다는 것이다.

간다 선생은 그 책자 내용을 읽고 매우 놀랐다고 했다. 그것은 다름 아닌 명성황후가 남긴 일기였기 때문이다. 하지만 정말 그 책자의 저자가 명성황후 민씨인지는 확인할 방법이 없어 고민하던 차에 필자의 메일을 받았다고 했다. 간다 선생은 그 책자를 복사하여 내게 보내면서 이 자료가 명성황후가 직접 쓴 책이 맞는지 확인해줄 수 있느냐는 부탁을 해왔다. 그리고 이 자료의 진품 여부와 관계없이 가급적 나의 소설에 자료로 쓰였으면 한다고 덧붙였다. 물론 그것은 자신의 바람일 뿐 아니라 책자의 소유자인 지인의 바람이기도 하다고 했다.

필자 역시 간다 선생처럼 그 자료를 읽고 놀라기는 매한가지였다. 만약 이것이 진짜 명성황후가 남긴 책이라면 단연 국보급 사료가 될 것이라고 생각했다. 하지만 여러 가지 문제가 있었다. 우선 책이 원본이 아니고 필사본이라는 점이었다. 원본은 없느냐고 물었더니 애당초 필사본만 소유하고 있었다고 했다. 게다가 서술과 정에 쓰인 용어들 중에 명성황후 생존 당시에는 사용하지 않던 현대어들이 여러 개 발견되었다. 그리고 이 책을 필사한 호소카와 이치로의 정체도 문제였다. 1908년 당시 한국통감부에 근무한 학예관 중에 그런 인물은 찾을 수 없었기 때문이다.

하지만 명성황후가 직접 쓴 글일 수도 있다는 생각이 드는 곳도 많았다. 명성황후 본인이 아니면 알 수 없는 내용들이 있었기 때문이다. 관련된 여러 사료를 살펴보아도 전혀 찾아볼 수 없는 매우 개인적인 경험과 심정들도 그랬다. 그런 요소들이 있음에도 불구하고 필자는 이 자료를 명성황후가 직접 남긴 글이라고 단언할 수 없었다. 신뢰성 있는 사료라고 우기기에는 문제점이 너무 많았기 때문이다.

그래서 필자는 이 자료를 소설 속에 녹이는 것에 만족하기로 했다. 그 과정에서 웬만하면 자료를 훼손하지 않기 위해 노력했다. 물론 잘못 사용된 용어나 다른 사료와 비교했을 때 너무 터무니없는 내용은 제외했다. 물론 이 글은 소설이기 때문에 곳곳에 소설적 장치를 사용했고 등장인물 중에도 가상의 인물도 섞여 있다. 그런 까닭에 독자 대중은 이 글을 전적으로 소설로 인식했으면 하는 바람이다.

내가 받은 자료는 원래 제목이 없는 책이었다. 하지만 나는 이 소설의 제목을 '건청궁일기'라고 붙였다. 경복궁이나 창덕궁이 아니고 왜 하필 건청궁을 제목에 넣었는지는 이 소설을 읽은 사람이라면 충분히 이해할 수 있을 것으로 믿는다. 〈끝〉

에필로그

이 소설을 처음 기획한 때로부터 무려 8년의 세월이 흘렀다. 그간 내 개인사에는 몇 마디로 표현하기에는 너무나 복잡한 일들이 폭풍처럼 지나갔다. 그런 삶에 치이다보니 그저 부채처럼 떠안고 있던 『건청궁일기』를 이제 겨우 품에서 내려놓는다.

세상 모든 사람의 인생은 타인의 눈에 보이는 것과 다른 면이 있기 마련이다. 또한 세상의 모든 타인이 항상 객관적인 것도 아니다. 명성황후의 삶에 대한 우리의 시각과 지식도 마찬가지다. 그에 대해 순전히 권력자에 대한 시선으로 보는 사람이 있는 반면, 철저히 한 시대를 살다간 개인으로 보는 사람도 있다. 그러나 어느 쪽이든 편견을 낳기 마련이다. 그런 타인뿐 아니라 자기 자신도 자신의 인생을 편견의 눈으로 보는 것은 매한가지다. 그런 까닭에 일인칭으로 된 이 소설은 명성황후가 자신의 인생을 편견의 눈으로 풀어낸 이야기라고 할 수 있다.

세상의 그 어느 누구도 편견의 틀에서 벗어날 수 없다. 그 편견의 뿌리에는 자신의 경험과 이해관계, 그리고 가치관과 지식이 모두 동원된다. 그런 의미에서 보면 우리가 역사 인물에 대한 편견을 갖는 것은 어쩌면 당연한 일인지도 모른다. 특히 우리가 영웅시하거나 반대로 증오하거나 멸시하는 인물에 대한 편견은 더욱 심할 수밖에 없다. 그래서 때로는 어떤 역사 인물을 영웅으로 만들기 위해 다른 이를 나락으로 떨어뜨리는 경우도 있다.

그렇다면 명성황후는 우리에게 어떤 편견으로 남아 있을까? 시대와 맞서 싸우다가 적군에게 처참히 살해된 비운의 영웅? 아니면 자신 일족의 안위와 부귀를 위해 나라를 망친 증오의 대상? 그것도 아니면 어지럽고 위태로운 시절을 최선을 다해 살다가 불운한 최후를 맞은 가여운 사람? 이 세 가지를 포괄한 인물이거나 아니면 이 세 가지와 전혀 다르게 오로지 자신의 생존을 위해 발버둥치던 가련한 인생일까?

어쨌든 우리는 모두 명성황후에 대해 각자의 편견과 견고한 아집을 갖고 있다. 이 소설은 근본적으로 그 편견과 아집을 흔들어놓는 데 목적을 두고 있다. 그래서 명성황후, 그녀를 거칠고 암울한 시대를 살다간 한 사람으로, 여인으로, 아내로, 어미로, 왕비로, 권력자로 다각화하여 바라보는 계기를 마련하고자 한다.

독서란 늘 자신과의 전투다. 스스로의 편견과 지식의 벽과 타인에 대한 적개심과 자신에 대한 무한한 자비와 맞서 싸우는 것이 곧 독서다. 부디 즐거운 전투가 되길 바란다.

2020년 가을
일산우거에서 박영규

건청궁일기

초판 1쇄 인쇄 2020년 11월 23일
초판 1쇄 발행 2020년 12월 2일

지은이 박영규 | 펴낸이 신정민

편집 박민영 이희연 | 디자인 윤종윤 이주영 | 마케팅 정민호 김경환
홍보 김희숙 김상만 지문희 김현지 이소정 이미희
저작권 한문숙 김지영 이영은 | 제작 강신은 김동욱 임현식
제작처 영신사

펴낸곳 (주)교유당
출판등록 2019년 5월 24일 제406-2019-000052호

주소 10881 경기도 파주시 회동길 210
문의전화 031) 955-8891(마케팅), 031) 955-3583(편집)
팩스 031) 955-8855
전자우편 gyoyudang@munhak.com

ISBN 979-11-90277-94-5 03810